HILARY WESTFIELD
APRENDIZ DE PIRATA

HILARY WESTFIELD

APRENDIZ DE
PIRATA

1

Caroline Carlson

Traducción de V. M. García de Isusi

RBA

Título original inglés: *The Very Nearly Honorable League of Pirates:*
Magic Marks the Spot.

© Caroline Carlson, 2013.
Edición publicada de acuerdo con Rights People, Londres.
© de la traducción, Víctor Manuel García de Isusi, 2014.
© de esta edición, RBA Libros, S.A., 2014.
Avda. Diagonal, 189. 08018 Barcelona.
rbalibros.com

Ilustraciones: Escletxa.
Diseño: Compañía.

Primera edición: mayo de 2014.
Segunda edición: septiembre de 2016.

RBA MOLINO
REF.: MONLI63
ISBN: 978-84-272-0698-4
DEPÓSITO LEGAL: B. 7.763-2014

VÍCTOR IGUAL, S.L. • PREIMPRESIÓN

PARA ZACH, CON AMOR

LIGA CASI HONORABLE DE PIRATAS

Sirviendo en alta mar desde hace 152 años

DEPARTAMENTO DE ADMISIONES

Señorito Hilary Westfield:

Es un placer anunciarle que la Liga ha decidido aceptar su petición de acceso a nuestro Curso de Iniciación a la Piratería. ¡Bienvenido a bordo!

Su solicitud ha impresionado a nuestra Comisión de Bribones y Azotes de los Mares por su conocimiento del mundo de los piratas, su talento para hacer nudos y su habilidad en mantenerse a flote durante treinta y siete minutos. Estamos ansiosos por presenciar sus formidables habilidades en cuanto se una a la LCHP.

Hoy es usted un jovencito cándido pero mañana —o, mejor dicho, cuando termine nuestros cuatro cursos— será un pirata espadachín que beberá ron a tragos y exclamará «¡rayos y centellas!». Si decide aceptar esta oferta de aprendizaje, y esperamos que así sea, deberá enviarnos una declaración firmada al Cuartel General de la LCHP, a la siguiente dirección:

Avenida de los Nudillos Blancos, 16
Isla de la Pólvora, Tierras del Norte

¡Arr!, y saludos,

Jones Pata de Palo,

COORDINADOR DE ADMISIONES

Querido señor Jones Pata de Palo:

Muchas gracias por admitirme en el Curso de
Iniciación a la Piratería. Llevo toda la vida
soñando con entrar en su organización y
acepto con alegría la oportunidad que me
ofrece.

Dispongo de mi propia espada, aunque está
un poco oxidada. ¿La llevo al curso o es la
Liga la que proporciona las armas?

Ahora bien, lamento advertirle de que parte
de la información que tienen sobre mí no es
del todo precisa. En primer lugar, no tengo
nada de cándida. Gracias a la monótona voz
de mi institutriz y a sus interminables
lecciones -¡qué tortura!- he pasado de «cándida»
a «lánguida». Y, en segundo lugar, no soy un
«señorito», sino una «señorita». No me gustaría
que su Comisión de Bribones y Azotes de los
Mares se sorprendiera al conocerme en
persona.

Sinceramente,
Señorita Hilary Westfield,
aprendiz de pirata

Liga Casi Honorable de Piratas

*Sirviendo en alta mar desde hace **152** años*

DEPARTAMENTO DE ADMISIONES

Señorita Hilary Westfield:

*Somos piratas. No nos asustamos con facilidad.
Hemos visto naufragios, combates con sable,
a hombres siendo devorados por cocodrilos y,
también, cocodrilos devorados por hombres;
y a veces, esqueletos colgando de los árboles.
Y nada de eso nos asusta lo más mínimo.*

Ahora bien, su carta es harina de otro costal.

*Creo que nuestras reglas están clarísimas:
ninguna mujer, sea joven o mayor, puede unirse
a la Liga. Por tanto, no podrá usted pisar
nuestros barcos, ni desenterrar cofres con
monedas mágicas ni tampoco, bajo ninguna
circunstancia, izar la bandera pirata.*

*De hecho, ni siquiera tenemos claro si usted
debería poder leer esta carta. Sepa, señorita,
que vamos a enviarle una copia a su padre de
inmediato. El almirante Westfield es un enemigo
acérrimo de los piratas pero, aun así, hay algo
en lo que la LCHP y la Real Armada están de
acuerdo: sería de lo más indigno permitir que
las chicas brincaran por Altamar.*

En circunstancias normales, por supuesto, le pediríamos que desfilase por la pasarela del puente. Sin embargo, el código pirata no aprueba tratar así a las jovencitas. Por tanto, vamos a ser generosos y, con el permiso de su padre, enviaremos su solicitud de admisión a la Escuela de Buenos Modales de la Señorita Pimm para Damas Delicadas.

Atónita y consternadamente suyo,

Jones Pata de Palo,
COORDINADOR DE ADMISIONES

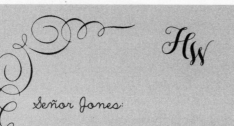

Señor Jones:

No haga ni caso de lo que le diga mi padre.
Quizás él crea que el sitio más adecuado para
una niña sea una escuela de buenos modales
pero, al mismo tiempo, piensa que el sitio más
adecuado para los piratas son las mazmorras
reales. Yo, en cambio, estoy segura de que se
equivoca en ambos casos. Le aseguro que
preferiría desfilar por el puente una y mil
veces, y zambullirme en aguas heladas e
infestadas de tiburones, antes que asistir a la
Escuela de la Señorita Pimm.

Atentamente,
Hilary Westfield,
realmente muy enfadada con usted

ESCUELA DE BUENOS MODALES DE LA
SEÑORITA PIMM
PARA DAMAS DELICADAS
Donde florece la virtud

DESPACHO DE LA DIRECTORA

Querida señorita Westfield:

Queremos darle una calurosa bienvenida ahora
que se dispone a unirse a la comunidad de la
señorita Pimm. Es tremendamente inusual que
la señorita Pimm acepte a una nueva alumna
estando tan próximo el inicio del trimestre, pero
es evidente que posee usted un gran talento: la
entrenadora está ansiosa por que se apunte usted
a nuestro ballet acuático. Además, su interés por
los nudos le vendrá estupendamente en la asignatura
de iniciación al macramé.

Hemos recibido una generosa suma de su padre,
así que no tendrá que efectuar ningún pago más.

En este paquete encontrará:

* Dos (2) cárdigan verdes con el logotipo de la
  oveja bailarina bordado.

* Dos (2) vestidos grises de lana (no se proporcionan las enaguas).
* Un (1) traje de baño gris de lana.
* Un (1) gorro de baño blanco con barboquejo verde.
* Una (1) copia del libro de texto <u>Guía de la sociedad augusta para señoritas</u>.
* Una (1) copia del folleto <u>El vals para debutantes entusiastas</u>.
* Una (1) aguja de ganchillo con sus iniciales.

Por favor, preséntese aquí con todo este material el próximo sábado para dar inicio al trimestre de verano.

Cuídese y recuerde:
«¡Las chicas de la señorita Pimm son siempre virtuosas!».

Saludos cordiales,
Eugenia Pimm,
DIRECTORA

Capítulo uno

Desde que llegó la carta de la señorita Pimm, Hilary había pasado mucho más tiempo hablando con la gárgola. Sus padres no lo aprobaban, lo sabía perfectamente, pero prefería la compañía de la gárgola a la de ellos. La chica y su amiguito de piedra no siempre estaban de acuerdo, pero resultó que la opinión que la talla tenía de las escuelas de buenos modales era de lo más estimulante.

—¡Un gorro de baño! —exclamó la gárgola mientras Hilary guardaba la prenda junto con la carta en el baúl de viaje chapado en oro que su madre había bajado de alguno de los altillos—. Ningún pirata que se precie dejaría que lo vieran con algo así puesto.

—Lo sé. Además, ¡mira lo que le ha hecho mamá! —Cogió el gorro de manera que la gárgola viera su nombre bordado con hilo dorado sobre el pespunte—. ¡Dice que está de moda!

—¿¡De moda!? ¡A los piratas la moda les importa un bledo! Aunque... —añadió la gárgola tras pensar unos instantes—, siempre he querido uno de esos sombreros negros de picos. Ya sabes, los que tienen una pluma en lo alto.

Hilary cerró el baúl y se subió a él para estar más cerca de la talla, esculpida en la mampostería que había sobre la puerta de su dormitorio. Antes de que a esta le diera tiempo a quejarse, la niña le colocó el gorro de baño por encima de las orejas. «¡Mira tú qué moderno está!», pensó.

—Pero si no eres pirata —le soltó Hilary—. ¿Sabes?, tengo la horrible sensación de que yo tampoco lo seré nunca.

—No digas eso. —La gárgola retorcía y movía las orejas para intentar librarse del gorro sin éxito—. Solo es la opinión de ese memo de «Como-se-llame» Pata de Palo. Oye, ¿podrías quitarme esto? —le pidió entre suspiros—. No sabes cuánto me gustaría tener manos.

—Vale, vale, pero ofreces una imagen de lo más apuesta.

Se lo quitó de golpe y lo tiró sobre la cama. El gorro aterrizó encima de los siete camisones bordados y los veinte pares de medias grises que su madre había comprado en la ciudad aquella mañana.

—Tienes suerte, gárgola, porque nadie puede obligarte a hacer nada que no quieras.

—¡Ja! Como si defender Villa Westfield fuera miel sobre hojuelas. No creas que llevar doscientos años en una pared es para tanto. ¿Qué te parecería que la gente pegase saltitos frente a ti para tocarte el morro y pedirte que la protegieras?

Hilary tuvo que admitir que no le gustaría lo más mínimo.

—Supongo que a ninguno de los dos nos parece bien que nos digan lo que tenemos que hacer —observó la niña—. Por lo menos, papá no te ha enviado a la Escuela de Buenos Modales.

—Y será mejor que no lo haga —soltó la gárgola con aire sombrío—, ¡porque lo mordería!

El padre de Hilary era almirante de la Real Armada de Augusta, lo que comportaba —al menos, hasta donde la niña sabía— que el hombre tuviera que cenar cada domingo con la reina, pasar todo el tiempo estudiando en casa y dar órdenes inteligentes y rápidas a los capitanes y comodoros que estuvieran de visita. Y aunque ya casi nunca salía a navegar, Hilary veía a su padre en contadas ocasiones y hablaba aún menos con él. La mitad del tiempo, en la que Hilary vestía viejos uniformes de antiguos guardiamarinas navales, su padre la confundía con algún miembro del personal y la urgía a que le trajera el archivo de las Tierras del Norte o que limpiara algún sextante ¡y que lo hiciera cuanto antes! La otra mitad del tiempo, cuando alguien había sido lo bastante inteligente como para ponerle un vestido, su padre le daba un beso en la frente y le decía: «Anda, sé buena chica y vete a jugar por ahí». Hilary intentaba ser muchas otras cosas antes que una «buena chica»; sin embargo, aún no había reunido el coraje suficiente para decírselo al almirante Westfield.

La habitación de Hilary se hallaba prácticamente vacía porque la mayoría de sus cosas estaba en el baúl chapado en oro o había sido enviada por tren a la Escuela de la Señorita Pimm —tal y como lo sería la propia niña a la mañana siguiente—. No le apetecía nada hacer aquel viaje.

—Seis horas en un compartimento privado con mi institu-triz —le comentó a la gárgola mientras doblaba los cárdigan con la oveja bailarina—. ¡Seguro que la señorita Greyson me da clase durante todo el trayecto! Y llevará esos pequeños em-paredados sin corteza que se supone que han de comer las señoritas. Y no me permitirá mirar por la ventana porque «las señoritas» no deben empañar los cristales.

—Sí, sí, es de lo más triste. Emparedados pequeños y todo eso... pero centrémonos en lo que de verdad es trágico.

—Que la LCHP no está siendo en absoluto razonable y que papá...

La gárgola suspiró.

—¡Me refería a mí! ¿Qué va a ser de mí cuando te hayas ido? ¿Quién me va a leer *La isla del tesoro*? ¿Y si tus padres alojan a huéspedes nobles en este dormitorio? ¿Y si no quie-ren hablar conmigo? Y lo que es peor: ¿¡qué voy a hacer si no invitan a nadie nunca, y se me llenan las orejas de telarañas!? Ay, Hilary... ¿qué será de mí si me restauran?

La talla se había puesto tan seria que la niña comprendió que estaba preocupada de veras.

—No te preocupes. Cada trimestre volveré a casa y vendré a verte. No dejaré que te suceda nada malo. Sabes que, si pu-diera, te llevaría conmigo.

La gárgola arrugó la nariz y soltó un ruidito a medio cami-no entre un estornudo y un suspiro de renuncia.

—No creo que fuera a gustarme. Los piratas de *La isla del tesoro* no van a escuelas de buenos modales.

—No, por supuesto que no.

—Pues, en ese caso, no me interesa. Y, además, si de verdad quieres ser pirata, tú tampoco deberías ir.

Hilary se sentó de golpe en el baúl.

—¡Pues claro que quiero ser pirata! Es lo que siempre he deseado.

¿Y por qué no iba a serlo? De hecho, era mejor marinera que la mayoría de los chicos que servían con su padre en la Real Armada, y las peleas con sable y los tesoros le interesaban muchísimo más que zurcir enaguas y cuidar sus modales. Seguro que hasta el almirante Westfield sabía que una escuela de buenos modales no era el lugar indicado para ella. Bien es cierto que el hombre desaprobaba enérgicamente la piratería pero, quizá si lo hablara con él, si le hiciera ver lo buena pirata que sería, tal vez consiguiera impresionarlo. Podría, incluso, hablar en su favor con la LCHP para que reconsiderase su decisión de no admitirla.

—¡Qué bien, ya has hecho la maleta! —La madre de Hilary abrió la puerta y asomó la cabeza—. ¿Por qué llevas esa horrible ropa de mozo de camarote? No solo te queda grande, sino que ese azul no favorece tus ojos. A ti te sienta bien el verde. Quizá con un vestido nuevo y bonito...

—Mamá, no se puede uno subir al velamen de un barco con un vestido puesto. Además, sabes que odio el verde... ¡y creía que con dos horribles vestidos de lana cualesquiera de la señorita Pimm iba a tener más que suficiente!

—Señora Westfield —empezó a decir la gárgola al tiempo que inclinaba la cabeza para dirigirse a la madre de la niña—, ¿me quitará usted el polvo cuando Hilary esté en el colegio?

La madre de Hilary agitó la mano como si pretendiera espantar una mosca pesada.

—¡Al velamen de un barco! Nunca había oído una bobada así —comentó la señora Westfield—. En la Escuela de la Señorita Pimm te enseñarán a vestirte como es debido y quizá consigan que dejes de hacerte esa trenza tan infantil de una vez por todas. —Se tocó sus propios rizos, perfectamente peinados.

—¡Ejem! —dijo la gárgola, que seguía bocabajo—. En cuanto a lo del polvo...

Pero la señora Westfield siguió con lo suyo.

—Yo deseaba convertirme en una de las damas de la señorita Pimm, ¿sabes? Es muy exigente con sus alumnas. Harías bien en recordar que no todas las niñas son tan afortunadas como tú.

—Si he de sentirme afortunada por ir a la Escuela de la Señorita Pimm, prefiero que no me acompañe la suerte.

Su madre se rio.

—¡No seas pava! Tu padre está siendo muy generoso al darte la oportunidad de vivir esta experiencia.

La niña suspiró. No tenía sentido seguir discutiendo.

—¿Sabes si papá está ocupado? —Cuando el almirante Westfield no se encontraba en la ciudad, llevando a cabo misiones navales, se hallaba reunido, por lo que la pregunta carecía de sentido—. Quiero hablar con él... de algo importante.

Su madre miró el pasillo antes de responder.

—Cariño, ya sabes que a tu padre no le gusta hablar, pero tiene abierta la puerta del despacho. Si te das prisa, quizá siga ahí.

Hilary esperó a que su madre se marchara. La mujer iba sin rumbo fijo, muy probablemente en busca de algún sirviente al que reñir por algo. Luego miró debajo de la cama, cogió su espada y se la ajustó a la cintura.

—¿Vas a atravesar con ella a tu padre? Desde luego, es una solución común, pero no te la recomiendo. —La gárgola pegó un latigazo con la cola—. El lío que se arma es morrocotudo.

—No digas tonterías. No pienso atravesar a nadie.

Aunque no lo iba a admitir, el peso de la espada hacía que se sintiera un poco más valiente, y es que para entrar en el despacho del almirante Westfield iba a necesitar todo el valor que fuera capaz de reunir.

Incluso el mero hecho de recorrer el pasillo principal de Villa Westfield suponía una experiencia abrumadora, intimidatoria. A ambos lados se alzaban elaboradas vidrieras de colores en las que se representaba las gestas de grandes héroes de la historia. El bueno del rey Albert, primer gobernante de Augusta, la observaba con atención desde la ventana más cercana al estudio del almirante. Lucía unos tonos verde esmeralda y rosa pastel que, sin duda, no tuvo en la vida real. El vecino del rey Albert, en la siguiente vidriera, era Simon Westfield, un antepasado de la familia que había explorado el reino subido a un globo de aire caliente. Este tenía frente a él, de camarada, a la hechicera de las Tierras del Norte.

La hechicera había conocido el poder mágico del reino hacía muchísimo tiempo, cuando, en los hogares de Augusta, los objetos prodigiosos eran tan comunes como las ollas. La gárgola no perdía oportunidad en contarle a todo el mundo que a ella la había esculpido la mismísima hechicera. En el ventanal estaba representada con un vestido largo y una sonrisa apagada pero afable. Sin embargo, Hilary consideraba que el artista se había equivocado al ponerle aquella expresión, puesto que la hechicera sostenía un cofre de madera lleno a rebosar de monedas mágicas doradas que parecía de lo más pesado, y la niña consideraba que la mujer debería mostrarse menos afable y más cansada. Aun así, aquella vidriera era su preferida por sus colores anaranjados y dorados, que parecían una furiosa puesta de sol. Su padre, sin embargo, se refería a la hechicera como «esa vieja urraca meticona» y siempre estaba con que iba a hacer que la quitaran del ventanal.

Mientras Hilary cruzaba por delante de la hechicera, del despacho de su padre salió un chico alto vestido con el uniforme azul de guardiamarina y le bloqueó el paso. Miró a la niña desde arriba con desdén. Sin embargo, como era una persona que siempre ponía esa mueca despectiva, no se podía saber si aquella mirada iba dirigida, en concreto, a ella.

—Hola, Oliver. ¿Ya te encuentras mejor?

La última vez que se habían visto, el chico colgaba bocabajo del velamen de un barco. Evidentemente, se lo había ganado a pulso al ir diciendo por ahí que no había chica en el mundo capaz de hacer un nudo que él no pudiera desatar. Nadie pudo culpar a Hilary por reducirlo con dos nudos en los tobillos. Al final, había tenido que liberar al chico cortando las cuerdas con la espada, pero se había arrepentido muchísimo de ello. Aunque, si miraba el lado positivo, había descubierto el interesante sonido hueco que produce una cabeza al chocar contra la cubierta de un barco.

—Me encuentro a las mil maravillas, pero no gracias a ti.—El chico se echó el pelo hacia delante para cubrir el chichón de color morado que tenía sobre el ojo—. ¿Qué es lo que quieres?

—Hablar con mi padre.

—No es posible. —La mueca de desdén de Oliver era, a la vez, triunfante—. Está ocupado.

—No, no lo está.

Por detrás del guardiamarina, Hilary veía a su padre realizar intricados nudos marineros con una cuerda.

Oliver se encogió de hombros.

—Lo siento, no puedo ayudarte.

Hilary era más baja que el chico, pero se estiró tanto como pudo. «La señorita Greyson estaría orgullosa de mí», pensó.

—Por favor, señor Sanderson, apártese —dijo al tiempo que lo echaba a un lado y llamaba a la puerta con los nudillos.

El almirante Westfield levantó la mirada.

—Ah, Hilary.—Guardó los pedazos de cuerda en un cajón del escritorio—. Pasa, pasa, cariño.

—Y es «alférez» Sanderson —le espetó Oliver, aunque la niña hizo como si no le oyera y cerró la puerta de golpe.

—Oliver es un buen chico —comentó el almirante mientras ponía los pies encima de la mesa—. Es como el hijo que no he tenido y un buen marinero, claro está.

Miraba a su hija como si esperase una respuesta.

—Por supuesto —murmuró ella.

Era difícil hablar en un tono normal en el despacho de su padre, que tenía el suelo cubierto de alfombras gruesas traídas de lugares lejanos del reino, y los sonidos que no quedaban apagados por estas, los amortiguaba la gran cantidad de instrumental náutico que colgaba de los muros. Detrás del escritorio, en la pared, había una hilera de ojos de buey. El almirante decía que, después de tantos años en Altamar, los demás tipos de ventana lo hacían sentir incómodo. Los libros le causaban la misma sensación porque, por norma general, no estaban disponibles en Altamar y porque consideraba la mayoría de ellos impertinentes. Por ello, en su despacho estaban prohibidos los volúmenes de toda clase, y el espacio que en otra habitación habría ocupado la librería, aquí se hallaba destinado a cajones y más cajones llenos de mapas y cartas de navegación. Un globo terráqueo giraba poco a poco en su eje de madera junto al escritorio y había un telescopio que apuntaba por uno de los ojos de buey. En aquella habitación todo estaba en posición de firmes, incluida Hilary, ya que exceptuando la silla del almirante, no había ningún otro lugar en donde sentarse. El efecto general mareaba a la niña.

—Bueno, Hilary… —El hombre la miró fijamente y a la chica le temblaron las piernas. Era la primera vez que la llamaba por su nombre (sin equivocarse) y, además, ¡sonriendo! ¿Estaría enfermo su padre?—, ¿en qué puedo ayudar a una dama de la señorita Pimm?

Ah, claro, aquello lo explicaba todo.

—De hecho, vengo a verte por eso. —Miró con firmeza el ojo de buey que había en la pared, sobre la cabeza de su padre—. No quiero ir.

—Lo siento, hija mía, pero no te oigo. Vas a tener que hablar más alto.

Hilary tomó aire.

—Que no quiero ir a la Escuela de la Señorita Pimm.

—¡Pero si todas las chicas lo están deseando!

—Yo no, papá. Yo quiero ser pirata.

—Ah, ya. —El almirante cogió otro trocito de cuerda y empezó a hacer un nudo de medio ballestrinque—. Eso fue una broma de mal gusto, hija. Mamá me ha dicho que ya te ha regañado por ello. Mira, no tengo tiempo para jueguecitos, estoy planeando una travesía muy importante y el tiempo es oro.

A Hilary aún le temblaban las piernas y la vaina de la espada le golpeteaba la rodilla.

—Ni es una broma ni es un jueguecito. Soy buena marinera. De hecho, ¡muchísimo mejor que Oliver!

El almirante abrió la boca para decir algo, pero la niña siguió hablando para que no pudiera decir que aquello, sencillamente, era imposible.

—Sé que nunca me has visto navegar, pero llevo años practicando. Remo tan rápido como cualquiera de tus guardiamarinas y sé qué hay que hacer cuando sopla tormenta o atacan los bribones. Soy consciente de que he sido una pésima estudiante, papá, pero seré muy buena pirata. —Dudó un instante—. Vamos al muelle y te lo demuestro.

El almirante Westfield respiró profundamente y exhaló el aire largo y tendido.

—Hija —respondió—, no hay por qué empeñarse en hacer nada temerario. Te lo voy a dejar claro: tú eres una dama; es más, eres una Westfield. Así que deja de ir por ahí contando historietas que puedan estropear tus expectativas en la alta sociedad porque, desde luego, jamás vas a ser una pirata.

—Pero papá...

—Sabes muy bien que la piratería es deshonrosa. Los piratas salen a navegar sin planificación previa, buscan tesoros que nunca entregan a la reina y no acatan mis órdenes. ¡El mundo sería mucho mejor sin toda esa calaña! —Golpeó el escritorio con las botas—. ¿Por qué ibas a querer ser pirata? ¿Quién te lo ha metido en la cabeza, esa institutriz tuya o la despreciable gárgola? ¿O es que lo has leído en algún libro?

A Hilary le gustaban los buenos relatos de piratas tanto como a la gárgola, pero había querido ser uno de ellos desde que tenía uso de razón —bueno, más o menos—. Atesoraba un recuerdo de cuando era muy pequeña, en el que caminaba por las calles empedradas de Puertolarreina de la mano de su madre, diciendo adiós a las velas hinchadas por el viento de los barcos de la flota de su padre, que partía hacia una gran aventura. Allí mismo le dijo a su madre que, cuando fuera mayor, quería unirse a la Real Armada para correr mil y una aventuras en Altamar. Ella se rio y se lo contó a su padre cuando este volvió del viaje. El hombre adoptó un semblante serio y le dijo que la Real Armada no era lugar para niñas, y mucho menos tratándose de su hija.

Puede que, después de todo, el almirante Westfield hubiera tenido razón, ya que hacer carrera en la Real Armada, con todas esas reglas tediosas y tareas aburridas, no era ni la mitad de entretenido que la vida en un barco pirata. En un buque pirata, Hilary podría correr tantas aventuras como quisiera. Haría que a los guardiamarinas como Oliver les entrase el tembleque por buenas que fueran sus botas de cuero y, por fin, su padre vería de qué era capaz. Se convertiría en la pirata más temida de Altamar, sin importarle lo que Jones Pata de Palo ni el almirante Westfield opinaran al respecto.

Su padre, sin embargo, no tenía mucho más que decir.

—Bueno, dejémonos de bobadas. —El hombre se puso en pie—. Yo diría que la señorita Pimm no tolera las tonterías. Ni la LCHP. ¡Seguro! Es normal que rechazaran tu solicitud. —Puso las manos sobre los hombros de la niña y le dio un beso con prisa en la frente—. Venga, vete y sé buena.

Hilary no se movió. No podía apartar la vista de la pared que había detrás de su padre. Se frotó los ojos y volvió a mirar para asegurarse de que no la engañaban.

El almirante se aclaró la garganta.

—Venga, vete —repitió—, y sé...

—Papá, será mejor que te des la vuelta... A tu ventana le está pasando algo muy raro.

Mientras ambos observaban el ojo de buey, este crecía cada vez más hasta el punto de que engulló las ventanas contiguas y la mitad de la pared. El instrumental náutico del almirante empezó a desprenderse y caer de las paredes y las cartas marítimas se desparramaron por el suelo. El ojo de buey siguió creciendo hasta que llegó a la altura de la alfombra que había en aquella parte de la habitación. Hilary no recordaba haber visto nada así. Corrió hasta la ventana y la tocó con la mano... ¡pero sus dedos la atravesaron!

—El cristal... ¡ha desaparecido! —La niña pinchó el marco del ojo de buey con la espada—. ¡Y el marco no deja de cre-

cer! —Se dio la vuelta y miró a su padre—. No lo entiendo...
¿Es habitual que las ventanas de tu despacho crezcan?

—Atrás, cariño —le ordenó el almirante Westfield—, y, por
lo que más quieras, guarda esa ridícula arma. Yo me encargo
de esto. —Apartó a la niña de su camino de un tirón y se acercó a la pared que, en ese momento, era más aire que piedra—.
¡Oye, ventana, no pienso aguantar impertinencias de esta ín-
dole! ¡En esta casa soy yo quien manda y te ordeno que te
encojas a la voz de «ya»!

Hilary se frotó la parte del brazo de la que le había tirado
su padre. Se alegraba de que, a diferencia de casi todo el resto
del reino, la ventana se negara a obedecer las órdenes de su
padre. De hecho, se dilató aún más, hasta que a través de ella
se apreciaron dos figuras que había de pie sobre el césped de
Villa Westfield. Estaban demasiado lejos como para distinguir-
se con claridad, pero parecía que iban completamente vestidas
de negro, con antifaz y guantes a juego. La niña tragó saliva y
los apuntó con la espada.

El ojo de buey dudó unos instantes, como si le preocupa-
ra que el hecho de crecer demasiado fuera de mala educación, y, de pronto, tembló de lado a lado. De golpe, los cajones del despacho del almirante se abrieron a la vez y las
puertas de los armarios se salieron de los goznes. Hilary pegó
un grito y se protegió con la espada de las puertas del armario que volaban a lo loco sobre su cabeza. El almirante Westfield soltó una batería de maldiciones marineras cuando el
cajón de su escritorio le golpeó en el estómago y lo tiró al
suelo.

Luego, del cajón salió disparado un rollo de papel que pasó por encima del almirante. El hombre intentó agarrarlo, pero se le escapó de entre los dedos. Para cuando Hilary reaccionó y corrió a ayudar a su padre, el pergamino ya había cruzado el ojo de buey y se dirigía hacia la mano enguantada de la figura más alta de las dos que seguían sobre la hierba.

—¡Alto, sinvergüenzas! —gritó el almirante, pero el mismo tipo se limitó a despedirse con un grácil gesto de la mano.

Luego, de repente y con un gran estremecimiento, el ojo de buey recuperó su tamaño normal y los cajones y puertas de los armarios se cerraron de golpe.

Hilary corrió junto a su padre y lo ayudó a levantarse.

—¿Te encuentras bien?

El hombre parecía un poco sofocado aunque, a decir verdad, siempre lo estaba.

—Pero ¿qué diantres ha sucedido?

—¡Magia! —gritó el almirante—. Y, para colmo... ¡un robo! ¡Esos bribones me han robado un documento importantísimo en mi propia casa! —Abrió el cajón del escritorio de golpe y rebuscó en él—. ¿¡Para qué sirve esa maldita gárgola!? Se supone que debía protegernos, ¡pero no hace nada en absoluto a menos que vayas corriendo a rogárselo de rodillas! ¡Y no pienso rebajarme a pedirle nada a una criatura así! ¡Nunca entenderé cómo es que los Westfield acabaron quedándose con el objeto mágico más inútil de todo el reino! —El almirante siguió maldiciendo en voz baja y cerró el cajón con todas sus fuerzas. Luego, miró a su hija—. Siento muchísimo que hayas presenciado esto, cariño. Verse involucrada en asuntos mágicos no suele mejorar el buen nombre de una jovencita. Vuelve a tu habitación mientras yo arreglo este desastre.

Hilary frunció el ceño. Seguro que los piratas de verdad no se escondían en su cuarto después de una batalla. No, aquellos irían tras el enemigo por mucho que dijera su padre.

—Pero ¡podría perseguir a los ladrones! Tal vez no consiga darles alcance, pero sin duda descubriré adónde van.

—Ay, hija mía, no digas tonterías. Tú no puedes hacer nada. Además, ¿de dónde has sacado esa espada?

Había cogido el arma de una armadura expuesta en el salón de baile de la casa porque pensó que a ella de nada le servía ya, pero no era momento de explicárselo a su padre.

—Dime en qué te puedo ayudar ¡y lo haré! —insistió.

—La única manera de ayudarme es que no le cuentes a nadie lo que acaba de pasar. Cuanto antes estés a salvo en la Escuela de la Señorita Pimm, mejor. Y, para que lo sepas, hija mía, esta clase de comportamiento escandaloso es, exactamente, lo que se puede esperar a bordo de un barco pirata. —Pronunció las palabras como si las escupiera—. Sorprendente, ¿verdad?

En realidad, a Hilary aquella situación le había resultado emocionante, pero su padre no le dio opción a responder.

—Si me disculpas —dijo—, voy a avisar a mis alféreces para que partan en persecución de esos golfos. Y, ¡por el amor de Dios!, dame esa espada. No solo es peligrosa, sino que estoy seguro de que no la vas a necesitar en la Escuela de la Señorita Pimm. —Tras lo cual extendió la mano.

La niña apartó la espada y resopló:

—Si no te importa, papá, prefiero quedármela. Me han dicho que en esa escuela hay chicas de lo más peligrosas.

—Hilary, no tengo tiempo para tonterías. Con espada o sin ella, lo único que te pido es que, mañana por la mañana, a las diez en punto, subas al tren que parte hacia la Escuela de la Señorita Pimm.

La chica intentó poner cara seria.

—Claro, papá. Te lo prometo.

El almirante Westfield asintió y la despachó. Por lo menos, no le había pedido que se quedase en el tren hasta llegar a la escuela... porque esa promesa no la iba a cumplir.

Hilary recorrió el pasillo a toda prisa, pasando de largo ante reyes, exploradores y demás héroes atrapados para siempre en las vidrieras de Villa Westfield. Cuando llegó a su dormitorio, cerró la puerta de golpe tras de sí.

—Bueno, ¿qué? ¿Has conseguido convencer a tu padre? —le preguntó la gárgola—. No dirás que no te lo advertí... ¡Oye, ¿qué haces con eso?!

—Pues... —empezó a decir la niña mientras aportillaba la gárgola de la pared con la punta de la espada—, te voy a llevar conmigo. Seguro que papá no te echa de menos.

—¿¡Qué!? —preguntó la talla mientras se retorcía y caían al suelo trocitos de piedra—. ¿¡Te has vuelto loca!? ¡No quiero ir a una escuela de buenos modales! ¡No puedes obligarme! ¡No pienso aprender ballet acuático! ¡Jamás!

—Calla y no te preocupes, que no vamos a ir a la Escuela de Buenos Modales.

La gárgola alzó las orejas.

—¿Ah, no?

—No. Partimos hacia Altamar.

De

La Gaceta Ilustrada de Puertolarreina
¡TU PASAPORTE AL MUNDO CIVILIZADO!

SUSTRAÍDO ❋ SUSTRAÍDO ❋ SUSTRAÍDO

Un documento importante y valioso de los archivos personales del almirante James Westfield. Se trata de un pergamino cuadrado de sesenta centímetros de ancho, enrollado y sujeto por un lazo rojo. La última vez que fue visto se hallaba en las nefandas manos de dos intrusos enmascarados que iban vestidos de negro de pies a cabeza. ¡Contiene importantes secretos del reino! (Si lo encuentra, haga el favor de no leerlo.)

Por favor, devuelva dicho documento al almirante Westfield, en Villa Westfield, Puertolarreina, de inmediato. En caso posible, sería de agradecer que se entregase también a los intrusos enmascarados. Huelga decir que la devolución del documento junto con la entrega de los intrusos será objeto de una significativa y generosa...

RECOMPENSA.

LA EXPEDICIÓN MINERA
A LAS TIERRAS DEL NORTE
RESULTA UN FRACASO ABSOLUTO

RIBANORTE, AUGUSTA—. Aunque no debería sorprenderle a nadie con un ápice de sentido común, la Expedición Real que partió en busca de minas de magia sin explotar en las colinas de las Tierras del Norte ha fracasado (como, por lo demás, en las noventa y cuatro ocasiones anteriores).

«Creíamos haber encontrado un filón de mineral mágico virgen», explicó sir Archibald Trout, líder de la expedición. «Sin embargo, cuando empezamos a excavar, resultó que el material era, lisa y llanamente, oro. Ya tendremos más suerte la próxima vez», añadió.

En los últimos doscientos años no se ha encontrado ninguna veta mágica en Augusta y los expertos consideran que este recurso natural, tan valioso en su momento, se ha agotado por completo. Salima Svensson, profesora en la Universidad de Ribanorte ha declarado hoy lo siguiente: «Si la reina está buscando magia, mejor sería que lo hiciera en el interior de los cofres del tesoro de los piratas». La profesora Svensson ha añadido rápidamente que no recomendaba en serio que la reina intentase recuperar alguno de los tesoros escondidos por el país. «Muchos de nosotros llevamos generaciones viviendo sin magia —ha asegurado—, y eso nos ha permitido realizar avances tecnológicos destacables. El otro día, sin ir más lejos, usé la cocina de leña para calentar un platito de galletas. Quizá sea el momento de renunciar a la búsqueda de magia y empezar a vivir con sensatez».

No hemos conseguido hablar ni con la reina ni con sus consejeros para ver qué opinaban.

Capítulo dos

-Pensaba que íbamos a Altamar —dijo la gárgola en voz baja desde el interior de la bolsa de lona.

Hilary metió la mano en el saco y le tapó el morro.

—¿Qué te he dicho? —le espetó entre susurros.

—Que no me moviera ni hiciera ruido.

Resultaba difícil entender la respuesta amortiguada pero, por el tono, le sonó a disculpa.

La niña miró a su institutriz, que estaba sentada frente a ella en el compartimento, absorta en el periódico. Por lo que parecía, la señorita Greyson no tenía la menor intención de levantarse hasta haber leído todos y cada uno de los artículos —y la mujer era una lectora de lo más concienzuda—. Detrás de la oreja izquierda llevaba un lapicero afilado con el que, de vez en cuando, tomaba notas en los márgenes del periódico. Además, no dejaba de preguntarle a Hilary por las noticias de la jornada. «Una dama debe estar siempre al día de lo que sucede en el mundo», le gustaba decir. La niña no se atrevía a salir del compartimento por miedo a que la institutriz levantase la cabeza de repente y le preguntara qué opinaba de las operaciones mineras en las Tierras del Norte o de los robos que se producían en las mansiones más lujosas de Augusta.

—Vamos a tener que esperar un poco más —susurró la niña hacia el interior de la bolsa—. Antes o después, tendrá que levantarse y será entonces cuando actuemos.

Al principio, huir a Altamar no parecía un plan tan complicado, pero Hilary no había contado con la institutriz.

—Ya que vas a seguir hablando con tu amigo —dijo la señorita Greyson en clara referencia a la gárgola y sin levantar la vista del periódico—, será mejor que lo hagas en un tono adecuado para que los demás podamos participar en la conversación.

La gárgola asomó la cabeza.

—¡Se suponía que no sabías que estaba aquí!

—Pues haber mantenido la boca cerrada —respondió la institutriz—. Se te mueven las orejas.

La niña y la talla se miraron atónitas.

—Es que han empezado a picarme y he pensado que quizá si las sacudía con fuerza...

—Veo que os habéis quedado de piedra. —La señorita Greyson dobló el periódico—. No te preocupes, Hilary, no pienso obligarte a que la gárgola vuelva a casa. Sé que las primeras semanas en una escuela de buenos modales pueden resultar muy solitarias y te vendrá muy bien tener un amigo.

—¡No me he quedado de piedra! —soltó la gárgola—. ¡Además, no pienso ir a la Escuela de Buenos Mo...! ¡Ay!

Hilary le pegó un codazo donde, supuestamente, tenía las costillas.

—Pero debes tener cuidado de que nadie la vea. Sobre todo, en el tren. En ellos viaja gente muy rara. —La institutriz pronunció la palabra «gente» como si se estuviera refiriendo a rufianes de la peor calaña—. No querrás que te la roben, ¿verdad?

—No, señorita Greyson.

—De hecho, esta misma mañana ha habido un nuevo robo en una mansión de la alta sociedad. —La institutriz golpeó el periódico con la delicada aguja de ganchillo dorada que siempre traía consigo—. Se han llevado doce cuberterías mágicas... ¡incluidas las cucharillas de postre! Aunque, a decir verdad, los Grimshaw siempre han sido un tanto descuidados con su magia. Cuando transformas casi a diario buenas servilletas de lino en tórtolas, no puede sorprenderte que te roben.

—Lo siento mucho por ellos —comentó Hilary mientras golpeaba la parte trasera de su asiento con los tacones, cosa que sabía muy bien que la institutriz desaprobaría—. Seguro que, a partir de ahora, sus cenas resultan de lo más aburridas.

—Lo que quiero decir, Hilary, es que los ladrones carecen de escrúpulos. En especial, por lo que se refiere a la magia. —La señorita Greyson bajó el tono de voz y miró a uno y otro lado—. Si una cucharilla de café es capaz de convertir una servilleta en una tórtola, imagina lo que haría un ladrón si tuviera la gárgola.

—¡Que intenten robarme! ¡Soy mucho más aterradora que una cucharilla de café, señorita Greyson! Además, no me gusta que me utilicen; se me acelera el corazón. —Hizo una mueca—. Y, por otro lado, no puedo convertir los objetos en pájaros. La hechicera me lo prohibió expresamente cuando me talló.

—¿En serio? Sí que fue concreta —comentó la institutriz.

La gárgola dudó.

—A ver, no es que lo dijera con esas palabras, pero señaló que mi magia solo podía utilizarse para proteger. ¿A que sí, Hilary? ¿A que un ladrón no conseguiría que convirtiese los objetos en pájaros? —Se estremeció—. No me gustan los pájaros.

—No te preocupes. —La niña le dio unas palmaditas en las pequeñas alas de piedra hasta que se tranquilizó—. Te prometo que no pienso dejar que nadie te utilice y que te protegeré de todo aquel que parezca carecer de escrúpulos.

—Muchas gracias.

La señorita Greyson asintió.

—Muy bien. Oh, me parece que... —Consultó su reloj de bolsillo—, en efecto, es casi la hora de comer. —Rebuscó en su enorme bolsa de viaje y sacó un puñado de paquetitos rectangulares envueltos en papel encerado—. He traído emparedados por si tenías hambre. ¿De pepino o de huevo?

—Ni lo uno ni lo otro, gracias —respondió la gárgola—. ¿Hay arañas?

Cuando le quedó claro que la señorita Greyson no llevaba arañas para comer, la talla se arrebujó en la bolsa de lona. Hilary deseaba meterse dentro con ella. Un pirata que se preciara nunca comería emparedados de aquellos, pequeños y sin corteza. ¿¡Es que no iba a ausentarse nunca la señorita Greyson!?

—De huevo, por favor —dijo finalmente la niña.

La institutriz le tendió uno de los paquetitos e intentó cerrar la bolsa, pero le resultaba imposible.

—Oh, vaya… Siempre me excedo con el equipaje durante los viajes en tren. Me gusta estar cómoda y, por si acaso el trayecto se prolongaba, he traído ropa para mantenernos calientes y provisiones con las que sobrevivir, al menos, una semana.

La institutriz se rio y la niña trató de forzar una sonrisa, pero la situación no le hacía ninguna gracia. Parecía que la señorita Greyson no tenía la menor intención de abandonar el compartimento en los próximos minutos ni, de hecho, ¡nunca! Afuera, a lo largo de las vías los abetos y las flores silvestres quedaron atrás mientras el tren avanzaba a toda velocidad hacia la Escuela de Buenos Modales de la Señorita Pimm para Damas Delicadas.

Hilary miró el pequeño emparedado de huevo. Luego, se fijó en su amigo, que se había acurrucado junto a la ajada copia de *La isla del tesoro*.

—Lo siento, señorita Greyson —empezó a decir la niña mientras metía el emparedado en la bolsa de lona—, pero tengo que irme.

—¿Irte? —La bolsa de viaje de la institutriz se cerró de golpe—. ¿Qué quieres decir?

—Al lavabo, claro —añadió a todo correr.

—Por supuesto. Te acompaño. —La mujer hizo ademán de levantarse.

—Oh, no, no es necesario. Solo va a ser un momento. —Hilary se puso en pie y se echó la bolsa de lona al hombro—. Además, ya me acompaña la gárgola.

El talismán de piedra dedicó a la institutriz la mejor de sus sonrisas y esta suspiró.

—No es que sea una gran carabina, pero qué se le va a hacer. No te entretengas, que eres una dama, no un explorador de la reina.

—No se preocupe, señorita Greyson —respondió la niña mientras abría la puerta del compartimento. Por un instante, le pareció que olía ligeramente a mar, aunque el olor a emparedado de huevo sofocó la sensación de inmediato—. Si me encuentro con gente que carezca de escrúpulos, la aviso.

Hilary pensó que, de no ser porque el tren avanzaba inexorablemente hacia la Escuela de la Señorita Pimm, habría disfrutado del viaje. No viajaba a menudo en ferrocarril porque los trenes no eran barcos y, por tanto, se trataba de un medio de transporte que su padre desaprobaba. Aquel era muy elegante, con alfombras de terciopelo y decoraciones en oro pintadas en los paneles de madera. A la niña no le habría sorprendido encontrarse con la mismísima reina en uno de los compartimentos, aunque lo único que vio mientras iba por el pasillo fue pequeños grupos de caballeros de traje oscuro y, de vez en cuando, niños con la cara sucia perseguidos a la carrera por su aya.

—¿De verdad vamos al servicio? —preguntó la gárgola desde el interior de la bolsa de lona—. ¿Me vas a rascar detrás de las orejas?

Hilary se llevó la bolsa al pecho y sonrió a los dos caballeros que se acercaban a ella desde el otro lado del vagón.

—Por supuesto que no —le susurró a través de la bolsa después de que pasaran los caballeros—. ¡Vamos a escapar! Nos bajaremos en la siguiente parada, sea cual sea.

La chica no había conseguido consultar el horario que llevaba la señorita Greyson en la bolsa de viaje, pero era consciente de que las vías que iban de Puertolarreina a Pemberton seguían la línea de la costa. Bajasen donde bajasen, no estarían lejos del mar... ¡y donde hubiera mar, habría piratas!

—Ah, vale, me parece bien. Avísame cuando lleguemos al litoral.

Hilary siguió adelante hasta que consideró que estaban lo bastante lejos de la señorita Greyson. Se sentó de espaldas a la pared cerca de la puerta del vagón y dejó la bolsa de lona a un lado. Se alegraba de que la gárgola fuera su compañero de viaje pero, después de un rato, pesaba muchísimo.

Para entretener la espera hasta que el tren se detuviera, la niña le leyó *La isla del tesoro*.

—«Aunque llevo toda la vida viviendo junto a la costa —pronunció la chica—, parecía que jamás hubiera estado cerca del mar hasta entonces. El olor de la brea y de la sal era nuevo para mí. Vi los más maravillosos mascarones que jamás hayan surcado el océano... —Levantó la vista para asegurarse de que la señorita Greyson no venía—. Y yo mismo iba a embarcar en una goleta... con rumbo a una isla desconocida ¡en busca de tesoros enterrados!».

La puerta del vagón se abrió de golpe. La niña metió el libro en la bolsa con premura y la cerró por encima de las orejas de la gárgola justo cuando los dos caballeros con los que se había cruzado antes enfilaban el pasillo. Iban vestidos con elegancia, como si fueran a la ópera y se hubieran subido a un tren por error. Consideró que formarían parte de la alta sociedad a pesar de que uno de ellos —que parecía un chiquillo, ahora que lo veía mejor— no dejaba de tropezar al pisarse el bajo de los pantalones, que le quedaban larguísimos. El muchacho tenía el pelo oscuro y lo llevaba a la altura del cuello de la camisa, y lo cierto es que parecía tan incómodo con aquel traje como Hilary con el uniforme de la señorita Pimm.

El otro caballero sería algo mayor y no se tropezaba tan a menudo. Llevaba un maletín negro debajo del brazo y lanzaba una moneda al aire mientras andaba, tras lo cual la recogía con la misma mano enguantada. El hombre saludó a Hilary con la cabeza. Luego, se detuvo unos instantes y la moneda se le cayó al suelo.

—Disculpe —el caballero se dirigió a ella—, ¿nos conocemos?

La chica negó con la cabeza. Quizás el hombre hubiera asistido a alguno de los bailes que se celebraban en Villa Westfield —su madre siempre se hallaba bien planeando el próximo baile, bien organizando la limpieza del último—, pero Hilary evitaba los acontecimientos sociales de sus padres siempre que podía.

—Lo siento —contestó mientras intentaba desesperadamente recordar las normas de comportamiento para deshacerse de una compañía no deseada que se explicaban en la *Guía de la sociedad augusta para señoritas*—, pero creo que no.

—Bueno, pues menos mal que por fin coincidimos. —El hombre se agachó para recoger la moneda, se la metió en el bolsillo y le tendió la mano—. Es un placer. Soy el señor Smith y este —siguió diciendo mientras hacía un gesto hacia el chico— es mi pupilo, Charlie.

Hilary le estrechó la mano al señor Smith a toda velocidad y le tendió la mano al chico, pero este se encontraba detrás y no hizo ademán alguno de saludarla.

—Me alegro de conocerlos.

Albergaba la esperanza de que allí se acabase la conversación, que el señor Smith y su pupilo volviesen a su compartimento y siguiesen hablando de bolos sobre hierba, de chisteras o de lo que se supusiera que hablaban entre sí los caballeros. Por desgracia, parecía que no tenían la menor intención de marcharse. El chico, el tal Charlie, la estudió un momento. Luego, abrió los ojos de par en par y le dio un codazo a su compañero.

—Creo que va a la Escuela de Buenos Modales —le dijo el chico al señor Smith en un tono que traslucía no hacerle la menor gracia—. Fíjate en el cárdigan.

Hilary suspiró y cogió la bolsa. Si aquellos elegantes caballeros pretendían quedarse allí, quizá, por lo menos, le fueran de utilidad.

—¿Podrían decirme cuál es la siguiente parada? No quiero que se me pase la estación.

—No te preocupes por eso —respondió el señor Smith—,

es una ruta directa. De Puertolarreina a Pemberton sin paradas. De hecho, creo que pronto llegaremos.

La niña se lo quedó mirando.

—Pero... ¡si tengo que bajar del tren! ¡No quiero llegar a Pemberton!

Allí era donde estaba la Escuela de la Señorita Pimm y eso significaba barrotes en las ventanas, verjas de hierro forjado y un campo con institutrices en vez de minas. No sabía a qué dedicaban el día las damas que acudían a dicho centro pero, desde luego, seguro que no a escaparse.

El señor Smith esbozó una sonrisa.

—No creas que nosotros estamos deseando llegar. Nos encontramos, se podría decir, en un aprieto, así que, si también es tu caso, podríamos ayudarnos. Solo si te parece bien, claro está.

Charlie tragó saliva.

—¡Pero cómo se te ocurre proponérselo! ¡Seguro que no quiere!

—¿Por qué no iba a querer ayudar a los demás? —Hilary se quedó mirando a Charlie a los ojos hasta que este dirigió la mirada al bajo de sus pantalones—. No creas que soy tan mala. Además, este cárdigan me gusta tan poco como a ti.

El señor Smith se inclinó hacia delante.

—Entonces, ¿vas a ayudarnos?

La niña dudó. A pesar de que llevasen frac y guantes blancos y limpios, había algo en ellos que, a decir verdad, le hacía pensar que carecían de escrúpulos. No obstante, a un pirata de verdad no le darían miedo y, por otro lado, haría lo imposible por librarse de ir a la Escuela de la Señorita Pimm.

—A mí tampoco me vendría mal algo de ayuda —dijo al fin—, pero no sé qué puedo ofrecerles a cambio. —Pensó un instante—. ¿Les gustan los emparedados de huevo?

Daba la impresión de que el señor Smith se sintiera avergonzado.

—Lo cierto es que estamos bastante cansados y creímos que nos ayudarías con un poquito... de magia.

La gárgola empezó a temblar dentro de la bolsa y la chica la agarró con más fuerza. ¡Como si el que te enviaran a una escuela de buenos modales no fuera lo suficientemente malo! Si el señor Smith pensaba que iba a dejar que tocase siquiera —¡por muchos guantes que llevara!— las orejas de la gárgola, estaba muy equivocado.

—¿Acaso parezco la hechicera de las Tierras del Norte, señor Smith? No poseo nada de magia. Ni una pizca. Y tampoco sé utilizarla.

El señor Smith rebuscó en el bolsillo.

—Creo que me has malinterpretado...

—Lo he interpretado a la perfección. Si pretenden robarme algún objeto mágico, están perdiendo el tiempo.

—Lo sabía —comentó Charlie—. Será mejor que se lo pidamos a otro antes de que llame a los guardias. —Miró fijamente a Hilary—. Todas las chicas de la alta sociedad sois iguales.

Antes de que la niña tuviera tiempo de responder que no pertenecía a la alta sociedad, sino que era una pirata —o que, al menos, le faltaba poco para serlo—, se oyó un fortísimo chirrido por todo el vagón y el tren se detuvo traqueteando.

Hilary estuvo a punto de caer al suelo, pero el elegante señor Smith lo impidió con suavidad.

—Qué raro —dijo el hombre cuando terminó el chirrido—, es imposible que hayamos llegado a Pemberton. —Se acercó raudo a la ventana y miró afuera—. Ah, ya lo entiendo. Ya sea magia o no, amigo mío —se dirigió al chico—, creo que esta es nuestra parada.

El tren se detuvo en mitad de una pradera. No había estación alguna a la vista y ni siquiera se distinguía pueblos a lo lejos. A lo largo de las vías destacaba, sin embargo, una hilera de hombres con cara de pocos amigos vestidos con chaqueta roja y pantalones grises. Y detrás de ellos, un carruaje con el emblema de la reina y salpicaduras de barro.

Hilary miró al señor Smith.

—¿Qué hacen aquí los inspectores de la reina? —le preguntó.

—¿No te había comentado que estábamos en un aprieto? Yo diría que sí. Tenía la esperanza de que alguien nos ayudara a desvanecernos por medios mágicos. —Le pasó el brazo a Charlie alrededor del cuello—. Por desgracia, creo que vamos a tener que confiar en nuestros buenos modales.

Los inspectores de la reina provocaron un gran estruendo con las botas mientras subían al vagón. Apenas prestaron atención a Hilary, pues enseguida se fijaron en el señor Smith.

—Sentimos mucho molestarlos, caballeros —dijo el inspector que iba delante—, pero estamos buscando a unos ladrones que creemos que han subido al tren en Puertolarreina.

—¿Vestidos de negro de pies a cabeza? ¿Con antifaz? ¿Y que actuaban de manera tremendamente sospecha?

—Sí, los mismos. ¿Los han visto?

El señor Smith sonrió.

—Por supuesto. No hace ni cinco minutos que han escapado corriendo por ahí —dijo mientras señalaba el otro lado del pasillo.

—Hum. —El inspector anotó algo en su libreta y, acto seguido, por sorpresa, se dirigió a la chica—. Y tú, muchacha, ¿has visto algo sospechoso?

Charlie se dio un golpe contra la pared y se llevó las manos a los ojos. Hilary frunció el ceño, luego, se puso bien el cárdigan de la oveja bailarina y, al tiempo que asentía, le dijo al inspector:

—El caballero tiene razón. —Aunque lo dijo en un tono de voz demasiado alto, parecía que el inspector no se hubiera dado cuenta. Charlie apartó la mano y le guiñó un ojo—. Dos hombres vestidos de negro acaban de pasar a todo correr por aquí. Si se dan prisa, seguro que les dan alcance.

—Gracias, han sido de gran ayuda.

El inspector avanzó en la dirección que le había señalado el señor Smith y los demás inspectores lo siguieron después de saludar al trío tocándose el sombrero.

Cuando el último desapareció del vagón, el señor Smith se giró hacia la niña.

—Siento mucho que tengamos que marcharnos sin despedirnos como es debido —le dijo—, pero es que tenemos prisa. —Luego, señaló la puerta por la que habían subido al tren los inspectores y añadió—: Si aún quieres bajar, te recomiendo que lo hagas antes de que vuelvan esos caballeros de la chaqueta roja... porque seguro que están de mal humor. —Sin más, salió por la puerta y desapareció por entre la alta hierba.

Charlie lo siguió pero, en la puerta, se giró y —Hilary habría asegurado que con una sonrisa en los labios— le dijo:

—Por cierto, ha estado bien que no nos delataras.

La chica asintió.

—Es que no toda la gente de la alta sociedad es igual, ¿sabes? —aunque el chico no llegó a oír su respuesta porque ya se había esfumado.

A través de la puerta abierta, más allá de la hierba de la pradera, se veía una estrecha franja de océano trémula. La chica abrió el cierre de la bolsa de lona y la gárgola asomó la cabeza.

—¿Se han marchado esos bribones? —susurró.

—Sí, se han ido.

—Gracias por protegerme.

—Dije que lo haría.

—No es que tuviera miedo, ¿entiendes? Los piratas no tienen miedo.

—En ese caso, me alegro mucho de que vayamos a ser piratas. ¿Qué dices, huimos al mar?

Justo en ese instante, la otra puerta del vagón se abrió de golpe y la señorita Greyson entró con el grupo de inspectores siguiéndola de cerca.

—¡Hilary Westfield! —gritó la institutriz mientras blandía la aguja de ganchillo como si fuera un sable—. ¿¡Qué crees que estás haciendo!? ¡Apártate de esa puerta ahora mismo!

La niña tragó saliva.

—¡Lo siento! Necesitaba aire fresco y he pensado que...

Pero de nada servía intentar engañar a la señorita Greyson. La mujer se cruzó de brazos, empezó a dar golpecitos en el suelo con el pie y suspiró. Aquella era, exactamente, la pose que adoptaban las institutrices cuando querían lidiar con un niño desobediente —y la señorita Greyson tenía muchísima práctica.

—Yo me encargo de esto, inspectores. Muchas gracias. —Pronunció aquellas palabras con tal autoridad que no les quedó otra que asentir y salir a la carrera. Luego, se giró hacia Hilary—. ¡De verdad, no conozco a ninguna chica que necesite tanto como tú ir a la Escuela de Buenos Modales de la Señorita Pimm! ¿Sabías que había ladrones en el tren? ¡Podría haberte pasado algo horrible! Y eso de huir al mar... de todas las ideas estúpidas que has tenido ¡esa es, con diferencia, la peor! —La institutriz agarró con fuerza a la niña por los hombros y la guio hasta el compartimento—. ¿Qué diría tu padre si se entera de lo que ha estado a punto de pasar? Imagina cuánto lo decepcionarías.

A Hilary no le resultó nada difícil imaginar a su padre frunciéndole el ceño y resoplando exasperado. Pero ¿acaso no le encantaban al almirante Westfield los actos arrojados? ¿Acaso no tenía que escapar él de situaciones peligrosas cada vez que estaba en Altamar? A su padre no le gustaban los piratas, de acuerdo, pero la niña albergaba la esperanza de que cuando, por fin, fuera una pirata de verdad, el almirante no se sintiera decepcionado. Quizás incluso llegara a impresionarlo.

Queridos lectores de *El Chismoso*, ¡esconded vuestros objetos de valor!

La banda de ladrones que está saqueando las mansiones de la alta sociedad sigue libre. Por lo visto, solo busca objetos mágicos. Esta semana ha robado la cubertería de los Grimshaw, los pisapapeles de los Feverfew y la colección de monedas del señor Thaddeus Wembley. Se rumorea que incluso los objetos mágicos del Tesoro Real se hallan en peligro. Y ¿quién es el responsable de los robos? Los inspectores de la reina no saben por dónde tirar, pero *El Chismoso* sigue una pista... ¡hemos oído rumores que hablan de piratas!

La reina ha asegurado a este reportero que los inspectores tienen la situación controlada. Sin embargo, también nos hemos enterado de que perdieron el rastro de los ladrones de la manera más tonta posible en el tren de Pemberton. Hasta que los villanos sean capturados, *El Chismoso* sugiere extremar las precauciones y aconseja a sus lectores que eviten la compañía de figuras con antifaz y completamente vestidas de negro.

NOSOTROS PREGUNTAMOS, USTED RESPONDE:

¿CREE QUE LOS PIRATAS SON LOS RESPONSABLES DE LA RECIENTE CADENA DE ROBOS?

«Sí lo son, y he de admitir que les estoy agradecido de que les quiten toda esa magia a los de la alta sociedad, porque la gente de a pie apenas si tenemos una o dos monedas mágicas, ¿sabe?».

L. REDFERN, PEMBERTON

«Desde luego, el asunto apesta a piratería. Aunque, la verdad, no me sorprende. Yo también fui víctima de un robo y le mando todo mi apoyo a la gente que está sufriendo por culpa de estos villanos».

J. WESTFIELD, PUERTOLARREINA

«¿Para qué iban a robar los piratas la magia en las mansiones de la alta sociedad? ¿Acaso ya no parten hacia Altamar para desenterrar algún que otro cofre del tesoro? ¿O es que tampoco quedan ya cofres del tesoro?».

T. GARCÍA, CABO DEL VERANO

«A partir de ahora, voy a esconder mucho mejor mi antiguo calzador mágico. Perteneció a mi bisabuela y no estoy dispuesto a permitir que ningún pirata me lo robe. He oído que la vida sin magia es de lo más aburrida y vulgar... ¡así que no quiero probarlo en mis carnes!».

G. TILBURY, RIBANORTE

«Ni poseo ninguna magia ni la he tenido nunca, pero en el caso de representar a uno de esos extravagantes de la alta sociedad no sería tan descuidado como para dejar que me la robaran. Si los ladrones están leyendo esto, espero que me traigan el botín a casa. ¡Podría hacer montones de cosas con solo una o dos monedas mágicas!».

W. PIPPIN, REMANSO DE LA NUTRIA

«Lo único que tengo claro es que no sé nada al respecto. ¿Cómo quieren que opine acerca de algo tan escandaloso?».

E. PIMM, PEMBERTON

Varios extractos de

☞ *Guía de la sociedad augusta para señoritas*

Unas palabras sobre «la hechicera»:

La hechicera es una maga muy poderosa, bien entrenada, que designa la Corona para distribuir la magia por todo el reino y garantizar que se haga un uso adecuado de ella. La hechicera debe tener sentido común, una moral fuerte y demostrar talento natural en el manejo de la magia. No obstante, hace doscientos años que no existe una en

Augusta, desde que la hechicera de las Tierras del Norte exhibiera su irresponsabilidad y mala educación al desvanecerse sin nombrar una sucesora. Esta guía quiere destacar que jamás habría sucedido algo tan traumático si aquella se hubiera preocupado más de sus buenos modales».

Unas palabras sobre «magia»:

La magia es una sustancia con una serie de propiedades especiales que fue descubierta en las colinas de Augusta muchos siglos atrás. Aunque su apariencia sea similar al oro, su comportamiento es muy diferente: así, los objetos mágicos obedecen a las peticiones de quienes los empuñan. Se dice que sustrae parte del poder de aquel que usa el objeto y que pocos son lo suficientemente poderosos como para manejar grandes cantidades de ella sin desmayarse o fatigarse. Sin embargo, tras el entrenamiento adecuado y cierta práctica todas las personas pueden usar la magia hasta cierto punto.

Antiguamente, el gobierno extraía el mineral de las colinas, lo acuñaba en monedas y en una serie de objetos, y supervisaba su distribución entre los ciudadanos de Augusta. Las personas la empleaban para realizar tareas cotidianas tales como cocer el pan, remendar calcetines y arreglar carreteras públicas.

El manejo de la magia lo regulaba la hechicera, quien castigaba a los ciudadanos que hacían un uso impropio o incívico de la misma. Esta guía señala que, pese a ello, mucha gente prefería la ausencia de civismo, y que no a todo el mundo le caía bien la hechicera. Tras sobrevivir a una serie de encantamientos, la hechicera de las Tierras del Norte se vengó: hizo acopio de casi toda la magia del reino y, tras esconderla, ella misma desapareció. La magia oculta no ha sido descubierta todavía.

Varias familias de la alta sociedad poseen objetos encantados que la hechicera no pudo arrebatarles y se rumorea que hay monedas mágicas que fueron guardadas en cofres piratas y enterrados por todo el reino. La mayoría de los ciudadanos carece de ella y los últimos intentos por encontrarla en las colinas de Augusta han sido en vano.

Es posible que las lectoras de esta guía, jóvenes damas de alcurnia, se topen con objetos mágicos durante su participación en acontecimientos de la alta sociedad, pero deberían tener cuidado en no ofender al vulgo mostrando o hablando a menudo de ellos en público —la plebe, de acuerdo con nuestra experiencia, se ofende con facilidad—. Por tanto, es preferible hablar de magia en voz baja en los salones. Recuerda: un usuario de magia educado no atrae la atención sobre sí mismo ni causa alboroto.

Unas palabras sobre «piratería»:

A esta guía le conmociona —¡y mucho!— que una dama de alcurnia tenga ganas de ampliar sus conocimientos sobre un tema tan escandaloso. La presente guía le pide educadamente a la lectora que cierre sus páginas y la coloque con cuidado en una balda cercana antes de que me desmaye.

Capítulo tres

El resto de la tarde estuvo llena, casi por entero, de ceños fruncidos. La señorita Greyson arrugaba el ceño a Hilary desde el otro lado del compartimento y la niña lo fruncía mientras leía las estiradas páginas de la *Guía de la sociedad augusta para señoritas* —que, a su entender, seguro que se lo estaba arrugando a ella—. Después del tren, subieron a un carruaje tirado por un caballo con una carita tristona tan pequeña que era imposible que le cupieran todos los ceños fruncidos de su entorno. El cochero puso el equipaje de Hilary detrás del duro asiento de madera, pero la chica insistió en llevar la bolsa de lona en el regazo. Por entre las costuras de esta escapaban unos ronquidos suaves y pedregosos.

Cuando el carruaje cogió la sinuosa calle principal de Pemberton, la institutriz mudó la expresión de su rostro.

—Estoy segura de que lo vas a pasar bien en la escuela —comentó la mujer—. Siempre y cuando le des una oportunidad. ¿Sabías que yo también estudié con la señorita Pimm?

«Pobre señorita Greyson», pensó Hilary. La niña se preguntaba cómo sería cuando era joven, antes de que la Escuela de Buenos Modales le pasara por encima.

—No, no lo sabía.

—No fue hace tanto. Yo tampoco tenía muchas ganas de ir, pero no se puede desperdiciar una oportunidad así. —La señorita Greyson se metió la aguja de ganchillo en el moño—. Además, al final, me alegré mucho de haber asistido. La señorita Pimm es una mujer muy sabia.

—Parece que le encantan las ovejas bailarinas —soltó Hilary mientras se miraba el cárdigan con reservas.

La institutriz soltó una carcajada.

—En eso tienes razón, ¡pero ya verás lo bien que te lo pasas en clase de conducta! Se da en segundo.

Hilary no soportaba siquiera la idea de estar dos días en aquel colegio... ¡imagínate dos años!

—¿Todas las chicas que asisten a la Escuela de la Señorita Pimm trabajan luego de institutriz?

—Algunas. —Hizo una pausa—. Además, no creas que deseo ser institutriz toda la vida. De hecho, acabo de darle el preaviso a tu madre.

La niña se sentó recta y estudió la expresión de la señorita Greyson. No parecía que estuviera bromeando. La mujer tenía cara típica de institutriz, con sagaces ojos azules que lo veían todo y unas gafas de montura plateada, que le daban un aire severo apoyadas sobre la punta de su correcta e inteligente nariz. Desde luego, no era el rostro típico de un funambulista ni de un botánico, ni de ninguna otra cosa que la señorita Greyson pretendiera ser en vez de institutriz.

—¿Y a qué te dedicarías?

—Quiero abrir una librería en el puerto. Vendería todos los periódicos locales habidos y por haber y, cómo no, tendría té y chocolate para tomar y sillones confortables en los que sentarse a leer. —La señorita Greyson sonrió, quizá por primera vez en su vida—. Seguro que a tu padre le parecería fatal.

Hilary también sonrió.

—Seguro. —El almirante Westfield odiaba el chocolate casi tanto como los libros y la niña sintió cierta admiración por alguien que se atrevía a poner una tienda con artículos que enfurecerían a su padre—. No obstante, no me cabe duda de que te irá muy bien aconsejándole libros a la gente y contándoles las noticias del día. —En cualquier caso, parecía mucho más apropiado para ella que el funambulismo—. ¿Tendrás una sección de historias de piratas? Así, la gárgola y yo dispondremos de algo que leer cuando vayamos a visitarte.

—Y novela rosa —murmuró la gárgola soñolienta desde el interior de la bolsa—. No te olvides de la novela rosa.

—Pues claro que habrá novela rosa y también historias de piratas. —El carruaje se detuvo y la señorita Greyson se inclinó para ponerle bien la falda a la niña—. Aunque durante los siguientes diez minutos seguiré siendo tu institutriz y no pienso permitir que parezcas un rufián en tu primer día de clase en la Escuela de Buenos Modales de la Señorita Pimm. —Suspiró—. Después... me temo que ya no podré evitarlo.

El cochero abrió la puerta del carruaje y le tendió la mano a la señorita Greyson.

—Ya hemos llegado, señorita —dijo el hombre—. Si me permite.

La institutriz tomó la mano del conductor y bajó con garbo. Hilary, en cambio, descendió sola y se manchó las medias nuevas con una raya de grasa. Por suerte, la señorita Greyson hizo la vista gorda, cogió a la niña de la mano y la condujo hasta la vasta y oscura sombra que proyectaba la Escuela de la Señorita Pimm.

El edificio era gris y plomizo, como el cielo. Frente a él se alzaba una verja de frío hierro, rematada en pinchos cada poca distancia —pinchos que muy bien podrían servir para ensartar en ellos la cabeza de las estudiantes desobedientes—. Había niebla y la niña deseó ponerse a toser. Mientras la institutriz la conminaba a cruzar la verja, la chica agarró la bolsa de lona con más fuerza. Subieron juntas los escalones de acceso y la señorita Greyson llamó a la puerta tres veces con la pesada aldaba que colgaba de ella.

—Los piratas no tienen miedo —susurró para sí la muchacha cuando la puerta empezó a abrirse acompañada por un chirrido. Si la espada no estuviera escondida bajo capas y más capas de enaguas en el fondo del baúl de viaje...—. Los piratas no se asustan.

La niña apretó con fuerza la mano de su institutriz.

Puede que a los piratas no les dieran miedo los cañonazos o los motines, pero la mirada de la joven que abrió la puerta era tan feroz como para asustar incluso a Jones Pata de Palo.

—Bienvenidas a la casa de la señorita Pimm —dijo la muchacha en un tono monótono. Luego, miró a Hilary de arriba abajo, se pasó la mano por su largo pelo rubio y frunció la nariz—. ¿Eres Hilary Westfield? —preguntó como si esperara que no fuera así.

Hilary asintió.

—Estupendo. Yo soy Philomena. Me han encargado que te acompañe a tu dormitorio.

Hilary miró con la cara desencajada a su preceptora.

—Soy la institutriz de la señorita Westfield. —Hilary se sintió aliviada. Puede que hablar con educación a gente como Philomena fuera algo que te enseñaban en aquella Escuela de Buenos Modales o quizá se tratara de una especie de examen de admisión—. ¿Podríamos ver a la señorita Pimm? Somos viejas conocidas. Yo también asistí a este colegio.

La señorita Greyson sonrió por segunda vez en aquel día y Hilary pensó que el mundo cada vez era más extraño. Philomena no le devolvió la sonrisa.

—Lo siento muchísimo —respondió la alumna—, pero la señorita Pimm no recibe visitas. Puede dejar a la señorita Westfield conmigo y el portero se encargará de las maletas. —En ese instante, el cochero dejó el baúl de viaje chapado en oro junto a la puerta y Philomena enarcó una ceja—. Espero que ahí dentro lleves otro par de medias.

—Lo llevo. —La niña miró a los ojos a Philomena—. De hecho, llevo diecinueve. Y una espada.

La institutriz gimió y se llevó la mano a la frente.

—¿Disculpa? —preguntó Philomena.

—Me temo que la señorita Westfield tiene mucha imaginación —salió al quite la preceptora.

Philomena bajó la ceja.

—Entendido. En cualquier caso, no hay de qué preocuparse; la señorita Pimm no tardará en curarla de ese hábito tan horrible. Bueno, Hilary, acompáñame.

La institutriz hizo ademán de seguir a la estudiante, pero esta la detuvo en seco:

—En el colegio solo pueden entrar estudiantes y profesores. Con la cantidad de robos que está habiendo en el reino, toda precaución es poca. Pero no hay inconveniente en que se tomen un rato para despedirse.

La preceptora se arrodilló frente a Hilary.

—¿Una espada? —le preguntó entre susurros.

—Lo siento, señorita Greyson.

—Solo te pido que tengas cuidado en no ensartar a tus compañeras de clase. Aunque, si no fuera institutriz, quizá comentara que a la encantadora Philomena no le vendría mal que le cortaran el pelo.

La niña estuvo a punto de echarse a reír, pero sopesó la idea de que quizás estuviera prohibido reírse en el colegio y prefirió asentir con solemnidad.

—Prométeme que me escribirás —le pidió la señorita Greyson—. Debes mantenerte al día de las noticias que haya y contármelo todo por carta. Prométeme, también, que vendrás a visitarme a la librería cuando termine el trimestre.

—Por supuesto. —Hilary empezaba a tener una sensación extraña en el estómago y no se atrevía a decir más que unas pocas palabras cada vez que hablaba. ¿Cómo era posible? Los piratas nunca se ponían sentimentales. Aunque la señorita Greyson tampoco y ahí la tenías, agachándose para abrazarla. Ambas se fundieron en un abrazo—. Por favor, no me pidas que sea buena.

La institutriz aspiró un poco de aire y se puso en pie.

—Ni se me ocurriría, querida.

Luego, le dio una palmadita cariñosa a la bolsa de lona, miró a Philomena y asintió a modo de saludo, bajó las escaleras, cruzó la verja y subió al carruaje.

—Acompáñame —le dijo Philomena a Hilary mientras recogía la más ligera de las bolsas—. Y, por favor, no te entretengas, que aún tengo deberes por hacer.

Hilary siguió a Philomena por un oscuro laberinto de paredes de piedra y altísimas arcadas. Por dentro, el edificio se parecía más a una fortaleza que a un colegio, pues las ventanas eran meras saeteras y había pasillos que iban en todas direcciones.

—Eso es la biblioteca —comentó Philomena mientras señalaba un portón—, y eso de ahí, el comedor. Siempre comemos juntas. —Esta vez señaló un acceso al otro lado del pasillo.

Al cabo de un rato, a Hilary todos los corredores y puertas le parecían iguales pero, con un poco de suerte, no permanecería allí el tiempo suficiente como para llegar a perderse.

Al final del pasillo, Philomena dio media vuelta por sorpresa y abrió una puertecita de madera. Hilary la siguió por una escalera interminable. Cada poco, llegaban a un rellano en donde había otra puertecita de madera. A diferencia de las anteriores que le había mostrado Philomena, esta vez colgaba de cada puerta una placa con nombres.

—Es la escalera de los dormitorios —le explicó Philomena—. La mayoría de nosotras lleva muchísimo tiempo aquí. Tu compañera de habitación y tú sois las únicas que empezáis en verano.

Por la expresión que puso la alumna, Hilary dedujo que, dentro de la escala social, empezar en verano en la escuela apenas era mejor que robar el Tesoro Real.

—No sabía que iba a tener una compañera de habitación.

Con un poco de suerte, la otra chica tendría tantas ganas de escapar de allí como ella... pero, a decir verdad, en los últimos días, la poca suerte cosechada había sido mala.

—Por supuesto. —Philomena se detuvo ante una puerta con un cartelito en donde ponía: «Srta. Westfield y Srta. Dupree»—. A ella también tuve que acompañarla —dijo la muchacha mientras se quitaba el pelo de los hombros como irritada—, y creo que os vais a llevar a las mil maravillas.

La compañera de habitación de Hilary se llamaba Claire y tenía trece años —cumpliría catorce en noviembre— y una hermana mayor que se llamaba Violet y un hermano más pequeño, Tuck, y dos enormes perros de color pardo y le entusiasmaba subirse a los árboles y detestaba las alubias cocidas y acababa de llegar —¡hacía solo dos horas!— de El Azote del Pantano, que estaba bastante cerca de Pemberton aunque no era tan bonito.

—¡Y estoy encantada de estar aquí! —concluyó Claire antes de dejarse caer sobre la cama y tomar aire (por fin)—. Y ahora que has llegado, todo va a ser maravilloso.

—Me alegro mucho de conocerte —dijo Hilary, cosa más que normal después de tratar con Philomena, quien se había marchado en cuanto el portero llegó con el resto del equipaje, no sin antes soltar la vaga amenaza de que quizá volviera más tarde.

—Esa chica es algo repelente, ¿no crees? —la tanteó Claire—. Me refiero a la «filodendro» esa. Espero que el resto de alumnas mayores no sean como ella. Desde luego, yo no pienso ser así. Yo voy a convertirme en una gran actriz. —Se incorporó en la cama y adoptó una pose dramática durante medio segundo—. ¿Quieres que te ayude a deshacer las maletas? Yo ya he acabado con las mías, así que puedo echarte una mano.

Hilary no tenía muy claro qué hacer con el equipaje. Guardar la ropa parecía el paso previo a admitir que iba a quedarse en la Escuela de la Señorita Pimm para siempre. Aunque, a decir verdad, tampoco pensaba ponerse los trajes de baño de lana ni llevar los cárdigan con la oveja bailarina a Altamar; perfectamente podía dejarlos en el armario del dormitorio.

—No me vendría mal un poco de ayuda —respondió mientras arrastraba el baúl por el suelo y soltaba las hebillas—. Siempre y cuando de verdad no te importe.

Claire se quedó mirando el baúl de viaje chapado en oro y silbó.

—Caray, tu familia debe de ser muy rica. —Nada más darse cuenta de lo que había dicho, se llevó la mano a la boca y se disculpó—. Eso no ha sido digno de una dama. ¡Vaya, he empezado con mal pie!

Saltó de uno al otro varias veces y Hilary se preguntó cuál sería el malo mientras doblaba un traje de baño y lo metía en un cajón.

—No te preocupes, no me ha molestado en absoluto, en serio. Pero mi familia no es muy rica o, al menos, eso creo. —Lo cierto es que nunca se lo había planteado, aunque a sus padres debía de costarles un dineral emplear a tantos cocineros, sirvientes y limpiavidrieras, y, eso, sin contar a la señorita Greyson. Se sonrojó—. Bueno, no lo sé. Mi padre trabaja para la reina.

—Oh... ¡no será el almirante Westfield, ¿verdad?! —A la niña se le cayó la enagua que sostenía—. Siempre sale en la portada de los periódicos. Intentamos no envolver el pescado con él. —Recogió la prenda y la sacudió—. Mis padres son pescaderos y yo los ayudo en el mercado casi a diario. Bueno, los ayudaba. Mis padres están entusiasmados. Dicen que, cuando me gradúe, podré entrar a formar parte de la alta sociedad y que nunca habré de envolver pescado. —Suspiró y guardó la enagua en el cajón con mucha más delicadeza que Hilary el traje de baño—. Seguro que estás acostumbrada a tratar con gente muy importante.

—Las personas de esa clase me resultan insufribles y no soporto la alta sociedad. Los peces, al menos, sí son agradables.

—Sí, bueno... Siempre que no estén muertos. Entonces, si no te gusta la aristocracia, ¿a qué aspiras?

—La verdad es que voy a ser pirata.

—¡Hala, qué pasada! —Claire se puso a dar saltos de nuevo—. ¡Parece emocionantísimo! ¡Seguro que conocerás a marineros de lo más apuestos!

Hilary dudó. El único marino al que conocía en serio era Oliver, que de apuesto tenía bien poco y del que se deshacía en cuanto aparecía.

—Y está lo de los tesoros, claro —continuó Claire—. Pero oye, ¿no se supone que las chicas no pueden ser piratas?

—Eso parece. —Hilary intentó cerrar el cajón, pero no podía porque estaba hasta arriba de medias y enaguas. ¡Bah!, lo dejaría abierto—. Aunque encontraré la manera. —Sonaba muy segura de sí misma, si bien no lo estaba en absoluto.

—Eso explica lo de la espada —dijo Claire, animada, mientras la sacaba del fondo del baúl—. Me temo que no sé dónde guardar esto.

—En el armario debería estar segura. ¿Sabes si inspeccionan las habitaciones?

Claire se estremeció.

—Espero que no, porque si hay una cosa que no soporto es hacer la cama. Se parece demasiado a envolver pescado.

—Seguro que nos dan clases sobre cómo hacer la cama... ¡o cómo doblar las enaguas!

—¡Uff! —Claire cerró la tapa del baúl de viaje y se sentó encima—. No sabes cuánto me alegro de que no seas una de esas chicas creídas. He tenido pesadillas pensando que serías la alumna más rara de la escuela. ¡Mecachis!, no es eso lo que quería decir... —Volvió a llevarse la mano a la boca—. Lo siento. Mi hermana dice que no pienso antes de hablar y, ¿sabes una cosa?, puede que tenga razón. Ella también estudió aquí antes de entrar a formar parte de la alta sociedad. Digamos que es... casi perfecta. —Claire le dio una patada a lo que tenía más a mano, que resultó ser la bolsa de lona de Hilary.

—¡Ay! —gritó la gárgola mientras la bolsa salía despedida—. ¡Pero ¿qué haces?!

Las dos chicas pegaron un salto al mismo tiempo, pero Claire, además, se quedó pálida.

—Creo... que tu bolsa me ha hablado.

Hilary se acercó deprisa a la bolsa y la recogió del suelo.

—Es que... bueno...

—¡Es que *yo* estoy dentro! ¡La gárgola! —dijo, tras lo cual añadió—: ¡Y no me gusta que me den patadas!

Hilary suspiró y abrió la bolsa.

—La has liado buena —le dijo la niña—. ¿Ya te olvidaste de lo que nos ha dicho la señorita Greyson acerca de la gente que no posee escrúpulos?

—No parece que Claire carezca de ellos —respondió su amigo de piedra mientras la luz le hacía parpadear unas cuantas veces. Acto seguido, sonrió a Claire y dejó al descubierto sus afilados dientes de piedra—. Aunque me ha dado una patada. ¿Le damos una paliza a esa bribona?

Claire soltó un pequeño chillido y se pegó a la pared. Hilary, por su parte, le tapó el morro a la gárgola y le espetó:

—Compórtate. —Luego, miró a Claire—. Te aseguro que no es peligroso. Es solo que el viaje ha sido muy largo. Por norma general, es de lo más agradable.

Claire no se movió de la pared.

—Lo siento muchísimo —dijo—, pero no imaginé que tuvieras magia. —Se tiraba del lazo del pelo—. Porque es mágica, ¿verdad?

Hilary asintió.

—Antes formaba parte de nuestra casa.

La gárgola se aclaró la garganta.

—No olvides contarle lo de la hechicera —le pidió a través de los dedos de Hilary.

—Sí, bueno. Quiere que sepas que la talló la mismísima hechicera de las Tierras del Norte. Por lo visto, la mujer se enamoró de uno de mis antepasados y le regaló la gárgola. O, al menos, eso es lo que ella cuenta. Le gustan mucho las historietas.

—¡Qué romántico! —soltó Claire—. Entonces, ¿tu casa está llena de magia? Tengo entendido que algunas casas de la alta sociedad lo están.

—La nuestra no, y mi padre se queja de ello día sí y día también.

Según el almirante, Villa Westfield había contenido mucha magia en su momento, antes de que la hechicera se llevase todas las monedas, los gemelos y las copas de la familia. Ahora bien, a la gárgola la dejó, aunque nadie sabía muy bien por qué. Hilary pensaba que se debía a que la hechicera era muy educada y tuvo en cuenta que los regalos no se quitan jamás; sin embargo, el almirante insistía en que lo había hecho para incordiar a las futuras generaciones de Westfield.

—Mi padre también se queja. Nosotros no hemos tenido ni un solo objeto mágico en la vida. —La niña dio unos pasos cautelosos hacia la gárgola—. ¿Puedo hablar con él? Nunca había conocido a una gárgola.

Hilary le quitó la mano del morro.

—Hola —dijo la gárgola—, ¿qué tal estás?

—Hola. ¿Me dejas darte una palmadita en la cabeza?

—No me parece apropiado. ¿Se lo harías a un ser humano? —pero Claire ya había empezado a rascarle detrás de una oreja—. Hum... Bueno, si es así...

La talla cerró los ojos y se inclinó hacia la mano de la chica.

—No eres tan..., bueno, tan dorada como se supone que deberías ser —dijo Claire tras observarla un rato—. ¿Es que no estás hecha de magia?

—¡Por supuesto que no! Ninguna gárgola que se precie querría tener un aspecto brillante y pulido. Soy de granito procedente de las Tierras del Sur de la cola al morro, excepto el corazón. Eso es lo que tengo mágico, por si quieres saberlo.

—Entiendo. Y ¿concedes deseos?

La gárgola se echó hacia atrás horrorizada.

—¡Deseos! Si pudiera hacerlo, ahora mismo tendría delante un plato con un montón de arañas y llevaría un sombrero pirata.

—Es protectora —explicó Hilary—, pero no le gusta que la usen. Dice que se le acelera el corazón.

—Qué pena, porque proteger a la gente es algo muy bonito.

—Quizás —dijo la gárgola—, pero depende de quién te lo pida. Gracias por rascarme detrás de la oreja. —Saltó a los brazos de su dueña, a quien le rogó—: Ahora, si no te importa, ya puedes llevarme a mi pared.

Encima de la puerta no había ningún hueco en donde ponerla, así que la niña la dejó en la balda que había sobre su cama. A la gárgola le encantó aquel emplazamiento porque *La isla del tesoro* se apoyaba en ella.

—Puede que, bien mirado, la Escuela de Buenos Modales no sea un sitio tan malo —comentó mientras se acurrucaba contra la suave cubierta de cuero—. Aunque hace que las orejas me piquen un montón.

La gárgola movió la cola en dirección a Hilary y esta le dio unas palmaditas.

—Quizá seas alérgica a ellas. Las reverencias y portarse bien da picores a cualquiera.

Llamaron a la puerta con fuerza y Philomena entró sin avisar.

—¡Qué maleducada! —le dijo Claire a Hilary moviendo los labios.

—Vosotras dos, seguidme. Deberíais cepillaros el pelo, pero no hay tiempo. Bastante tarde llegamos ya.

—¿Tarde adónde? —preguntó Hilary.

Philomena puso los ojos en blanco.

—Para entrevistaros con la señorita Pimm.

Hilary y Claire siguieron a Philomena a través de los pasillos de piedra, pero a una distancia prudencial para que no les diera con el pelo, que se movía a uno y otro lado a cada paso que daba la muchacha. El despacho de la señorita Pimm estaba tan alejado del ala de los dormitorios que, un poco más, y hubieran podido llegar al pueblo de al lado. Hilary consideró que, contra todo pronóstico, aquello demostraba que la directora tenía sentido común. De camino, Claire no paraba de contarle a Hilary todo lo que su hermana le había explicado acerca de la señorita Pimm. Por lo visto, de joven había sido tremendamente guapa y bastante importante en la alta sociedad. Incluso se rumoreaba que fue amiga de la reina. Pero, por lo visto, se enamoró de un aeronauta que murió al caerse de la cesta durante una terrible tormenta. Aquello dejó tan tocada a la señorita Pimm que abandonó a su familia y sus deberes en la alta sociedad para cumplir su sueño: fundar una escuela de prestigio para damas delicadas. Hilary no comprendía cómo fundar una escuela de buenos modales podía ser el sueño de nadie, pero era evidente que había sido el de la señorita Pimm y la niña casi la admiraba por ello. Dejarlo todo y perseguir tus anhelos era algo bastante típico entre los piratas.

Para cuando llegaron ante una puerta en la que, sencillamente, aparecía la imagen de la oveja bailarina, Claire estaba a punto de quedarse sin aire de tanto contar cotilleos. Philomena abrió la puerta y le hizo una reverencia a una mujer que había sentada a un escritorio de lo más ornamentado.

—Las nuevas —murmuró Philomena.

—Gracias, señorita Tilbury. Puede retirarse.

Philomena se dio la vuelta de tal manera que el pelo la acompañó como una ola y se marchó. Hilary y Claire se quedaron en la puerta.

—La señorita Westfield y la señorita Dupree, supongo.

Hilary asintió y Claire hizo una reverencia, aunque temblaba de pies a cabeza.

—Soy la señorita Pimm. —La mujer cogió dos sillas que había contra la pared y se las acercó—. Por favor, siéntense.

La pesada puerta se cerró de golpe detrás de las niñas.

La directora era muy alta, más incluso que el padre de Hilary. Tenía un rostro agradable y, para su sorpresa, sonreía. Llevaba el pelo, blanco como la nieve, recogido en una trenza sobre la cabeza como si fuera una corona. En el cuello de su chaqueta de seda de color púrpura lucía un broche con la oveja bailarina. En conjunto, parecía una adorable abuelita, de esas que hacen regalos estupendos aunque resultan un poco molestas cuando vienen de visita a casa. Sobre el escritorio, entre un revoltijo de papeles, asomaba de vez en cuando una pluma estilográfica. En la esquina más próxima a Hilary, en un marco de plata, había el boceto de un sonriente caballero de los de antes subido a la cesta de un globo.

Claire le dio un codazo a su compañera y señaló el dibujo con el mentón.

—¡Su amor perdido! —dijo susurrando, tras lo que se llevó las manos al pecho y suspiró.

Por suerte, la señorita Pimm no se dio cuenta —o eso les pareció.

—Bienvenidas, señoritas. —Miró primero a Claire y después a Hilary—. Me alegro de veras de que se unan a nosotras durante el trimestre de verano. He oído hablar mucho de ambas.

¡Oh, no! ¿Qué habría oído de Hilary? Teniendo en cuenta que su solicitud había llegado por vía de un puñado de bribones y azotes de los mares, seguro que no era nada halagüeño.

—Me gusta realizar el esfuerzo de conocer personalmente a todas mis alumnas y espero que seamos buenas amigas para cuando acabe su estancia en la escuela.

—¡Seguro que sí! —gritó Claire entusiasmada, sentada tan al borde de la silla que a Hilary le daba miedo que se cayera.

—Muy bien. Seguro que se preguntan qué asignaturas se imparten este semestre. —Rebuscó entre una pila de papeles—. Tengo sus horarios aquí mismo y me gustaría repasarlos con ustedes por si albergan alguna duda. Por las mañanas darán caligrafía, actualidad, bordado, etiqueta y desmayo. Las clases más activas se imparten después de comer. Se trata de danza, ballet acuático y tiro con arco... un deporte de lo más elegante cuando aprendes a disparar sin apenas sudar.

La letanía de clases de la señorita Pimm no terminaba nunca. Pero ¿cuántas cosas precisaba saber una dama delicada? Lo del tiro con arco sonaba ligeramente útil, aun así ¿cuándo iba un pirata a recibir la orden de desmayarse o tener la necesidad imperiosa de bailar un vals? Lo peor de todo era que parecía que no hubiera ni un solo momento libre; aunque, bien mirado, si conseguía encontrarlo, se sentiría tan cansada de montar a caballo y cocinar *soufflé* que le resultaría imposible escapar a Altamar.

Las paredes del despacho estaban cubiertas por placas y premios que le habían otorgado a la escuela grupos como la Sociedad de Damas Delicadas, el Club de los Solterones Aptos o la Coalición de Madres Sobreprotectoras. Entre los premios destacaban frases bordadas y enmarcadas. «Cuidado con los peligros del ensimismamiento», proclamaba una, a la izquierda de la directora. La que aparecía junto a la ventana recordaba a todo el que la leyera que: «Las damas no chillan». Para Hilary, la peor de todas era una que colgaba justo sobre la cabeza de la mujer y que, por cierto, no estaba muy bien bordada: «La caricia de una dama es, de todos, el mayor tesoro».

—¿Señorita Westfield? —El tono de voz de la directora era de preocupación—. Tiene mala cara, ¿se encuentra bien?

La niña dio un respingo.

—Sí, señorita Pimm, estoy bien. Gracias.

—De nada, querida. Como les estaba diciendo, tienen la tarde del miércoles y la mañana del sábado para hacer cuanto les plazca, aunque les pido que no salgan de Pemberton. A ciertas alumnas les gusta visitar a sus familiares en los ratos libres, pero deben avisar a algún profesor si pretenden salir de la ciudad.

Hilary se sentó casi tan al borde de la silla como Claire.

—Disculpe, señorita Pimm, ¿quiere decir con eso que nuestra primera tarde libre es este mismo miércoles?

—Así es, aunque espero que no se haya cansado ya de la escuela.

—No, pero me encantaría visitar Pemberton.

El miércoles era dentro de cuatro días. Seguro que podía sobrevivir cuatro días en una escuela de buenos modales. Cuatro días de trajes de baño y clases de historia y, después, en cierta forma... ¡la libertad!

—Se trata de una ciudad maravillosa —comentó la señorita Pimm—, ¡como la escuela! Espero que aprendan muchas cosas durante su estancia. Estoy impaciente por entregarles la aguja de ganchillo de oro al inicio de su segundo año, a modo de reconocimiento simbólico de los avances que hayan realizado.

—Violeta nunca me deja que toque la suya —le explicó Claire a Hilary—. Es todo un honor pasar de la de plata a la de oro.

—Así es. —La directora sonrió y les entregó el horario—. Por favor, si necesitan algo, no duden en pasar por aquí. Señorita Dupree, la señorita Tilbury debería estar fuera esperando para acompañarla a su dormitorio. En cuanto a usted, señorita Westfield... —La directora miró a Hilary. La sonrisa había desaparecido de su boca—. ¿Podemos hablar en privado unos minutos?

Aquella era una de esas preguntas que, en realidad, son una orden. Claire le dedicó una sonrisa a su compañera de habitación y se marchó. La señorita Pimm se apoyó en el escritorio, pero tan cerca de Hilary que la niña podía oler su perfume de rosas.

—Es usted la hija de James Westfield, ¿verdad?

Hilary tragó saliva.

—Así es.

—Aprecio mucho a su familia. Los Westfield y yo somos viejos amigos, aunque eso no viene a cuento. —La directora se sentó en la silla—. Llevo un tiempo intentando ponerme en contacto con su padre, ¿sabe dónde está?

—En casa, señorita Pimm, en Villa Westfield. Seguro que puede concertar una cita con él. Si lo que quiere es verlo, claro.

—No, no creo que sea necesario. Así que ¿no se ha ausentado de casa en los últimos tiempos?

—Creo que, a veces, va a Puertolarreina. —Cualquier dama que se preciase sabría muy bien dónde se encontraba su padre en todo momento—. A decir verdad, no nos vemos a menudo. Por norma general, se encierra en el despacho.

—Entiendo. ¿Y sabe si está planeando alguna travesía? ¿Alguna misión de la reina?

—Lo cierto es que no tengo ni idea. —Aunque el almirante tuviera planes, rara vez los compartía con Hilary—. Cuando hablamos ayer, mencionó algo acerca de un viaje importante, pero desconozco si es por orden de la reina o no.

—Da igual. Seguro que, antes o después, consigo dar con él. Ahora bien, le agradecería que me avisase si recibe noticias suyas.

Hilary casi se echa a reír.

—Dudo mucho que me escriba.

—Pero avíseme si lo hace.

—Descuide, señorita Pimm. Cuente con ello.

—Gracias. —La directora le sonrió—. Puede volver a su dormitorio. Me apetece de veras que nos conozcamos mejor.

La señorita Pimm parecía tan sincera que Hilary casi se sintió mal; al fin y al cabo, si no se conocían mejor para el miércoles por la tarde, lo más probable es que la directora y ella no volvieran a verse jamás.

Querida Hilary:

Espero que disculpes mi entusiasmo por escribirte,
pero acabo de llegar a Villa Westfield y me siento
un poco perdida sin ti. Estoy recogiendo mis
enseres personales a toda prisa porque me gustaría
abrir la librería lo antes posible... dado que la
atmósfera en la casa se ha enrarecido bastante.
No me cabe duda de que tus padres se encuentran
desolados tras tu marcha, pero ello no es excusa
para justificar su conducta.

Tu padre se ha estado comportando (por favor,
disculpa mi honestidad) de forma muy extraña
desde que le robaron. Puedo entender que haya
dispuesto un destacamento entero frente a la puerta
de su despacho, pero tanto a tu madre como a mí
nos parece que rodear Villa Westfield de cañones
resulta excesivo. Cada vez que vuelvo del mercado,
me da la impresión de que nos hallamos bajo
asedio y al lechero le asusta tantísimo acercarse a
la puerta de la cocina que sospecho que vamos a
tener que pasar sin leche mientras dure la paranoia
del almirante. Y, por si fuera poco, tu madre está
convencida de que van a atacar la casa de un

momento a otro, por lo que se niega a abandonar sus aposentos. Este fin de semana organiza un baile, pero me pregunto cómo saldrá todo si la anfitriona insiste en recluirse en el armario.

Además de todo esto, al volver descubrí que el guardiamarina preferido del almirante, el joven alférez Sanderson, había sido despedido sin razón aparente. En Villa Westfield todos estamos consternados y, ahora, muchos oficiales navales temen perder su medio de vida. Recuerdo que el alférez Sanderson y tú no os llevabais muy bien, así que esta noticia igual te arranca una sonrisa.

Espero que estés disfrutando en la Escuela de la Señorita Pimm o que, al menos, no te parezca aún tan horrible como creías. ¿Ya has conocido a la señorita Pimm? ¿Vas leyendo los periódicos? Los robos en las mansiones de la alta sociedad se han convertido en un verdadero engorro. Confío en que tengas cuidado y te mantengas alejada de las personas que carecen de escrúpulos.

Quedo a la espera de que me cuentes todas tus aventuras en la Escuela de la Señorita Pimm. Hasta entonces.

Tuya,
Eloise Greyson

P.D.: Por favor, saluda a la gárgola de mi parte.

Capítulo cuatro

Para el miércoles por la tarde, Hilary había bordado seis agarradores, roto dos arcos, pisado deliberadamente diecisiete veces a Philomena y batido el récord del colegio en mantenerse a flote en el agua. Incluso hubo momentos en los que casi se lo pasó bien, pero ni siquiera la satisfacción de oír los chillidos de Philomena cada vez que la pisoteaba iba a conseguir que se quedara en la Escuela de Buenos Modales ni un segundo más del necesario. Era hora de escapar de allí.

Pero resultó que era más difícil de lo que había esperado. Planeó marcharse justo después de la clase de desmayo del miércoles, pero Claire la había cogido por el brazo nada más salir.

—Comerás conmigo, ¿no? —le preguntó su compañera—. ¡Claro que sí! ¡Lo sabía! Entrar sola a ese horrible comedor es superior a mis fuerzas. Nunca hay sitio y seguro que ya llegamos tarde. Nos hemos tirado horas practicando el mismo tipo de desmayo. —Se tocó el hombro, que tenía lastimado por las magulladuras e hizo un gesto de dolor—. Desde luego, no creo que las damas de alcurnia deban tener tantos moratones.

—Puede que no —respondió Hilary mientras Claire la arrastraba al comedor—, pero tengo entendido que, entre piratas, son lo más. Seguro que ese que luces en la rodilla sería la envidia de Altamar.

Cuando llegaron al comedor, un ejército de sirvientas con delantales blancos y almidonados recorría filas de mesas, dejando en ellas la comida. Claire guio a Hilary hasta las dos últimas sillas vacías de la estancia, pero se detuvo tan de improviso que Hilary casi choca con ella.

—Oh, porras... —susurró Claire. Philomena estaba sentada justo enfrente de las sillas vacías—. Escondámonos debajo de la mesa. Quizá nadie se dé cuenta.

—No digas tonterías. Por malvados que sean, un buen pirata no se esconde de los rufianes, sino que se enfrenta a ellos.

Claire dijo que no se consideraba una pirata, pero Hilary se sentó en la silla que quedaba justo delante de Philomena de una forma nada digna para una señorita.

Claire dudó y, por unos instantes, Hilary creyó que de verdad iba a meterse bajo la mesa.

—Vaya, pero si es Claire Dupree —dijo Philomena—. Por favor, siéntate. ¿O es que hoy te toca servir? Lo cierto es que me muero de sed. ¿Me acercas la jarra?

Claire se sonrojó y se sentó en la silla que quedaba libre. Hilary le sonrió y dio la espalda a Philomena.

—Yo te traigo el agua, pero tienes que decirme por dónde

quieres que te la eche. ¿Por la espalda? ¿En el regazo? Tus libros parecen algo resecos... quizá les venga bien tomar un trago.

Philomena se sentó incluso más recta de lo habitual.

—Si no te importa, Hilary, preferiría comer en silencio.

Philomena desdobló la servilleta y le frunció el ceño a Claire, que se había llevado la mano a la boca para sofocar las risas.

Les sirvieron la comida, cuyo olor le trajo a Hilary recuerdos del embarcadero de Puertolarreina. Algunas chicas apartaron los platos y muchas sacaron el pañuelo y se taparon la nariz.

—¿Otra vez palitos de pescado? ¡Qué asco! —Philomena pinchó la empanada de pescado repetidas veces con el tenedor—. Espero no tener que volver a comer esto cuando pertenezca a la alta sociedad.

Claire se encogió de hombros.

—A mí no me parece tan terrible —dijo. Cortó un pedacito y le dio un mordisco para probarlo, tras lo cual asintió—. Pues son muy frescos.

Philomena hizo una mueca que, en parte, parecía una sonrisa.

—Así que eres experta en pescado, ¿eh, Claire? Qué fascinante.

—Bueno, no es que sea experta, pero he crecido vendiéndolo. Mis padres son pescaderos y es normal aprender algo cuando estás con ellos cada día. No es tan malo cuando te acostumbras al olor.

—Así que tu familia vende pescado, ¿eh? —dijo Philomena mientras daba unos golpecitos con el tenedor en el plato—. Pero ese ¿no es trabajo de plebeyos?

Las demás chicas de la mesa se callaron de golpe. Algunas de ellas miraron su plato y, otras, a Philomena. Claire se había quedado quieta como una estatua y estaba pálida. Hilary deseó haber traído la espada.

—No vuelvas a hablarle así a Claire —soltó la niña—. No te ha hecho nada y, desde luego, es la chica más agradable de la escuela.

Philomena levantó la nariz.

—Vaya, Hilary, no puedo creer que tus padres te animen a juntarte con pescaderos. —Dio un refinado sorbo de agua—. ¿Qué le habrá pasado a la señorita Pimm para permitir que Claire entre en la escuela? Al fin y al cabo, se trata de una escuela para damas de alcurnia, y está claro que lo más lejos a lo que llegará esa chica es a casarse con un pescadero.

Claire tragó saliva y se le cayó el pedacito de pescado que había pinchado. Hilary se apoyó en la mesa y lanzó a Philomena su mirada más aterradora.

—Como sigas por ahí —le dijo—, me aseguraré de que te aten al palo mesana y te envíen a una isla desierta donde no puedas ser cruel con nadie. De hecho, te ataré yo misma... ¡y no pienses que no soy capaz! —Luego, miró a Claire y sonrió—. Me han dicho que a las niñas estúpidas que viven en islas desiertas no las invitan a los bailes de la alta sociedad.

Claire se mordió el labio y, a continuación, sonrió a su compañera de cuarto.

—Puede que, con mucha suerte... —dijo en voz baja—, un pez la saque a bailar un vals.

Durante unos instantes, toda la mesa se quedó en silencio.

Después, la chica que se había sentado a lado de Claire empezó a reírse por lo bajo. Claire también se rio. La cara de pocos amigos de Philomena no bastó para impedir que las risas se propagaran. Un rato después, toda la mesa se estaba riendo de ella.

Philomena, en cambio, seguía de lo más callada. Los nudillos de la mano con que sostenía el tenedor se le pusieron blancos de tanto apretar el puño. Luego, para sorpresa de Hilary, dejó el cubierto sobre la mesa con cuidado y sonrió. Se agachó para buscar algo en su mochila; transcurrieron unos instantes antes de sacar un objeto pequeño y brillante que escondió en la mano con tanta rapidez que Hilary no consiguió ver de qué se trataba. Acto seguido, la chica musitó unas palabras y miró a Claire.

Los palitos de pescado de Claire empezaron a temblequear hasta que se pusieron completamente en pie sobre el propio plato. Después, tras un momento de duda, formaron una línea ordenada. Hilary observó horrorizada el regimiento de palitos mientras, uno a uno, saltaba del plato y se lanzaba contra la frente de Claire.

Claire pegó un grito e intentó defenderse con el cuchillo, pero los palitos de pescado esquivaban sus golpes. A Hilary se le ocurrió darle la vuelta al plato, pero los palitos de pescado que quedaban en él evitaron el movimiento a toda velocidad y cayeron sobre el regazo de Claire. Para cuando acabó el ataque, la niña estaba cubierta de pan rallado y olía como el embarcadero de Puertolarreina.

Hilary apartó la silla y se puso en pie.

—No creo que la señorita Pimm tolere este tipo de abusos

en su escuela, ¡y mucho menos si son mágicos! En cuanto le cuente lo que has hecho, te expulsará.

—¿Magia? —Philomena miró a la niña y parpadeó atónita—. No sé a qué te refieres.

—Sabes muy bien que los palitos de pescado no han saltado solos del plato.

Philomena miró a las demás chicas de la mesa. Ninguna de ellas reía ya.

—Pobre señorita Dupree —dijo para que todas la oyeran—, le ha dado la vuelta al plato y la comida ha salido volando. Ha sido un poco torpe, ¿no os parece? —Algunas de las chicas asintieron—. Hilary, seguro que la señorita Pimm no tiene tiempo para tonterías. Además, ¿por qué iba a darle más importancia a tu palabra que a la mía?

—Tiene razón —le comentó Claire a Hilary mientras se limpiaba el vestido con un pañuelo—. Por favor, no pierdas el tiempo con este asunto.

—En absoluto sería tal cosa...

Claire se puso en pie y las barritas de pescado que quedaban sobre su regazo cayeron al suelo.

—Hilary, por favor, ¿podrías acompañarme al dormitorio? Creo que ya no tengo hambre.

Claire subió las escaleras que conducían a los dormitorios a toda velocidad y sin decir palabra. A Hilary le costaba seguir su ritmo. En cuanto llegaron a la habitación, Claire cerró la puerta de golpe, se tiró sobre la cama y se tapó con la manta.

La gárgola, que estaba leyendo *La isla del tesoro*, levantó la vista y dijo:

—¡Genial, has vuelto! ¿Ya es la hora de huir hacia Altamar?

Claire, convertida en un bulto debajo de la manta, soltó un aullido de lo más trágico.

Hilary miró a la gárgola y negó con la cabeza. Luego, corrió junto a Claire.

—Deja que me encargue de Philomena. Seguro que si le cuento a la señorita Pimm lo mala que ha sido, no le permite salirse con la suya.

El bulto empezó a sollozar.

—Ha sido culpa mía. ¡No debí haberme reído! ¡Ay!

El bulto soltó un gemido y siguió llorando desconsolada.

—No has hecho nada malo —la animó Hilary mientras le daba unas palmaditas donde creía que podía estar su espalda—. Has defendido tu honor como un pirata de verdad. Pero, por alguna razón, Philomena sabe usar la magia... ¡y es mucho más horrorosa con ella! ¡Hay que hacer algo!

El bulto se retorció mientras Claire intentaba desembarazarse de la manta. Por fin, consiguió sentarse en la cama y se sonó los mocos con un pañuelo que le tendió su amiga.

—No lo entiendes. No podemos hacer nada. No es solo Philomena la que se comporta así... Me refiero a que no es la única que usa la magia para mostrarse desagradable. Deberías verlos en la pescadería. Vienen caballeros de la alta sociedad, todos ellos con sus monedas mágicas... con las que logran que en su paquete caiga una trucha de más, ¡sin pagar, claro está! —Tiró de la manta—. ¡Y se ríen de nosotros!

—¡Pero eso es terrible! —Si alguna vez un caballero intentase hacerle un truco así a Hilary, enseguida le pondría el extremo del sable en el cuello de lino con volantes de la camisa—. ¿Y no podéis hacer nada para evitarlo?

Claire se rio, pero no porque le divirtiera la pregunta.

—No tenemos una gárgola que nos proteja... y tampoco soy pirata como tú. Pensaba que las cosas cambiarían en la Escuela de la Señorita Pimm... que nadie se atrevería a usar la magia contra una chica de la alta sociedad... —Volvió a echarse la manta por la cabeza—. Si no te importa, no pienso salir de aquí debajo hasta que me muera.

—Pues claro que me importa. No puedes pasarte la vida siendo un bulto. ¿Cómo piensas ir a clase?

—Los bultos no tienen que asistir a clase —respondió la chica todavía oculta.

—Bueno, pero tendrás que comer.

La niña se estremeció.

—¡No pienso comer nunca más! ¡¡Y si ponen palitos de pescado!?

Minutos después, asomó la cabeza por debajo de la manta.

—Aunque, a decir verdad, tengo un poco de hambre. No he comido nada.

—Pues ve al mercado. Esta tarde se puede salir de la escuela. Seguro que allí no venden palitos de pesado.

Claire se sentó en la cama y se sorbió los mocos.

—Suena bien. —Se enjugó las lágrimas—. ¿Me acompañas? A menos que tengas otros planes, claro... No quiero ser una molestia.

En la balda, la gárgola gruñó.

—¿¡No íbamos a ir al mercado!? ¡Decidimos ser piratas como los de *La isla del tesoro*! ¡Explorar los mares y presenciar cómo apuestos marineros se enamoraban de muchachas de cabellos dorados!

—Sabes que no es eso lo que sucede en *La isla del tesoro* —respondió Hilary con los ojos en blanco.

—Cuando yo la leo, sí. Bueno, qué, ¿huimos o no a Altamar?

Hilary miró en el interior del armario. La espada descansaba bajo una pila de enaguas.

—Lo siento, gárgola —dijo al cabo de un rato—, pero los piratas no abandonan a sus amigos. —Miró a Claire—. Claro que te acompaño.

El mercado de Pemberton era un rectángulo a reventar de gente, lleno de puestecitos que se instalaban cada mañana en la plaza de la ciudad. Atendiéndolos había granjeros, carniceros y cocineros que vendían todo tipo de comida. Las gelatinas y mermeladas brillaban como joyas entre pilas de verduras arrugadas y ahumados de carne. A Claire se le alegraron los ojos cuando descubrió el puesto de muslos de pollo asados y Hilary compró uno para cada una de ellas, junto con un vasito de natilla de postre. Recorrieron el mercado mientras comían, observaban el regateo entre clientes y vendedores, y escuchaban a un músico callejero que se esforzaba por tocar la gaita.

Claire había dejado de llorar, sí, pero todavía no estaba tan parlanchina como de costumbre. Vio a una mujer que vendía hilos de colores brillantes destinados a labores de ganchillo y corrió a comprar algunos para la clase mientras Hilary la esperaba frente al tablón de anuncios de la ciudad. En uno de ellos, un caballero ofrecía una gran recompensa a quien le devolviera su querido conejito. En otro, un ilusionista ambulante decía haber encontrado en su sombrero de copa un conejo que no le sonaba de nada y quería devolvérselo a su dueño. Varios carteles coloridos anunciaban danzas regionales y en un papel mugriento aparecía una dirección, cercana a la bahía de Pemberton, donde se podía conseguir pequeñas cantidades de magia. De hecho, el tablón estaba tan lleno que a Hilary casi se le pasa por alto el pequeño anuncio impreso en un papel sucio hecho jirones:

 # SE BUSCA: TRIPULACIÓN PIRATA

Pirata autónomo consolidado y respetable busca tripulantes experimentados para su inminente travesía. Deben saber manejar la espada, fregar cubiertas, beber ron a tragos, disparar cañones y encaramarse a la cofa. Los candidatos elegidos firmarán un contrato por un viaje de ida y vuelta (con opción a próximas colaboraciones si hacen méritos). Los detalles de la travesía se ofrecerán tras la contratación. Importan, en especial, los candidatos con experiencia en la búsqueda de tesoros. Por favor, los interesados deberán presentarse en la Caleta del Arenque, 25, en El Azote del Pantano, a las diez de la mañana del sábado. Se admiten parches y garfios, pero nada de loros, por favor.

Hilary arrancó el papel y salió corriendo a buscar a Claire, que llevaba las manos llenas de hilos.

—¡Mira! ¡Lee!

Claire dejó caer las bobinas de hilo y leyó el papel.

—Hilary —dijo en tono solemne—, tienes que presentarte. La Caleta del Arenque está a pocos kilómetros de aquí.

—¡Pero si no sé hacer ni la mitad de las cosas que pide! Por ejemplo, jamás he salido a buscar tesoros...

—¡Es el destino! —Claire le devolvió el anuncio—. Estoy segura de que se te da de maravilla eso de fregar con tragos de ron, subirte a los cañones y todo lo demás.

—Y no dice nada de que haya que ser chico... quizá tenga una posibilidad.

Claire asintió, pero empezó a temblarle el labio. A Hilary se le encogió el estómago como cuando se despidió de la señorita Greyson.

—Quizás el pirata autónomo no quiera que me enrole con él... —dijo Hilary—. Seguro que vuelvo a Pemberton el sábado por la tarde y seguimos siendo compañeras de habitación.

—¡No digas tonterías! —soltó Claire mientras recogía del suelo el hilo—. Vas a ser pirata... ¡y pienso ayudarte para que así sea!

—¿De verdad?

—Por supuesto. Cuando la señorita Pimm me pregunte dónde estás, pondré en práctica mis habilidades de interpretación.

—Y yo, cuando sea una pirata famosa, volveré a la escuela y le diré a Philomena que si vuelve a portarse mal con alguien, la paseo por la tabla.

—¡Eso suena requetebién!

ESCUELA DE BUENOS
MODALES DE LA
SEÑORITA PIMM
PARA DAMAS DELICADAS

Donde florece la virtud

Querida señorita Greyson:

(Me resulta muy extraño llamarte «Eloise», así que voy a seguir dirigiéndome a ti por «señorita Greyson». ¿Te parece bien?)

Gracias por enviarme noticias de mi familia. Seguro que mi madre agradecería que le pasaras algo de comida por debajo de la puerta del armario -aunque tendrá que ser algo muy planito-. Yo, en tu lugar, me largaría de Villa Westfield a las primeras de cambio.

Lo que me cuentas de Oliver ha sido lo más emocionante que he oído en todo el día. Espero que los monstruos marinos existan y que uno de ellos lo devore.

He conocido a la señorita Pimm y me recuerda un poco a ti, solo que es mucho mayor y da más miedo. Parece estar muy interesada en los asuntos de papá. ¿Sabes si le atraen los almirantes? Es el caso de muchas ancianitas. Por cierto, papá no ha preguntado por mí, ¿verdad?

Hasta la fecha, la escuela no resulta tan terrible como que se te coma un monstruo marino.

Mi compañera de cuarto, Claire, es estupenda.
¿Te acuerdas de Philomena? Ha estado haciéndole
la vida imposible desde que se enteró de que
no provenía de una familia aristocrática, pero mi
compañera aguanta el tipo y elimina gran parte
de la tensión durante sus clases de tiro con
arco. Por desgracia, solo nos dejan dispararles
a nabos... ¡aunque atravesarle el corazón a
un vegetal malvado sea bastante satisfactorio!
Cuando Philomena no está metiéndose con
Claire, se burla de mí por llevar el pelo recogido
en una trenza y caerme en las clases de
reverencias. Pero ~~una pirat~~ una dama como es
debido no puede perder el tiempo preocupándose
por estas cosas. Seguro que te sorprende que sea
una de las mejores en clase de baile de vals,
pero imaginabas que tendría dificultades con la
caligrafía. Espero que, no obstante, esta carta te
resulte legible. La profesora de caligrafía me ha
golpeado tantas veces en los nudillos que, un
día de estos, se van a rebelar y escaparán de
la mano por la noche.

La gárgola quería enviarte una araña prensada
como muestra de afecto, pero le pedí que, en vez
de eso, te escribiera unas palabras agradables.
Enseguida declinó la oferta porque dice que es
más fácil atrapar una araña. No obstante, seguro
que te manda muchos besos.

Aquí estamos tan ocupadas que apenas tengo

tiempo de volver a escribirte antes del sábado. Si te llega alguna noticia de la escuela... quiero que sepas que pienso mucho en ti. Prometo ir a visitarte a la librería en cuanto vuelva a Puertolarreina.

Besos,
Hilary

Capítulo cinco

El sábado amaneció cálido y soleado, con tan solo unas pocas nubes de tormenta a lo lejos. «Un día perfecto para la piratería», pensó Hilary.

Metió sus posesiones más preciadas —sus camisas y pantalones de segunda mano, *La isla del tesoro* y a la gárgola— en la bolsa de lona. Luego, se puso las botas de marinero, llenas de rasguños, y se ató la espada por encima del vestido gris de la escuela. Claire le había prometido cuidar del resto de sus posesiones mientras estaba fuera y Hilary se alegró muchísimo de deshacerse por fin del baúl de viaje chapado en oro. Estaba cansada de darse golpes en los dedos de los pies con él durante el tiempo que llevaba en la Escuela de Buenos Modales de la Señorita Pimm.

Claire, todavía en camisón y descalza, bajó las escaleras con Hilary para despedirse de ella.

—Recuerda —le susurró—, tienes que girar a la derecha cuando llegues al enorme roble y a la izquierda en el puente. Después, sigue el río durante unos setecientos metros y habrás llegado. —Metió la mano en la bolsa de su amiga y le rascó las orejas a la gárgola—. Os voy a echar de menos.

—¡Adiós, marinerita! —soltó la gárgola, soñolienta.

—Creo que quiere decir que te va a echar de menos. Y yo también. —Hilary abrazó a Claire—. Gracias por todo.

—Avísame si conoces a marineros apuestos.

—¡Por descontado! Les diré que vengan a visitarte a la Escuela de la Señorita Pimm.

Claire se rio.

—Intentaré que la mujer tarde tanto como sea posible en darse cuenta de que te has ido. ¿Estás preparada?

—Creo que sí.

—Estupendo —dijo Claire en un tono de voz elevado que resonó por el pasillo e hizo que las sirvientas atareadas con el desayuno mirasen a las niñas—. Espero que se lo pase muy bien visitando a su abuelita en Pemberton, señorita Westfield. Qué suerte que la anciana, que se encuentra tan mal, viva cerca de aquí. Seguro que se pone mucho mejor en cuanto usted llegue.

Las sirvientas sonrieron a Hilary con aire compasivo. Mientras abría la puerta principal, la niña les devolvió la sonrisa e intentó disimular la espada.

—Gracias por sus amables palabras, señorita Dupree.

—Me da mucha pena que vaya a tener que permanecer varios días cuidando a su abuelita. ¡Quizás incluso meses! —Claire se llevó el dorso de la mano a la frente para fingir aflicción—. Buena suerte —le susurró.

Hilary se despidió con un gesto y la gárgola movió la cola para decir adiós. Luego, bajaron las escaleras y cruzaron la verja de la Escuela de Buenos Modales de la Señorita Pimm... camino de Altamar.

Había una hora andando hasta la Caleta del Arenque y Hilary recorrió casi todo el trayecto cantando salomas. Cuando la gárgola se despertó un poco más, se unió en alguna ocasión a las tonadas. Por el camino no se cruzaron con nadie y, poco después de partir, el pavimento pasó a ser gravilla y, más adelante, tierra sin más. Arrancó un «botón de oro» de entre la hierba que crecía junto al sendero pero, al instante y tras cierto sobresalto, le vino a la cabeza la idea de que iba a ser pirata, por lo que decidió esconder la flor en la bolsa. La gárgola aseguró que, para su sorpresa, estaba deliciosa.

Hilary giró a la derecha en el gran roble y a la izquierda en el puente. Anduvo un poco más despacio a lo largo del río porque no quería que se le pasara la casa del pirata autónomo ni tampoco llegar pronto bajo ningún concepto. Había oído que la puntualidad estaba mal vista entre bárbaros y que la mayoría de ellos se retrasaba por costumbre tanto en las búsquedas de tesoros como durante los motines.

Sin embargo, resultó que se había tomado aquella molestia para nada. Cuando llegó al número 25 de la Caleta del Arenque, le quedó claro que se hallaba en el sitio correcto no solo por el número que ponía en el buzón medio caído, sino por la larga y serpenteante fila de piratas que esperaba junto a la puerta del bungaló.

Hilary no supuso que habría tantos. Había piratas a los que les faltaba un ojo, o los dos, piratas que vestían extravagantes camisas con volantes en las mangas y piratas desaliñados con las rodillas vendadas. Llevaban barbas y sombreros acabados en punta, bigotes y garfios curvados, piernas de palo y patas de verdad. Tenían dientes, pendientes y doblones de oro que resplandecían entre su dentadura, en las orejas o en los bolsillos. Al hombro traían monos, tucanes y tortugas y, por lo visto, todos ellos se llamaban «Polly». Unos y otros gritaban «¡Arr!» o «¡Rayos y centellas!» cada vez que alguno de los piratas hacía girar la espada sobre su cabeza demasiado cerca de los demás o intentaba colarse.

Hilary se puso al final de la fila, detrás de un pirata enorme y calvo que tenía un parche, un garfio y una pata de palo. El hombre se presentó. Se llamaba Balacañón Jack.

—¿Y tú, damita?

—Hilary.

—¿Y por qué llevas esa falda tan rara?

—Es el uniforme de la escuela. Soy una chica, ¿sabes?

Llevaba el pelo largo y castaño oscuro recogido en una trenza a la espalda, como siempre, y se había puesto sus mejores pendientes de aro, pero ni una cosa ni la otra la distinguían de la mayoría de los piratas que aguardaban en fila india.

Balacañón Jack se rio y le dio una palmada en la espada con la mano sin garfio.

—¡Arr, pero qué bromista! ¡Qué chiste más bueno! Es genial tener sentido del humor cuando eres pirata. Te vendrá muy bien durante las luchas con sable y los tifones.

Hilary puso los ojos en blanco. Los demás piratas no parecían tan atontados como Balacañón Jack. Daba la impresión de estar incluso más nervioso que ella.

—¿Puedes contarme algo acerca de este pirata autónomo? —le preguntó la chica.

—Dicen que es muy reservado. Y que es el Terror de las Tierras del Sur, además de un capitán cruel y temible.

—¿Cruel?

Después de pasar una semana con Philomena, estaba cansada de crueldad.

—Sí. Cuentan que el solo hecho de pronunciar su nombre lo pone colérico.

—No parece una reacción muy práctica. Por cierto, ¿cómo se llama?

El pirata miró a uno y otro lado y se puso las manos alrededor de la boca.

—Jasper —susurró.

Nada más pronunciar el nombre, la puerta del número 25 de la Caleta del Arenque se abrió tras un chirrido. Un hombre enmascarado vestido con una casaca bordada de color rojo y un sombrero de tres picos apareció en el umbral y la caterva de piratas guardó el más completo silencio.

—¡Maldita sea! —soltó Balacañón Jack—. ¡Me ha oído! ¡Estoy perdido!

—Pues a mí me parece un poco canijo para ser «el Terror de las Tierras del Sur» —comentó Hilary.

El hombre enmascarado —Jasper, suponía la niña— caminó arriba y abajo a lo largo de la fila de piratas mientras miraba de frente a cada uno de ellos, bronceados y cosidos a cicatrices los más.

—Demasiado viejo —le dijo a un pirata encorvado que se apoyaba en un bastón—. Demasiado aterrador —le dijo a otro que tenía un aspecto alarmantemente feroz—. Lo siento —le soltó a uno musculoso y joven que llevaba un gatito al hombro—, pero soy alérgico a los gatos. No me sirves.

—¿Ves? —le dijo Balacañón Jack a la niña—, ¡no tiene entrañas!

Jasper se acercaba al final de la fila y había rechazado ya a muchos de los piratas, que se quedaron muy desilusionados. A unos pocos, sencillamente, les hacía un gesto en señal de aprobación.

—Los candidatos que no rechazo, que guarden la fila para la entrevista personal.

Balacañón Jack se secó la frente con un pañuelo hecho jirones.

—¿Qué está pasando? ¡No veo nada metido aquí dentro! —dijo la gárgola a Hilary tras darle un golpe en el costado.

—Se acerca, así que será mejor que estés callado.

Lo último que quería era que Jasper la despachase por ser «demasiado amiga de las gárgolas». Incluso sin las bufonadas de su amigo, estaba segura de que le diría algo así como «demasiado joven» o «demasiado femenina», si no ambas cosas.

Jasper llegó hasta donde estaba Balacañón Jack y lo miró de arriba abajo.

—Demasiado estereotipado —dijo al final—. Lo siento.

Balacañón Jack dejó caer la cabeza y se marchó caminando con dificultad mientras Jasper se acercaba a Hilary. Así, de cerca, el hombre parecía un poco más alto y aterrador que desde lejos. El pirata miró con atención a Hilary. Esta le mantuvo la mirada. El hombre la observaba con los ojos achinados y esbozó una sonrisa.

—¡Qué giro de los acontecimientos tan fascinante! —dijo mientras le daba una palmada en el hombro—. Acompáñame, por favor. Espero que estés preparada para la entrevista.

Hilary siguió a Jasper a lo largo de la fila de piratas, que no paraban de refunfuñar. Algunos, incluso, intentaron ponerle la zancadilla con la pata de palo.

—Por lo que más queráis, no seáis canallas —soltó Jasper—. Si no me quedo con ella, la pasearé por la tabla y pediré al siguiente candidato que entre.

Algunos de los piratas allí presentes se carcajearon a modo de aprobación.

Jasper hizo pasar a Hilary al bungaló destartalado que olía —bastante bien, por cierto— a algas y a cuero. La puerta de acceso daba directamente a lo que parecía una sala de estar, aunque no tuviera nada que ver con los demás cuartos de estar que había visto. En vez de sillas o sofás de terciopelo, unas cuantas hamacas de cuerda colgaban de ganchos clavados en las vigas. Haciendo las veces de mesa, vio una vieja caja de madera semejante a un cofre del tesoro. El único objeto deco-

rativo que había era una jaula resplandeciente con un pequeño pájaro dentro de color verde fósforo. El animal graznó mal-
humorado al ver a la niña.

—Bienvenida a mi humilde morada —le dijo Jasper—. ¿Te
apetece tomar algo? ¿Un poco de ron?

—No, gracias.

¿Ron a las diez de la mañana? La señorita Greyson habría
puesto el grito en el cielo.

—Bueno, pues en ese caso, más para mí. —Jasper cogió una
jarra y le dio un buen trago largo—. Por favor, toma asiento.
Donde prefieras.

Hilary se sentó en la hamaca que quedaba más lejos del
pájaro y empezó a balancearse.

—Creía que en el anuncio ponía: «nada de loros».

—Ay, sí, pero es que Fitzwilliam es un periquito, una especie de loro de lo más especial y, de hecho, el único con el que
hago una excepción. —Jasper se quitó el sombrero y se desató
la máscara—. Además, es el propio Fitzwilliam quien me insiste con lo de los loros. No le gusta tener competencia. —Dejó
el sombrero y la máscara en el suelo y miró a la niña—. Por
cierto, es un placer verte de nuevo. He de disculparme porque,
cuando nos conocimos, llevábamos un poco deprisa.

Hilary casi se cae de la hamaca. ¡Pero si Jasper era el señor
Smith! Aunque tenía un aspecto muy diferente sin el frac. No
obstante, sin la máscara era evidente que se trataba del mismo
caballero elegante que había conocido en el tren.

—Lo siento, señor Smith —dijo cuando recuperó el aliento—, no lo había reconocido.

—Para eso era el disfraz. El nombre también formaba parte de él. En realidad, me llamo Jasper Fletcher.

—¿Y de verdad eres pirata?

—Por supuesto —respondió con una sonrisa mientras lanzaba al aire una moneda de oro y volvía a cogerla—. Hasta los piratas viajan en tren de vez en cuando.

Desde luego. Seguro que iba de compartimento en compartimento en busca de magia que robar y había tenido que huir en cuanto llegaron los inspectores de la reina. Carecer de escrúpulos formaba parte de su profesión.

—Bueno, ahora seré yo quien haga las preguntas —dijo Jasper—. ¿Cómo te llamas?

—Hilary.

¿Debería haberse puesto algún apodo típico de piratas? Visto cómo le habían ido las cosas a Balacañón Jack, quizá la sencillez fuera lo más conveniente.

Jasper cogió una libreta y empezó a realizar anotaciones.

—Hilary, ¿tienes apellido?

La niña abrió la boca, pero la cerró de golpe. La Real Armada y la Liga de Piratas no se llevaban bien, por lo que ¿cómo iba a contratar un pirata a la hija del almirante de la reina para su tripulación? Seguro que se sentía más tentado a secuestrarla y, para eso, prefería quedarse en la Escuela de la Señorita Pimm.

—Smith —soltó—. Me apellido es Smith.

Jasper sonrió y levantó la mirada.

—Vale, ese juego me gusta. Te presentaré a mi primer oficial, quizás él quiera hacerte alguna pregunta más. Charlie, pasa.

El chico del tren se quedó dubitativo en la puerta. Llevaba la ropa con rasgones y salpicaduras de pintura y sujetaba un bollo de canela a medio comer.

—¡Pero si es la chica de la Escuela de Buenos Modales! —exclamó mientras la señalaba con el bollo—. ¡¿Qué hace aquí!?

—Se llama Hilary y desea ser mi aprendiz. Hilary, este es mi pupilo, Charlie; aunque, en realidad, ya os conocéis.

—Así que quieres ser pirata, ¿eh? —Le dio un mordisco al bollo—. Creía que los de la alta sociedad pasabais de piratería.

—Pues yo no.

Lanzó al chico esa mirada aterradora que tanto había practicado con Philomena, aunque no estaba segura de si iba a funcionarle con un pirata.

Para su alivio, Charlie se encogió de hombros y se tumbó en una de las hamacas. La niña pensó que quizá no necesitara mostrarse tan aterradora.

—Y tú, ¿te llamas Charlie de verdad?

—Así es. No soy tan conocido como para necesitar un nombre falso o un alias. A diferencia del señor Smith. —Señaló a Jasper con el pulgar—. Él es el Terror de las Tierras del Sur, ¿sabes? Es muy conocido en ciertos círculos.

—A veces, es una carga difícil de sobrellevar, pero alguien tiene que ser el pirata más temible de Altamar, y cargo gustoso con el apelativo. Dime, Hilary —comentó mientras miraba a la chica y pasaba la página de la libreta—, si quieres ser pirata, ¿qué haces en una escuela de buenos modales?

La niña respiró hondo.

—Envié una solicitud de ingreso en la Liga Casi Honorable de Piratas, pero me rechazaron porque soy chica...

—Qué razón tan estúpida —lo interrumpió Jasper—. Claro que la estupidez es seña de identidad de la LCHP.

Hilary sonrió.

—¡A que están muy equivocados! Eso es lo que intenté hacerles ver, pero ni me escucharon; en realidad, me enviaron a la Escuela de la Señorita Pimm. He escapado esta misma mañana.

Jasper seguía tomando notas.

—Dame una buena razón para que no te envíe de vuelta con la señorita Pimm —le dijo con amabilidad.

La niña lo miró horrorizada.

—¡No puedes mandarme allí! Mi caligrafía es atroz y no soy una dama como es debido... ¡ni lo quiero ser! —desenvainó la espada y Jasper se echó hacia atrás en la hamaca, mientras que a Charlie casi se le cae el bollo de canela—. Sé navegar y remar, y nado mil quinientos metros sin parar. Sé hacer todos los nudos que existen y algunos que no se han inventado todavía. Sé trepar, leer mapas y estoy ansiosa por entrar en batalla. Llevo toda la vida soñando con ser pirata... ¡y juro que haré lo que esté a mi alcance para conseguirlo!

Jasper escribió «pasión» con letras mayúsculas en la libreta y subrayó la palabra dos veces.

—Hablas en serio, ¿verdad? —dijo el chico un rato después y tras dejar el bollo de canela en el suelo.

—Por supuesto. Los piratas siempre hablan en serio.

—Es que la mayoría de vosotros no tiene nada que ver con los piratas y pensaba que...

Se revolvió incómodo en la hamaca.

—No pasa nada. Yo misma he conocido a gente de lo más

estúpida en la alta sociedad. Lo cierto es que no puedo decir que me parezca mal que le estéis robando la magia.

—¿Perdona? —soltó Jasper con el ceño fruncido.

—Vosotros sois los responsables de los hurtos, ¿no es así?

—¡Hurtos! —gritó Jasper mientras se levantaba de la hamaca de un salto—. ¿¡Nos tomas por ladrones comunes!? ¡Somos piratas! Sí, hemos saqueado unas cuantas mansiones pero, desde luego, no somos ladrones.

—¿Acaso no huíais de los inspectores de la reina cuando os conocí? ¡Subieron al tren porque os buscaban a vosotros!

—Cogimos un objeto en Puertolarreina —dijo Jasper tras suspirar— y los inspectores consideraron que no nos pertenecía. Si nos hubieran atrapado, no me cabe duda de que habrían extraído la misma conclusión que tú: que llevamos semanas robándole objetos mágicos a la alta sociedad. Pero no es verdad, aunque no creo que los inspectores me hubieran creído.

Hilary arrugó el ceño. Jasper parecía bastante sincero pero, desde luego, los piratas no se distinguen por su honestidad. Además, las figuras enmascaradas y vestidas de negro que habían robado el pergamino de Villa Westfield podían ser perfectamente Jasper y Charlie, aunque las vio tan lejos que podría haberse tratado de dos personas cualesquiera.

—¿Quieres decir que hay otros dos caballeros carentes de escrúpulos que están robando magia por toda Augusta?

—Eso es justo lo que quiero expresar. —Jasper volvió a sentarse en la hamaca—. Y me encantaría que dejaran de hacerlo porque, sean quienes sean, esas personas están convirtiéndose en un verdadero problema. —Tiró la moneda al aire una vez más—. Pero no tienes nada de que preocuparte; si te enrolas con nosotros, tu objeto mágico estará a salvo.

Hilary se quedó de piedra.

—No tengo ningún objeto mágico, ya os lo dije en el tren. ¡Lo juro!

—No hace falta que te pongas así. —Jasper sujetaba la moneda con la mano. No era un doblón. Estaba grabada por ambos lados: una corona en uno y un ocho en el otro, y Hilary sabía que debía de ser muy antigua—. Este es mi objeto mágico, así que no necesito el de nadie más.

—La mayoría de los piratas posee algo mágico procedente de alguno de los tesoros que ha desenterrado —añadió Charlie—. Yo no, porque no soporto la hechicería. Por eso, cuando Jasper usa la moneda para conseguirnos ropas bonitas con las que disfrazarnos, se cansa enseguida en cuanto se pone con los pañuelos de seda y los guantes de cuero; por eso los pantalones le quedan tan largos. Un rato después, está tan agotado que solo puede invocar gemelos para la camisa y cosas así, y tenemos que encontrar a alguien que sepa usar la magia para que nos ayude a escapar del tren. —Sacudió la cabeza—. Jasper se pierde con los disfraces.

—Pero, al final, todo salió bien, ¿no? Y eso que Hilary se negó a hacernos desaparecer por medios mágicos.

—Sí, claro. Ahora bien, la próxima vez agradecería unos pantalones de mi talla.

La moneda mágica pegó un salto sobre la palma de Jasper.

—Hum, lo que me temía —dijo el pirata mientras miraba

a Hilary—. ¿Sabías que esta clase de objetos vibra cuando siente magia a su alrededor?

La niña negó con la cabeza.

—Pues así es y, por lo visto, posees una porción de encantamiento tan grande que la moneda no puede dejar de saltar. Me sucedió en el tren... y está volviendo a ocurrir.

Jasper pasó la moneda por delante del rostro de la niña, pero no sucedió nada. Sin embargo, cuando la acercó a la bolsa de lona, la moneda empezó a agitarse de manera incontrolable, al igual que la bolsa.

—Qué curioso —dijo Jasper—. ¿Me dices qué llevas en la bolsa o prefieres que lo averigüe yo?

A Hilary le dio un vuelco el corazón porque sabía que el pirata hablaba en serio. Metió la mano en la bolsa y sacó la gárgola, a quien se le agitaban las orejas furiosamente ante la presencia de la moneda de Jasper.

—Como le hagas daño —dijo la niña mientras apretaba la talla contra el pecho—, ¡te abro de babor a estribor!

—¡Y yo te morderé! Ahora, por favor, guarda esa maldita moneda, que hace que se me duerman las orejas... ¡y preferiría no perderlas! Bastantes pocas extremidades tengo ya.

Jasper soltó una carcajada.

—No tenía claro qué esperar —dijo el Terror de las Tierras del Sur cuando recuperó la compostura—. Una bolsa llena de monedas mágicas o puede que un brazalete mágico... pero, desde luego, ¡esto no!

—No soy un «esto», soy una gárgola. ¡Y un pirata! —añadió un poco después.

Jasper se inclinó hacia delante.

—Si tuvieras manos, te las estrecharía. Por cierto, ¿cómo has llegado a pirata?

—En la bolsa de Hilary, claro está. El Azote del Pantano se halla demasiado lejos como para alcanzarlo a saltos.

Jasper volvió a reír y Charlie se arrodilló para presentarse a la gárgola, que enseguida le pidió que le rascara las orejas. Fitz-william, el periquito, en cambio, pio como si estuviera molesto.

—No le caes bien, pero a mí, sí. De hecho, ambos me caéis muy bien. —Escribió algo en la libreta—. ¿A ti qué te parece, Charlie?

—Desde luego, si ha sobrevivido a una escuela de buenos modales, está claro que la chica es valiente. Además, nos ayudó a escapar de los inspectores del tren. Yo digo que la contrates.

—Buen argumento —dijo Jasper mientras volvía a mirar a la niña—. Tienes más agallas que todos esos memos fanfarrones que hay ahí fuera juntos. Además, creo que tu amiguita podría resultar una incorporación muy útil para la tripulación. —Asintió mientras observaba a la gárgola, quien se observaba la cola con aire modesto—. Sin embargo, no eres miembro de la Liga, no tienes experiencia y eres... —dijo bajando el tono— una chica.

La gárgola bajó las orejas y Hilary sintió que el corazón se le caía a los pies.

—Ahí fuera hay muchos piratas que me colgarían por contratar a una colegiala antes que a ellos. Lo entiendes, ¿verdad? Tengo una reputación que mantener. Lo de Terror de las Tierras del Sur y todo eso.

—Lo entiendo —respondió la niña compungida.

Se mecía en la hamaca de lado a lado, lo que hacía que los tablones del suelo crujieran bajo sus pies.

—Sin embargo, podemos hacer un trato. Charlie y yo estamos buscando un tesoro. Te ofrezco un huequecito en la tripulación y, si lo encuentras, moveré unos cuantos hilos y me aseguraré de que te admitan en la Liga para que seas una pirata hecha y derecha y toda la pesca. ¿Qué te parece?

—¡Bien, me parece estupendo! —La señorita Greyson le recordaba a menudo que dar saltos no era digno de señoritas y la niña no creía que fuera algo muy extendido entre piratas, así que hizo lo posible por no dar brincos en la hamaca—. Muchas gracias. ¡No te vas a arrepentir!

—No me lo agradezcas todavía porque si no consigues el tesoro, me da igual lo rápido que dispares los cañones o lo afilada que esté tu espada... ¡Te llevo de vuelta a la Escuela de la Señorita Pimm y no te permito que vuelvas a asomar la jeta en un barco pirata! —Cogió la jarra de ron y le dio un trago—. Se me da muy bien mancillar nombres, ¿sabes?

—No me cabe la menor duda —respondió rápidamente.

Jasper parecía agradable, pero la chica no quería acabar en el lado equivocado del sable (¡y menos aún el primer día de pirata!).

—Bien. Entonces, ¿trato hecho? —le preguntó Jasper sonriendo mientras le tendía la mano. Hilary se la estrechó.

—Encontraré el tesoro para ti; entre otras cosas, porque mi institutriz se pondría hecha una furia si mancillaran mi nombre.

—Pues bienvenida seas a la tripulación.

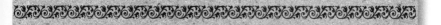

De la modesta pluma de
ELOISE GREYSON

¡Hilary Westfield, pero ¿qué estás haciendo?!
¡Vuelve ahora mismo!

NO SE HA PODIDO ENTREGAR.
RAZÓN: NO SE HA ENCONTRADO
A LA SEÑORITA WESTFIELD
POR NINGUNA PARTE.
LO SIENTO.

Varios extractos de

☞ *Búsqueda de tesoros para principiantes:*
GUÍA OFICIAL DE LA LCHP

Breve introducción a los «tesoros»:

Si eres pirata y no sabes qué es un tesoro, seguro que se ríen de ti en todas las destilerías de ron de Augusta. De hecho, es probable que se burlen de ti incluso los bancos de pececillos cada vez que sales a navegar. Pero no temas, esta guía va a evitar que sigas sufriendo un destino tan cruel. Al fin y al cabo, eres un principiante y los de la LCHP no somos tan desalmados.

Aunque te puedan gustar mucho tu casaca de pirata, tu colección de plumas de loro y tu ron de cien años, nada de eso es un tesoro. Te aseguramos que cualquier pirata que abre un cofre y encuentra algo así en él se lleva un buen chasco. Los cofres del tesoro decentes tampoco deberán contener oro, rubíes, esmeraldas, diamantes ni cualquier otra gema inútil. Puede que a la peña de la alta sociedad le gusten esas baratijas, ¡pero a los piratas no! ¿Alguna vez has visto a un pirata en la cubierta de su galeón portando una tiara de diamantes? Nosotros, no.

Los verdaderos tesoros piratas están compuestos por una sola cosa: «magia». Una vez fundido el mineral encargado de producir magia pura, esta suele transformarse, generalmente, en monedas de color dorado, aunque es frecuente encontrar herramientas y figuras hechas con magia en los cofres de tesoros.

De hecho, un bribón llamado Hawkins Mandibulanegra, escondió un cofre cargadito hasta arriba de cepillos de dientes mágicos. Puedes mofarte del acto de lavarse los dientes —al fin y al cabo,
eres un pirata— pero recuerda: los tesoros son objetos poderosos... y no debes mofarte de ellos.

Sobre la «fama» y la «fortuna»:

Por todo el reino hay islas desiertas y afloramientos rocosos en los que antiguos piratas escondieron pequeños
cofres del tesoro. Sin embargo, son muchos los desalmados que pretenden ganarse una reputación en Altamar buscando tesoros cuya ubicación no conoce nadie.
Entre ellos, se encuentra el famoso naufragio del Petu-
nia, el infame alijo de la hechicera de las Tierras del
Norte y, cómo no, la colección de cepillos de dientes de
Hawkins Mandibulanegra. Aunque son muchos los piratas que han salido en su busca, ninguno los ha descubierto y varios han perecido en el intento. Si quieres
cazar alguno... ¡ten cuidado! La LCHP no se hace responsable de un acto tan estúpido por parte de piratas
jóvenes y ambiciosos, aunque declarará medio día de
fiesta en Altamar si mueres en el empeño.

Capítulo seis

Los días siguientes fueron un frenesí de planes y preparativos. El pequeño barco pirata de Jasper estaba atracado en la caleta, detrás de su bungaló y había una bodega que abastecer, una cubierta que fregar, una vela mayor que zurcir y una bandera pirata hecha jirones que remendar.

—Es una herida de cañón —le explicó Jasper a Hilary mientras la observaba desde el otro lado del enorme agujero que exhibía la bandera con la calavera y las tibias cruzadas—. Aunque no parece grave.

Por lo visto, lo único que le preocupaba a Jasper en aquellos momentos era encontrar a dos miembros más para completar la tripulación. Había pasado el resto del sábado realizando entrevistas a distintos piratas de la fila y todo el domingo con un nuevo grupo de bribones y azotes de los mares pero, por una u otra razón, todos le parecían inadecuados. El lunes por la noche, Jasper no podía mostrarse más abatido.

—¡Jamás he conocido a gente con tan poca educación! ¡Son avariciosos como los ladrones pero el doble de traicioneros! —gritaba mientras recorría el salón de cabo a rabo—. Quizá se me haya acabado la suerte.

Y puede que así fuera porque, el jueves, contrató a Oliver.

Hilary y Charlie estaban aprovisionando el barco de balas de cañón cuando el capitán apareció en cubierta junto a Oliver.

—Os presento al joven Oliver, que sabe más de reparación de navíos que yo mismo. Aparte de que es más listo de lo que parece. Esta mañana era el primero de la fila y ha sido muy educado a diferencia del resto de golfos, así que lo he contratado.

—Me alegro de hallarme a bordo, señor —dijo el muchacho mientras le hacía un saludo militar.

Sus estupendas botas estaban llenas de rasguños y había cambiado su uniforme de la Real Armada por unas ropas piratas oportunamente ajadas, pero ni la descosida casaca ni el descolorido parche en el ojo impidieron que la niña reconociera aquella familiar sonrisa desdeñosa.

Jasper volvió al bungaló para entrevistar al siguiente pirata, y Hilary y Oliver se quedaron mirándose con el corazón en un puño.

—Me alegro de que te incorpores —le dijo Charlie—, hay muchísimo trabajo pendiente. Podrías empezar por zurcir la vela mayor.

—¿Zurcir? —Oliver se sacudió el polvo de la casaca y miró con desagrado a Hilary—. Si no te importa, preferiría no hacer un trabajo de chicas.

—Entonces —dijo la niña—, ¿preferirías que dejara caer esta bala de cañón sobre tu pie?

Ya estaba apuntando a su dedo gordo cuando, por desgracia, Charlie se interpuso entre ambos.

—Todo el trabajo que hay en un barco pirata es trabajo propio de piratas —respondió el primer oficial—, y, aquí, todos lo somos. Será mejor que acates mis órdenes cuando no esté Jasper. —Luego, se dirigió a Hilary—. Puede que valga menos que un estropajo, pero no nos servirá de nada con un pie roto.

La niña suspiró. No le gustaba tener que admitir que Charlie llevaba razón pero, al menos, Oliver le caía tan mal como a ella.

—De acuerdo —respondió esta mientras le pasaba la bala de cañón a Charlie—. Creo que debería hablar con él.

Agarró a Oliver por el codo y lo arrastró al otro lado de la cubierta, donde Charlie no pudiera oír de qué hablaban.

—¿¡Qué haces aquí!? —lo inquirió entre susurros.

—Lo mismo que tú —respondió el chico mientras se encogía de hombros.

—¡Pero si tú nunca has querido ser pirata!

—Claro que no. —Oliver se levantó el parche del ojo—. Tan solo pretendo vengarme de tu padre. Como no conseguí atrapar a aquellos ladrones que entraron en Villa Westfield, pasó medio día chillándome. Después, me expulsó de la Real Armada. Dijo que era lo mejor. —El rostro del chico adoptó un gesto aún más desdeñoso—. Y dado que no pienso arrastrarme para recuperar mi trabajo, he creído oportuno unirme a los piratas. Así, puedo desvelar algunos secretos de la Real Armada y atacar los barcos de Su Majestad. Lo que sea con tal de fastidiar al almirante Westfield. ¿Acaso no es lo mismo que estás haciendo tú?

—¡Serás idiota! —Hilary deseó haberle roto el pie—. ¡Yo no estoy aquí por eso!

—Lo que tú digas. De todos modos, no quiero perder este trabajo, así que si le cuentas a alguien algo sobre mi pasado, te cuelgo del mástil como una bandera, ¿has entendido?

—Vale, pero será mejor que tú tampoco digas nada. Como te chives de quién es mi padre, te dejaré tan chafado que creerás que la calavera y las tibias cruzadas de la bandera son tu retrato. Por lo que a mí respecta, no nos conocemos de nada.

—Me parece bien.

Oliver se bajó el parche, dio media vuelta y se dispuso a zurcir la vela mayor en silencio.

Oliver se comportaba con educación cuando Jasper estaba delante y, después del incidente acerca del zurcido de la vela mayor, siempre hacía lo que le ordenaban pero, según pasaban los días, el ánimo en el número 25 de la Caleta del Arenque empezó a decaer. Jasper era incapaz de encontrar al pirata adecuado para completar la tripulación, Oliver y Hilary hacían lo imposible por evitarse el uno al otro, Fitzwilliam odiaba a la gárgola —sentimiento que expresaba «decorando» la cabeza de esta con cagaditas— y todos estaban de mal humor porque Jasper se negaba a hablarles del tesoro en busca del cual iban a partir o de la dirección de la travesía que iban a tomar hasta que estuvieran en Altamar.

Charlie, por lo menos, era más amable. Le prestó a Hilary un libro titulado *Búsqueda de tesoros para principiantes*, que le habían entregado durante su entrenamiento en la LCHP. Cada día, antes de cenar, leía en alto una parte del libro a la gárgola.

—Este capítulo habla de las herramientas que se necesitan para rescatar tesoros —le dijo a la gárgola una noche deprimente—. A ver... un mapa, ¡claro!, y una brújula para guiarte. Cuando has encontrado el tesoro, una pala para desenterrarlo.

—Y una cuerda para subir a las torres y salvar a las doncellas en apuros —añadió la gárgola mientras aleteaba alegremente—. Las doncellas en apuros son de lo más romántico.

Hilary cerró la guía para buscar tesoros cuando Charlie entró en el salón. El chico se tumbó en una hamaca.

—¿Ha dicho algo Jasper? —preguntó la niña.

Aunque habían acabado de arreglar el barco a lo largo de aquel día, no parecía que el capitán tuviera intención de hacerse a la mar en breve.

Charlie negó con la cabeza.

—Acaba de rechazar a otro montón de piratas. Los ha enviado a casa sin entrevistarlos siquiera.

—¡Es ridículo! ¿¡Cómo quiere que encuentre el tesoro si no me dice cuál es!?

—O sin salir a navegar —añadió el primer oficial mientras se balanceaba en la hamaca—. No sé qué le pasa. Nunca se había mostrado tan puntilloso con la tripulación. Debe de tratarse de una travesía muy importante.

—Si tan crucial es, ¿no deberíamos empezar cuanto antes a ejercer la piratería?

—Sí, deberíamos —dijo la gárgola, que se había subido al regazo de la chica y se protegía de Fitzwilliam acurrucado bajo el brazo de esta—. En *La isla del tesoro* nadie se queda sentado.

Jasper y Oliver salieron de la cocina con varios cuencos de estofado para todos. El capitán miró a Hilary y a Charlie.

—¿Qué hacéis?

—Aquí, esperando —respondió la gárgola—. Estamos tristes.

—Ah —fue la única respuesta del capitán y todos se sentaron, afligidos y con el ceño fruncido, a comer estofado.

Un fuerte golpeteo en la puerta hizo que se desvaneciera de un plumazo la tristeza del ambiente.

—¡Exijo que me dejen entrar!

—Adelante, adelante —respondió Jasper mientras se levantaba de la hamaca e iba hacia la puerta—, pero si quieres que te entreviste, me temo que tendrás que esperar a mañana.

El capitán pirata abrió el portón y, al otro lado, ¡estaba la señorita Greyson! Traía un sombrero ligeramente torcido hacia un lado, la falda llena de salpicaduras de barro y se había quitado la aguja de ganchillo del pelo, que llevaba revuelto por culpa del viento —lo que le daba el aspecto de una ancestral reina guerrera de Augusta—. A Hilary, la expresión de furia de su rostro le resultó de lo más familiar.

Jasper miraba a la señorita Greyson como si no hubiese visto a una institutriz en la vida. Luego, se quitó el sombrero e hizo una reverencia.

—Pase usted, por favor. ¿A qué debo este honor, señora? —le preguntó mientras le tendía la mano.

La señorita Greyson ignoró el saludo del pirata, entró en la casa y dejó su bolsa de viaje en el suelo.

—Hilary, ¿quién es este finolis y qué diantres haces aquí? Bueno, da igual, prefiero no saberlo. Recoge tus cosas, nos vamos de este lugar ahora mismo. La señorita Pimm está frenética.

—¡Señorita Greyson! —Hilary se puso en pie de un salto y la gárgola cayó en la hamaca—. ¿¡Cómo me has encontrado!?

A pesar de que la institutriz era famosa por enterarse de todo, que hubiera llegado hasta El Azote del Pantano resultaba algo extraordinario.

Pero era imposible desviar la atención de la mujer.

—Las institutrices tenemos nuestros métodos. Incluso las de antes.

Se frotó las manos y no dijo nada más.

Jasper se aclaró la garganta y se recostó en la hamaca. No había dejado de observar a la señorita Greyson ni un segundo.

—Eh, Hilary…, ¿por qué no haces el favor de presentarnos? —dijo por fin.

Por lo visto, la mera presencia de la señorita Greyson había provocado un ataque de etiqueta en los presentes.

—Te presento a la señorita Eloise Greyson —dijo con su mejor tono de voz de escuela de buenos modales—. Era mi institutriz. Señorita Greyson, te presento a Jasper Fletcher, pirata.

—Pirata «autónomo».

—Perdón, pirata autónomo. El caballero que está a su lado es Charlie, el primer oficial y, la persona que se encuentra junto a Charlie nos es completamente extraña tanto a ti como a mí.

Hilary señaló a Oliver con la cabeza. Daba la impresión de que el chico fuera a perder los nervios en cualquier momento.

—Pero, por favor, si es...

Hilary miró a la institutriz de manera reprobatoria e insistió:

—Se llama Oliver y no lo habías visto en tu vida.

—Entiendo. —La señorita Greyson frunció los labios—. Vaya, esto resulta fascinante.

—En la jaula tienes a Fitzwilliam. Es un periquito, es decir, una especie de loro. Creo que a la gárgola ya la conoces.

—Encantado —dijo haciendo una reverencia a la institutriz.

—Eloise, ¿te apetece un poco de estofado? —le preguntó Jasper tras levantarse de la hamaca.

—Por favor, si no le importa, llámeme «señorita Greyson». En cuanto al estofado, no me apetece, gracias. De hecho, Hilary y yo nos vamos ya, ¿verdad, Hilary?

—No pienso volver a la Escuela de la Señorita Pimm. Además, Jasper me ha contratado.

—Y, si se me permite preguntar, ¿para qué te ha contratado?

—Para luchar con el sable, beber ron a tragos, encaramarme al mástil y buscar tesoros, entre otras cosas —respondió el capitán pirata mientras ponía un bol de estofado en manos de la institutriz. Luego, le señaló una de las hamacas vacías—. En resumen, para practicar la piratería.

La señorita Greyson se dejó caer en la hamaca.

—Oh, no... es peor de lo que pensaba. Señor Fletcher, no puedo permitir que Hilary navegue junto con usted y su tripulación. Se supone que debe asistir a la Escuela de Buenos Modales... ¡y correr aventuras con una panda de piratas resultaría de lo más impropio!

—No sabes cuánto lo siento, señorita Greyson, porque eso me pone en una situación muy delicada. Me temo que Hilary me ha dado su palabra de que navegará conmigo... y los piratas que faltan a su palabra deben pasear por la tabla.

—Se lo está inventando —le susurró Charlie a la niña—. Los piratas faltan a su palabra cien veces al día.

Los nudillos de la señorita Greyson se habían puesto blancos de tanto apretar el puño.

—Si obliga a la chica a pasear por la tabla —dijo la mujer mientras se ponía en pie—, me encargaré en persona de que un monstruo marino se lo coma a usted de postre. —El capitán pirata y la señorita Greyson estaban casi nariz con nariz—. Y no crea que no seré capaz de hacerlo. Al fin y al cabo, soy una institutriz.

Jasper tartamudeó que lo sentía muchísimo y se hizo a un lado.

—Bueno, Hilary, la Escuela de la Señorita Pimm se halla muy lejos y no vamos a encontrar ningún carruaje a estas horas...

—Señorita Greyson, por favor, aquí soy feliz.

—¿En un nido de piratas?

—Bueno, en realidad es un bungaló —la corrigió Jasper.

—Y se está mucho mejor que en la Escuela de la Señorita Pimm. Aquí puedo blandir la espada y no tengo que bordar nada. Además, Jasper es un encanto... A ver, salta a la legua que es el Terror de las Tierras del Sur pero, por lo demás, es muy majo. Por otro lado... ya no estoy a tu cargo.

Cuando acabó de hablar, Hilary contempló las botas para evitar la mirada de la institutriz.

—Eso es verdad. —La señorita Greyson frunció el ceño—. Pero eso de asociarte con rufianes y bribones... ¡Estás poniendo en peligro tu reputación! ¿Qué dirá tu padre?

Oliver casi se atraganta con un pedazo de zanahoria.

—No metas a mi padre en esto —respondió Hilary a toda velocidad—, y tampoco hables de mi fama. Me has enseñado que debo mantenerme fiel a mis promesas y le he hecho una a Jasper que no tengo ninguna intención de romper. Ahora, señorita Greyson, soy una pirata. Y punto.

Charlie empezó a aplaudir y la gárgola la vitoreó. Jasper le pasó el brazo por los hombros.

—Ya ves, es una de los nuestros.

La señorita Greyson empezó a dar golpecitos en el suelo, como si estuviera esperando que dejaran de animar a la niña.

—De acuerdo —dijo al cabo de un rato—, si de verdad has sido tan poco cuidadosa como para darles tu palabra a estos rufianes, sería inadecuado desdecirse. Por tanto, creo que solo me queda una opción. —Dejó a un lado el bol de estofado y se desanudó el sombrero—. ¿Cuándo partimos?

Todos se quedaron boquiabiertos.

—Disculpa, ¿pretendes unirte a nosotros? —le preguntó el capitán.

—Por supuesto. —La mujer se quitó los guantes de color crudo y los metió en el sombrero—. Si piensa que voy a dejar que Hilary corra aventuras por Altamar sin la supervisión adecuada, está usted muy equivocado.

La niña había visto cientos de veces aquel brillo en sus ojos. Cada vez que aparecía, la mujer se salía con la suya.

—¿Y la librería? —preguntó Hilary.

—A menos que le crezcan patitas, cosa que dudo mucho, seguirá allí hasta que vuelva.

Oliver se acercó a Hilary y le susurró:

—Mira lo que has hecho.

—Cállate —respondió la chica—. No es tan malo. Además, Jasper no va a dejar que venga.

Pero el capitán observaba a la mujer con una expresión muy extraña, una mirada que, a entender de Hilary, no era nada apropiada para un pirata.

—Será un honor tenerte a bordo, señorita Greyson.

Oliver rezongó y se tapó la cara con las manos. Charlie no parecía mucho más contento —Hilary pensó que la desconfianza que le provocaban las chicas de las escuelas de buenos modales debía de ser extensible a las institutrices— aunque, un rato después, empezó a sonreír.

—Bueno, Jasper, ahora que has contratado a la institutriz, ¿podemos hacernos a la mar?

La mirada extraña desapareció del rostro del capitán, que se puso tieso y respondió:

—¡Sí, por supuesto! Ya tengo a toda la tripulación. Disfrutad del estofado, amigos, porque a partir de ahora solo comeremos pan duro y beberemos ron. —Sonrió como si aquel pensamiento lo alegrara enormemente—. Zarparemos por la mañana.

REINO DE AUGUSTA
ARCHIVO REAL

IMPRESO 118M: PROPÓSITO DE ZARPAR

INSTRUCCIONES: Por favor, use tinta legible.

Los impresos rellenados con sangre serán rechazados.

Es obligatorio responder a todas las preguntas.

NOMBRE DEL CAPITÁN: *Jasper Fletcher.*

NOMBRE DEL NAVÍO: *Paloma.*

TIPO DE NAVÍO: *El barco pirata (pequeño).*

PUERTO DE ORIGEN: *El Azote del Pantano, Tierras del Sur.*

DESTINO: *Isla de la Pólvora, Tierras del Norte.*

PROPÓSITO DEL VIAJE (por favor, marque uno):
☐ TRABAJO ☐ PLACER ☒ PIRATERÍA

Si ha marcado «Piratería», el Reino de Augusta se reserva el derecho de enviar un barco de la Real Armada para atacarle. ¿Acepta estas condiciones? *¿Acaso tengo elección?*

NÚMERO DE TRIPULANTES:
4 humanos, 2 de los otros.

NOMBRE DE LOS TRIPULANTES (HAGA UN LISTADO):
Charlie Dove   Eloise Greyson
Oliver Sanderson   Fitzwilliam Fletcher
Hilary Smith   La gárgola

OBJETIVO PRINCIPAL DEL VIAJE:
Ya que tanto te interesa, estamos buscando un tesoro. ¿Satisface eso la enorme curiosidad de este impertinente impreso?

NÚMERO DE SALVAVIDAS A BORDO:
Alguno hay por ahí, seguro.

NÚMERO DE ARMAS A BORDO:
Seguro que muchas más que salvavidas.

Si muriera en ALTAMAR, ¿quiere que se ponga una PLACA en su honor en el Palacio Real?
☐ SÍ ☒ NO

Gracias por seguir las regulaciones y leyes del Reino de Augusta.
¡Disfrute de la travesía!

ESCUELA DE BUENOS
MODALES DE LA
SEÑORITA PIMM
PARA DAMAS DELICADAS

Donde florece la virtud

Querida Hilary:

Espero que te llegue esta carta. La he enviado a nombre de la «Pirata Hilary, en Altamar», tal y como me indicaste. ¿Crees que habrá más de una pirata Hilary? Ay... espero que seas la que yo conozco. Si no es así, por favor, deja de leer esta carta. No es de buena educación ojear el correo de los demás. De haber asistido a una escuela de buenos modales, lo sabrías... aunque, como eres una pirata, no estoy segura de qué tipo de educación has recibido. Si, por el contrario, eres la Hilary correcta, tienes permiso para seguir leyendo... y siento mucho el retraso.

¡Ay, Hilary, la Escuela de la Señorita Pimm es horrible sin ti! Creo que mis actuaciones engañaron a todos hasta el domingo por la tarde, momento en que incluso la profesora de vals me dijo que esperaba que tu abuelita se recuperara pronto para que volvieras y enseñaras cómo se baila a las que tienen «dos pies izquierdos» (creo que se refería a mí). Pero el lunes, Philomena me preguntó dónde estabas y dijo que no se tragaba que tuvieras una abuelita enferma. Lo siento mucho, pero me deshice en un mar de lágrimas (o, al menos, en un charco bastante grande) y, por supuesto, fue directa a chivarse a la señorita Pimm.

Ahora, te están buscando todas y creo que quieren imprimir tu foto en un papel tal y como se hace con los criminales más peligrosos. ¡Tiene que ser tan glamuroso ser uno de ellos...! No es que te considere un criminal, claro está; tampoco le he dicho a nadie que te has hecho pirata, aunque deseaba avisarte de que van a ir a por ti por si quieres ponerte un disfraz. Junto con la carta, te envío la barba postiza que he tejido hoy mismo en clase. Sé que no tienes el pelo de color morado, pero no he conseguido hilo de color castaño. Además, un tío mío tiene el pelo de la cabeza y el de la barba de diferente tono, por lo que no sería del todo imposible que lucieras una barba morada. Por cierto, va con unas gomas para sujetarla a las orejas y espero que sea de tu talla. Por favor, perdona que se me hayan saltado algunos puntos, pero es que he tenido que hacerla a toda velocidad y acabar las patillas antes de que llegase el cartero.

Espero que te estés divirtiendo en Altamar. ¿Se parece a como lo describen en las novelas? ¿Ya has conocido a algún marinero apuesto? ¿Has usado la espada? Opino que luchar con sable ha de ser muy parecido a bailar un vals, solo que menos romántico y con un final más truculento. Seguro que se te da muy bien. Por favor, escríbeme si tienes un rato libre entre cañonazo y cañonazo. Seguro que saber de ti alegra mi triste estancia en la Escuela de la Señorita Pimm.

Tu amiga,

Claire

☞ *Búsqueda de tesoros para principiantes:*
GUÍA OFICIAL DE LA LCHP

Sobre «mapas del tesoro y cómo leerlos»:

Si estás leyendo esta guía oficial, no hay duda de que te hallas ansioso por zarpar en busca de tu primer tesoro. No obstante, no corras, porque lo más estúpido que se puede hacer es partir en su busca sin haber conseguido antes un mapa que te guíe hasta donde se ha escondido.

Los mapas del tesoro los dibuja un pirata capacitado y los aprueba la LCHP con el sello de la calavera y las tibias cruzadas. Es posible reconocer un mapa del tesoro respetable con solo fijarse en unos pocos detalles:

Da igual lo viejo que sea, un mapa del tesoro deberá tener aspecto de antiguo y estar a punto de caerse a pedazos. Puede encontrarse roto o mojado y, sin duda, debería poseer un aceptable color pardo. Es preferible que tenga los bordes quemados.

Un mapa del tesoro precisa un nombre evocador, del tipo: «Mapa de la fortuna enterrada de un pirata temible». Los dibujos de bestias monstruosas, remolinos y demás peligros marinos harán que parezca que, si se sigue su rumbo, te puede pasar algo malo.

Para guiar a los piratas, el mapa del tesoro tiene que incluir una línea de puntos que indique la mejor manera de llegar al mismo. Los obstáculos presentes en la ruta

—tales como zonas infestadas de cocodrilos, esqueletos colgantes y otros— deberían figurar en el mapa. La ruta acabará en una gran «X» que señale dónde está enterrado el tesoro.

Los piratas que quieran ofrecer a los buscadores de tesoros un reto mayor, pueden incluir a lo largo de los bordes del mapa pistas tentadoras pero misteriosas acerca del lugar exacto en que se esconde el tesoro.

Si tienes un mapa así, ¡felicidades!, porque vas bien encaminado. Sigue las pistas y la línea de puntos que aparece en él, y asegúrate de evitar las trampas y los obstáculos.

Cuando llegues al lugar marcado con una «X», tan solo necesitas cavar debajo con el fin de sacar a la luz extensas riquezas —siempre, claro está, que no se te haya adelantado otro pirata—. No obstante, aunque descubras un cofre vacío, siempre puedes jactarte de lo bien que se te da leer los mapas.

Si no dispones de ninguno que haya sido aprobado por la LCHP, abandona la búsqueda del tesoro de inmediato. Sin los mapas adecuados, los piratas vagarían sin rumbo cierto por todo el reino, haciendo agujeros al azar, lo que podría ocasionar graves molestias a los ciudadanos que no miran por dónde andan.

Si, aun así, quieres salir a buscar tesoros, puedes adquirir algunas copias de mapas del tesoro auténticos en los archivos que la LCHP tiene en su Cuartel General, en la isla de la Pólvora.

Capítulo siete

—Y dices que todo eso es mar... ¿Estás segura? —preguntó la gárgola.

—¡Por supuesto!

La niña hizo otro nudo alrededor de la parte central de la talla.

—¿Incluso esas cosas que suben y bajan?

—Eso son las olas. No te preocupes, es normal.

—Se mueven terriblemente rápido. —La gárgola se inclinó hacia delante tanto como le permitían los nudos—. ¡Y están muy abajo!

La niña le rascó las orejas. Por lo visto, según la talla, no lo hacía tan bien como Claire, pero le daba igual siempre que se las rascase.

—Gárgola, no tienes que ser el mascarón de proa si no quieres.

—¿Y dejar que se encargue una sirena del montón? ¡Ni

hablar! —Acto seguido, presionó las orejas contra los dedos de la niña—. A la izquierda, por favor.

Con ayuda de Charles, Hilary había preparado una especie de cesta para que la gárgola fuera en la proa del Paloma. Se alegró de que no se bamboleara ni diera saltos mientras el barco abandonaba la Caleta del Arenque.

—Me gusta —dijo mientras sacaba la cola por el agujero que Charlie había hecho expresamente para ella en el fondo de la cesta—. Lo voy a llamar «cofa de la gárgola».

—Es un nombre muy marinero —comentó Hilary—. A ver, repasemos. ¿Qué tienes que gritar cuando avistes tierra en el horizonte?

—¡Tierra a la vista!

—¿Y si ves piratas que se acercan?

—¡Que me aspen, bucaneros en lontananza!

—¡Muy bien! ¿Y si distingues un monstruo marino?

La gárgola se lo pensó unos instantes.

—¿Socorro?

—No está mal. —Los acarició una suave brisa cálida que llevaba el aroma de la sal y el nombre de la niña en boca de alguien—. Jolines... debe de ser la señorita Greyson.

—Pues será mejor que vayas a ver qué quiere —dijo Jasper, al timón. Desde luego, parecía un pirata de lo más apuesto, con su segunda mejor casaca hinchada al viento y Fitzwilliam en el hombro. Llevaba el sombrero puesto con mucho estilo y el sable, que colgaba a un lado, resplandecía al sol—. Ya cuido yo de la gárgola.

—¡Oye, que no necesito que cuiden de mí! Capitán, ¿me dejas el sombrero?

Hilary recorrió la cubierta a toda prisa y saludó a Jasper cuando se cruzaron.

—Buena suerte, capitán... ¡Vas a necesitarla!

El dormitorio que Hilary compartía con la señorita Greyson era tan pequeño como una caja de cerillas —de verdad— y tenía un único ojo de buey, semejante a los del despacho del padre de la niña. A través de la ventana, Hilary observaba las alegres casas que salpicaban la costa en forma de pinceladas o pedacitos de una vidriera de colores. El bungaló de Jasper se convertía rápidamente en un manchurrón amarillo pálido entre otros del color del bosque.

—No sé, señorita Greyson, dudo mucho que los piratas deshagan las maletas.

—Pues a mí no me cabe ninguna duda. —La institutriz sacó un vestido azul de algodón de su bolsa de viaje, una plancha, una tabla de planchar plegable y tres naranjas fragantes. Desde luego, iba preparada para cualquier situación, porque las naranjas podían resultar de lo más útiles ya fuera con el objetivo de evitar el escorbuto ya disparándolas con un cañón. No obstante, si la mujer esperaba que se pasara los días en un barco pirata planchando... Bueno, la verdad es que era una perspectiva horrible—. Asoma la cabeza por la puerta de al lado; verás cómo Charlie y Oliver están deshaciendo la maleta.

Hilary fue a la habitación de los muchachos, asomó la cabeza y comprobó, con gran consternación, que la señorita Greyson tenía razón.

—Oye, tienes que contarme qué está pasando con Oliver —dijo la institutriz cuando volvió la niña mientras guardaba un par de zapatillas de pelo crespo bajo su catre—. No... —hizo una pausa y se aclaró la garganta—, no habréis huido juntos, ¿verdad?

—¡Señorita Greyson!

—No des esos golpes en el suelo o harás un agujero en el casco.

—Te aseguro que no me escaparía con Oliver bajo ningún concepto. Sin embargo, parece que, de momento, tenemos que aguantarnos el uno al otro. Dice que quiere vengarse de papá. —La niña se encogió de hombros y puso *La isla del tesoro* en el alféizar del ojo de buey—. Por cierto, señorita Greyson, no le digas a nadie quién es mi padre. No creo que Jasper sienta gran simpatía por la Real Armada... y sería una pena que decidiera tirarnos por la borda.

—Entendido. Mis labios están sellados.

—Aunque, por otro lado, si tú te cayeras por la borda... ¡seguro que el capitán se lanzaba detrás de ti para rescatarte!

—No sigas por ahí —soltó la institutriz en tono severo, aunque Hilary se fijó en que la mujer no daba ningún zapatazo en el suelo, lo que le llamó atención.

Eloise rebuscó en su bolsa de viaje hasta que encontró la aguja de ganchillo, una serie de agujas de tejer y un ovillo de hilo verde. Colocó estas últimas y el ovillo junto a sus zapatillas, se metió la aguja de ganchillo en el moño y asintió como si estuviera satisfecha.

—¿Te la dio la señorita Pimm? Me refiero a la aguja de ganchillo.

—Así es. Es un honor recibir la aguja de oro, ¿sabes?

—Algo he oído. —Dejó de doblar la ropa de forma ordenada y empezó a meterla debajo de su camastro en cuanto la señorita Greyson renunció a prestarle atención—. Mi amiga Claire no ve el momento de conseguir la suya. Supongo que yo tendré que conformarme con la de plata.

La institutriz suspiró.

—Al menos, hace juego con tu espada. Por cierto, he enviado un mensaje a la señorita Pimm y otro a tu madre para decirles que no se preocupen. Me he visto obligada a tener mucho cuidado a fin de que no se me escapase ningún detalle. Mi reputación puede soportar cierta cantidad de escándalos, pero la tuya... ¡Hilary, las medias no se guardan enrolladas como pelotas!

A la niña le preocupaba que la señorita Greyson fuera a desmayarse allí mismo, pero el tañido de una campana lo evitó.

—¡Todas las manos a cubierta! —gritó el capitán—. ¡Sí, gárgola, tú también aunque no tengas! ¡Hay que hablar de un asunto muy importante!

Durante los años de interminables lecciones de geografía con la señorita Greyson, Hilary siempre había prestado especial atención a los datos concernientes al mar. De acuerdo con su atlas, la Caleta del Arenque daba a la bahía de Pemberton que, a su vez, se abría a Altamar y, por tanto, al resto del globo. Hilary se alegraba de que, por el momento, se pudiera confiar en lo que aparecía en el atlas porque, efectivamente, el Paloma acababa de adentrarse en la bahía, donde un cartel de madera dispuesto sobre una boya, que no dejaba de balancearse, rezaba:

**Bienvenidos a la bahía de Pemberton,
hogar del Real Ballet Acuático de Augusta.
(Solo quedan unas 30 millas
para alcanzar Altamar.)**

La vasta y vacía bahía se extendía ante ellos más allá del cartel y Jasper debía de haber decidido que no pasaba nada por soltar el timón un rato, porque se arrodilló en cubierta para desenrollar un papel grueso y estaba poniendo piedras en cada una de las esquinas —tarea que no resultaba sencilla ni para el Terror de las Tierras del Sur, quien soltaba maldiciones marineras por lo bajo cada vez que un extremo del papel se soltaba y le daba un latigazo en la cara—. Hilary se habría pasado horas mirando aquella escena, pero Charlie se apiadó del capitán y puso una bala de cañón en la esquina rebelde.

—Gracias —le dijo Jasper mientras se frotaba la mejilla con suavidad—. Venga, acercaos.

Y así lo hicieron. La niña sostenía a la gárgola en brazos para que viera mejor.

—¿Quién sabe qué tipo de documento es este? —preguntó el capitán.

Hilary se interrogó a sí misma si aquella sería una de esas cuestiones con trampa que tanto le gustaban a la señorita Greyson.

—Es un mapa —contestó con precaución.

De hecho, se parecía muchísimo a los planos que su padre guardaba en el despacho de casa; ahora bien, eso no iba a decirlo.

—En efecto. Una estrella de oro para Hilary. —Jasper sonrió y la señorita Greyson chistó como para sugerir que el hombre no estaba preparado para ser institutriz—. Además, se trata de uno muy antiguo. Un mapa de la isla de la Pólvora.

Hilary sintió que un escalofrío le recorría la espalda y que la gárgola se ponía tensa en sus brazos. En la alta sociedad nunca se hablaba de la isla de la Pólvora, a menos que se hiciera en susurros en los salones de Villa Westfield. La mayoría de los libros de historia no la mencionaba e incluso el atlas de Hilary incluía una interminable nota de disculpa por admitir su existencia. Una buena alumna de la Escuela de la Señorita Pimm jamás habría oído hablar de ella y si, por accidente, escuchaba su nombre, lo más probable es que se echara a llorar.

Hilary estaba deseando que fuera allí adonde se dirigían.

—¿Quiere decir... que viajamos rumbo a un fortín de piratas? —preguntó la señorita Greyson.

—Así es.

—Que, como es evidente, estará lleno de villanos y norteños —continuó la mujer.

—Por supuesto. Es muy bonito en verano. Rosales floridos trepan por los muros de piedra y se ven puestas de sol de lo más pintorescas desde los tejados. Al menos, en aquellos a los que nadie ha prendido fuego aún. Estoy seguro de que os encantará. —Y se sentó en cuclillas—. Por desgracia, esto no es un crucero de placer. Además de tratarse de un mapa muy antiguo de un lugar interesante, este en particular... —Lo señaló con el dedo—. ¡Es un mapa del tesoro!

—¡Déjame bajar! —gritó la gárgola—. ¡Tío, es un mapa del tesoro de verdad!

La niña dejó a la gárgola sobre el plano, que se puso a dar saltos por encima y a examinarlo desde todos los ángulos posibles.

—No sé, Jasper... —dijo al cabo de un rato—, a mí no me lo parece.

—¿Por qué?

—Bueno, una «X» debería señalar el lugar, ¿no?

—Así es. Es la política de la LCHP.

La gárgola frunció su ceño de piedra.

—Pues aquí no hay ninguna «X».

—Una estrella de oro para ti —dijo el capitán—. Ese es el misterio que debemos resolver. Este mapa se dibujó antes de que existiera la LCHP. De hecho, ni siquiera lo dibujó un pirata. —Levantó la gárgola y la dejó sobre la esquina izquierda, junto a la bala de cañón—. ¿Ves algo inusual delante de ti, amiguito?

La gárgola estudió el mapa unos instantes, tras lo cual empezó a dar tales saltos de alegría que el Paloma se tambaleaba.

—¡Es su marca! ¡Es el signo de la hechicera! ¿¡Lo ves, Hilary!? —Señalaba con la cola un pequeño ocho que había dibujado en la esquina inferior del mapa.

—Es el símbolo del infinito... —murmuró la señorita Greyson—. Gárgola, ¿cómo lo has reconocido?

La talla, de un salto, fue a parar a los brazos de la mujer y levantó el ala izquierda. Tenía grabado el mismo símbolo sobre su tersa espalda.

—La hechicera me puso su sello cuando me hizo. ¿Significa eso que este mapa lo dibujó ella?

—Eso creo —respondió el capitán mientras asentía—. Ese número ocho de la esquina es su firma. El mapa nos va a decir dónde se halla su tesoro.

—No lo dirás en serio —soltó Oliver—. ¿En serio piensas que la hechicera fue tan tonta como para llevarse la magia de toda la gente y enterrarla en una isla infestada de piratas? Esto suena a cuento de hadas. ¡Es absurdo!

—¡Tú sí que eres absurdo! —le espetó la gárgola después de enseñarle los dientes.

La señorita Greyson dio tres palmadas.

—Por favor, que todo el mundo se calme. Yo, desde luego, estoy muy interesada en lo que quiere decir el señor Fletcher.

—Gracias, señorita Greyson. A ver, Oliver, sé que la historia de la hechicera suena a camelo, pero deja que te explique unos cuantos datos históricos y lo comprenderás. Cuando la hechicera descubrió que algunas personas usaban la magia para hacer cosas malas, reunió tanta como pudo y la escondió donde nadie la pudiera encontrar jamás. Por suerte para nosotros, mantuvo la suficiente lucidez al dibujar este mapa antes de desaparecer de manera tan irresponsable. Te aseguro que no se trata de ningún camelo. —Miró a Hilary—. Quien encuentre el tesoro controlará casi toda la magia del reino. ¡Soy incapaz de imaginar mayor botín!

Oliver se encogió de hombros.

—Si fuera cierto... que no digo que crea que lo es —insistió el chico—, ¿cómo es que nadie ha desenterrado ya el tesoro?

—Son muchos los que lo han buscado, ¿verdad? —apuntó Charlie—. Mis padres me relataban de niño historias sobre el tesoro de la hechicera. Algunos piratas incluso han muerto buscándolo o, al menos, eso me contó mi madre.

—Me temo que tenía razón —le apoyó Jasper—. La mayoría de ellos intentó usar objetos de magia para dar con él pero, por lo que se ve, no es suficiente pedirle un deseo a una moneda para hallarlo. Sospecho que la hechicera lo protegió con guardas mágicos con el propósito de que se mantuviera bien oculto.

—Típico de ella —comentó la gárgola.

—Además, de nada sirve que te pongas a buscar su tesoro si no disponemos del mapa y ningún pirata lo ha encontrado... —el capitán dio unos golpecitos con el dedo sobre él—, hasta ahora, claro está.

—¿Y cómo lo has conseguido? —soltó Oliver.

Hilary se preguntó si un buen chapuzón en el agua serviría para que el chaval no estuviera tan a la defensiva, pero lo dudaba.

—Pues de la manera habitual —respondió el capitán, que no había perdido la paciencia—. Te sorprenderías de lo efectivo que resulta saquear un poquito de aquí y otro poquito de allá.

Hilary se arrodilló junto a la gárgola para observar el mapa de cerca.

—Pero no entiendo de qué va a servirnos —comentó la chica—. La gárgola tiene razón: no hay ninguna «X» que señale el lugar. Tendremos que poner la isla de la Pólvora patas arriba para encontrarlo.

—Oh, ni pensarlo, no vamos a hacer eso —dijo Jasper—: el lugar está abarrotado de piratas. Nunca nos permitirían cavar en sus salas de estar o en sus huertos.

Hilary levantó la vista y miró al capitán.

—Entonces, ¿cómo vamos a llevarlo a cabo?

—Esa es la pregunta que quiero que respondas, Hilary.

—¿Yo?

—Recuerdas el trato que hicimos, ¿verdad?

La señorita Greyson se puso tensa.

—Hilary, ¿a qué trato se refiere? ¿¡Has llegado a un acuerdo con un pirata!? —La institutriz se llevó la mano a la frente—. ¡Por lo más sagrado, ¿es que no te he enseñado nada?!

Hilary se miró las manos, quemadas de tanto andar con las sogas, y asintió. O encontraba el tesoro o tendría que volver a la Escuela de la Señorita Pimm con su buen nombre en entredicho. Era imposible olvidarse de los términos del acuerdo.

—El mapa te lo vas a quedar tú —dijo Jasper—. He puesto rumbo a la isla de la Pólvora. Para cuando lleguemos, espero que hayas descubierto dónde se esconde el tesoro. Entonces, lo desenterraremos y beberemos unos buenos tragos de ron para celebrarlo. —Acto seguido, sonrió a la niña—. Tranquila, estoy seguro de que lo descubrirás. Por eso te contraté.

Oliver resopló.

—El mapa de un tesoro imaginario... y, encima, pretendes que lo encuentre una chica. ¡Estamos buenos!

Hilary no iba a tolerar aquello. Se puso en pie y se dirigió hacia el muchacho pero, antes de que llegara a darle una buena y satisfactoria bofetada, la gárgola le dio un toque con el morro en las botas.

—No le hagas ni caso. No tiene ni idea. Además, no es un pirata de verdad como nosotros. Yo te ayudaré a encontrar el tesoro.

—Y yo —dijo Charlie—. No tengo mucha experiencia, pero no quiero que acabemos... —dudó y se metió las manos en el bolsillo— como los piratas de las historias de mi madre.

Jasper le dio al chaval una palmadita en la espalda y añadió:

—Buen chico. Yo no os podré ser de la más mínima ayuda —dijo mientras enrollaba el mapa, lo ataba con un lazo rojo ajado y se lo entregaba a Hilary—, porque voy a tener que dedicarme a llevar el timón y a charlar con mi periquito.

—Gracias —respondió la niña, que abrazó el pergamino.

Por mucho que dijera Oliver, aquel era el mapa de un tesoro verdadero. En algún sitio estaría enterrado y lo iba a encontrar por todos los medios. Es lo menos que podía hacer una pirata.

La señorita Greyson sacudió la cabeza.

—Charlar con su periquito —soltó entre suspiros—. No cabe duda de que estoy en un barco de locos. Si me disculpan, tengo que afilar las agujas de tejer. Quiero tener con qué defenderme cuando lleguemos a la isla de la Pólvora.

Tras lo cual dio media vuelta y volvió a su camarote.

JASPER FLETCHER

PIRATA AUTÓNOMO Y TERROR DE LAS TIERRAS DEL SUR

Licenciado en Batallas, Búsqueda de Tesoros y
Mantenimiento de Loros por la LCHP

Querida Claire:

Por favor, no te alarmes en exceso por el
membrete que aparece en el papel de este escrito.
He tenido que cogerle unas hojas a Jasper pero,
en realidad, soy yo, Hilary. Gracias por tu carta.
El cartero nos la entregó en el barco ayer
mismo. Me explicó que había tenido que preguntar
por la pirata Hilary en quince barcos distintos
antes de encontrarme, lo que me lleva a pensar
que, en efecto, debo de ser la única con ese
nombre. A partir de ahora, escríbeme siempre al
Paloma. Considero que es un nombre ridículo
para un barco pirata, pero cuando le pregunté a
Jasper por qué se lo había puesto, me dijo que le
gustaban mucho las palomas. Si te digo la
verdad, los bucaneros pueden llegar a ser más
lerdos que las chicas de la Escuela de la Señorita
Pimm, aunque en crueldad no les lleguen ni a
la altura de los tobillos.

   Muchísimas gracias por la barba. Es de mi
talla y he de reconocer que, en cierta manera, me
parece de lo más elegante. Le pedí el espejo a la
señorita Greyson para mirarme. ¿Te había dicho
que mi institutriz viene con nosotros en el
barco? No tengo ni idea de cómo dio conmigo y
eso me escama, pero dado que a ella no le gusta

que la gente se muestre suspicaz, me veo obligada a refrenar mis dudas. También tengo la impresión de que Jasper está locamente enamorado de ella. Estoy segura de que el capitán te parecería de lo más apuesto, aunque es mayor que la señorita Greyson y mucho menos sensible.

Me preocupa bastante saber que todos me están buscando. Por favor, ¿podrías decirles que dejen de hacerlo? La señorita Greyson ha escrito a la señorita Pimm para explicarle que no pienso volver a la escuela, por lo que quizá no llegue a necesitar la barba, ¡aunque ni qué decir tiene que me la pondré en caso de que necesite disfrazarme! Si mi padre ve mi foto en el periódico, seguro que envía a toda la flota en mi busca. Aunque, como no le gusta la prensa, puede que todavía no sepa nada.

¿Sabes?, ¡vamos camino de la isla de la Pólvora! Espero no haberte importunado demasiado al decírtelo. Tal vez tus padres hayan evitado que oyeras su nombre a lo largo de tu vida. Se trata de una isla situada cerca de la costa de Ribanorte, en la bahía de la Pólvora, y es de lo más famosa por la cantidad de piratas que hay en ella. Tengo entendido que antaño fue el palacio de verano de la reina, o de alguien así de importante, pero que los piratas la tomaron a cañonazos, y de ahí lo de la «pólvora». Creo que los bribones y azotes de los mares más temidos de Altamar pasan las vacaciones de verano en ella, organizando sus cofres del tesoro y prendiendo fuego a los barcos de sus enemigos. Me temo que no puedo contarte por qué el Paloma ha puesto rumbo allí, pero te aseguro que se trata de una misión muy emocionante. Descuida, que un día de estos te lo explicaré todo.

Ay, la gárgola me está llamando para que vaya a ver la exhibición del Real Ballet Acústico de Augusta. Han empezado a actuar justo delante de nuestro barco. Dice que tienen mucho talento, pero ya te daré mi opinión en la próxima carta que te envíe.

¡Arr! (se trata de una despedida típica de piratas y seguro que la profesora de caligrafía no la aprobaría).

Hilary

Reino de Augusta

ARCHIVO REAL

IMPRESO 118M: PROPÓSITO DE ZARPAR

INSTRUCCIONES: Por favor, use tinta legible.

Los impresos rellenados con sangre serán rechazados.

Es obligatorio responder a todas las preguntas.

NOMBRE DEL CAPITÁN: *Almirante James Westfield.*

NOMBRE DEL NAVÍO: *BSMR Belleza de Augusta.*

TIPO DE NAVÍO: *El clíper más rápido de Altamar, ¡tenlo presente!*

EMBARCADERO DE ORIGEN: *Puertolarreina, Tierras del Sur.*

DESTINO: *confidencial.*

PROPÓSITO DEL VIAJE (por favor, marque uno):

[X] TRABAJO ☐ PLACER ☐ PIRATERÍA

Si ha marcado «Piratería», el Reino de Augusta se reserva el derecho de enviar un barco de la Real Armada para atacarle. ¿Acepta estas condiciones? *Con gusto. De hecho, el que ataca soy yo.*

NÚMERO DE TRIPULANTES:
Treinta.

NOMBRE DE LOS TRIPULANTES (HAGA UN LISTADO):
¿Crees que tengo tiempo para esto?
Me llevo a mis mejores alféreces. Seguro
que sabes quiénes son.

OBJETIVO PRINCIPAL DEL VIAJE:
No es asunto tuyo.

NÚMERO DE SALVAVIDAS A BORDO:
El Belleza de Augusta cumple con todas las
regulaciones navales y me ofende que sugieras
siquiera lo contrario.

NÚMERO DE ARMAS A BORDO:
Tantas como puedo llevar.

Si muriera en ALTAMAR, ¿quiere que se ponga una PLACA
en su honor en el Palacio Real?
[X] SÍ ☐ NO. Y asegúrate de que sea una de esas
enormes en las que se puede poner un retrato.

Gracias por seguir las regulaciones y leyes del Reino de Augusta.
¡Disfrute de la travesía!

Capítulo ocho

El sol —que se había escondido detrás del mar, hacía
unas horas— había recorrido a toda velocidad la otra
mitad del mundo y volvía a asomar unos vacilantes rayos por el horizonte. No obstante, Hilary no había conseguido pegar ojo. Su colchón, fino y plagado de bultos, no se parecía en nada al de plumas que tenía en Villa Westfield; además,
olía un poco a humedad y era tan corto que le sobresalían los
dedos de los pies. Las olas balanceaban el Paloma arriba y abajo de manera un tanto alarmante y, además, un mendrugo de
pan y una taza de agua no eran suficientes para que descansa-
ra toda la noche. Y, por si fuera poco, la señorita Greyson, que
dormía en el catre de al lado, ¡roncaba! —con remilgo, pero
roncaba—. Hilary nunca habría imaginado eso de las institutrices.

Así y todo, habría podido dormir de no ser por el mapa del

tesoro, que guardaba debajo de la almohada. Había pasado la mitad de la noche preocupada por aquel maldito plano. Varias generaciones de piratas habían sido incapaces de encontrar el tesoro de la hechicera... ¿por qué estaba Jasper tan convencido de que ella iba a conseguirlo? Y si no lo lograba... ¿qué le sucedería? Aunque lo que más la horrorizaba era que tras guiar con tino a los piratas hasta el tesoro, luego estos... ¡la traicionaran! Seguro que Jasper no le mentiría nunca y que podía confiar en Charlie... pero había otros piratas. Por otro lado, el mapa del tesoro que tenía en su poder se parecía demasiado al pergamino que habían robado los ladrones en Villa Westfield. ¿A qué estaban jugando?

La luz del día entró poco a poco por el ojo de buey y un morro frío rozó el brazo de la niña.

—¿Estás despierta? —le susurró su amigo, la gárgola—. Es que no puedo dormir.

—Yo tampoco. ¿Quieres otra manta?

Hilary le había hecho una camita en el suelo del camarote con una manta tras negarse la gárgola a pasar toda la noche a la intemperie metida en la cofa, pues ella era una talla de interior.

—No, con una está bien... pero no es como mi puerta. No es como nuestro hogar.

Hilary la cogió y le hizo un hueco debajo de la fina sábana.

—Además, hay tantas olas que tengo una sensación extraña en el estómago. De esto no dicen nada en *La isla del tesoro*.

—Pobre gárgola. Seguro que enseguida te acostumbras y

no vuelven a flaquearte las piernas... si me perdonas la expresión.

La niña le dio unas palmaditas en el lugar donde habrían estado las extremidades de haberlas tenido.

La talla se acurrucó contra la chica y esta apoyó la cabeza en la almohada, que crujió ruidosamente.

—Ya que estamos los dos despiertos, ¿quieres que estudiemos el mapa?

La gárgola asintió y Hilary lo desenrolló con tanto cuidado como pudo para no despertar a la señorita Greyson. Ambos observaron las letras negras y finas que cruzaban de un lado a otro el pergamino. Por todo el plano había nombres de lugares que les resultaban desconocidos y, ¿quién les aseguraba que las calas y colinas estaban esbozadas allí donde se alzaban en realidad? Las pequeñas ilustraciones de casas y árboles indicaban la localización de pueblos y bosques, y en el centro de la isla de la Pólvora había una joven sonriente y bella; sin duda, representaba a la hechicera, pues se parecía mucho a la mujer de la vidriera de Villa Westfield. A Hilary le decepcionó que no hubiera dibujado a ningún pirata. Aunque puede que los bribones y los azotes de los mares no conquistaran la isla hasta después de su desaparición.

Sin embargo, había escrito una frase larga en círculo alrededor de la zona sur de la bahía de la Pólvora. Era demasiado larga como para ser el nombre de un sitio y excesivamente intencionada para tratarse de una mera decoración. La gárgola saltó hasta la línea de texto y la señaló con la cola.

—¿Qué pone?

Hilary aguzó la vista.

—Dice: «No temas el calor del sol». —Miró a la gárgola—. Qué raro. ¿Qué significará?

—Significa que el sol no debe darte miedo.

—Sí, eso ya lo sé, pero ¿por qué iba a escribir algo así en un mapa del tesoro?

—Quizá porque tenía el día poético. Es una frase de Shakespeare, ¿sabes? Yo habría elegido algo de Keats. —En respuesta a la mirada fija de la niña, la gárgola dio unos golpecitos en el suelo con la cola, como solía hacer la institutriz con el pie—. No prestas atención en clase, ¿verdad?

Hilary le tiró la sábana por encima.

—Ya te avisaré cuando necesite otra institutriz. Por ahora, tengo más que suficiente con una. —Resiguió con el dedo la extraña frase—. Si se supone que no debemos tener miedo del sol... entonces, nos convendría movernos en dirección a él.

—Pues entonces naveguemos en dirección este.

—El sol no siempre se halla en el este, solo por la mañana. Además, la isla de la Pólvora está al norte. —La chica soltó por lo bajo una maldición pirata que le había oído a Jasper una vez tras encontrar un pececillo en su café—. A lo mejor le estamos dando demasiadas vueltas. Quizá, sencillamente, quiere que miremos el mapa a contraluz.

La gárgola sacó la cabeza de debajo de la sábana.

—¿Y de qué iba a servir eso?

—Tal vez se vea algo que no se aprecia por falta de luz. Un mensaje secreto, por ejemplo... o la «X» que señala el lugar.

—¿¡Y a qué estamos esperando!? —La estatua empezó a dar saltos en la cama. La señorita Greyson se dio la vuelta y murmuró algo sobre unos pañuelos—. ¡Vamos!

—De acuerdo. —Posó los pies en el frío suelo de madera y mudó el camisón por una camisa y unos pantalones. Luego, puso la gárgola debajo de un brazo y el mapa debajo del otro—. Debemos hacerlo en silencio para no despertar a nadie —susurró.

La gárgola asintió.

—Tengo los labios sellados. A ver, no literalmente porque, al fin y al cabo, por algún sitio tengo que comer las arañas y... ¡Bueno, ya sabes a qué me refiero!

Hilary fue de puntillas hasta la puerta del camarote, giró el pomo, maldijo en silencio las chirriantes bisagras... ¡y se topó de bruces con Oliver!

Se le cayó el mapa del susto y a punto estuvo de caérsele la gárgola también. La puerta se cerró haciendo mucho ruido y la niña esbozó una mueca.

—¿¡Por qué acechas detrás de la puerta de mi camarote!? —le preguntó al chico cuando se recuperó del encontronazo—. ¿Acaso buscabas la manera de colgarme del mástil?

Oliver la miraba con desdén.

—Me toca la guardia nocturna, ¿o es que no te acuerdas?

Ahora que lo mencionaba, lo recordó de pronto. Jasper les había asignado los turnos de guardia la tarde anterior.

—Pues vete a hacerla a otra parte. La señorita Greyson y yo no necesitamos que nos protejan. Además, ya es de día.

—Mi turno dura una hora más. ¿Qué haces tú despierta? Levantarse tan temprano no es digno de una dama...

—Es que no soy una dama.

—Eso salta a la vista. Ninguna señorita de tu condición tendría un monstruo como mejor amigo.

—¡Eres como una espora de moho! ¡Hilary, suéltame!

—¿Sabes?, me dan ganas.

—Y ninguna dama saldría de puntillas con esto en la mano.

El muchacho se agachó y recogió el mapa.

Hilary intentó arrebatárselo, pero lo levantó por encima de su cabeza.

—Dámelo ahora mismo —dijo la niña tan calmada como podía.

Debajo de su brazo, la gárgola rechinaba los dientes.

—Ni loco. Prefiero quedármelo. Lo usaré a modo de lectura antes de acostarme.

—Jasper me lo dio a mí, no a ti.

—Pues parece que no se puede confiar mucho en ti... No has tardado ni un día en perderlo.

—¿Para qué lo quieres, si tú no crees en tesoros?

—Eso es verdad, pero me encanta ver cómo te enfadas.

—O me lo das o te juro que dejo que la gárgola te muerda. No, mejor... ¡voy a morderte yo!

—No creo que a tu padre le pareciera bien.

—¡No menciones a mi padre! —Hilary se lanzó a por el mapa y lo cogió, pero Oliver no lo soltaba y la chica no quería romperlo—. Si tanto te importa lo que piensa, ¿por qué no te tiras al mar y vuelves nadando con él?

—¡Eh, ¿qué está pasando aquí?!

Charlie salió del camarote en el que dormían los chicos con un sable en la mano.

Oliver trasformó su desdén en algo que, vagamente, recordaba a una sonrisa.

—A Hilary se le ha caído el mapa —dijo el chico—, y yo la estaba ayudando a recogerlo. Toma, Hilary.

Le tendió el pergamino y la niña le arrebató el mapa.

—Oh, muchísimas gracias.

Charlie los miró a ambos y guardó el sable en el cinto.

—Me alegro de que todo se haya arreglado —comentó acto seguido—. Hilary, ¿has descubierto algo en el mapa? ¿Ya encontraste el tesoro?

—A decir verdad, la gárgola y yo tenemos una teoría. Con un poco de suerte, ¡en cuestión de minutos podríais considerarnos unos héroes!

Pero la fortuna, si es que era eso lo que necesitaban, había decidido aquella mañana pasar de largo. Hilary desenrolló el mapa sobre la cubierta, en la zona más soleada que había, pero allí no se reveló ningún mensaje secreto ni apareció ninguna «X» que señalara el lugar.

—Fin del episodio heroico —dijo la niña mientras volvía a enroscar el mapa—. Empiezo a odiar a la hechicera.

—La idea era buena —la animó la gárgola—. Casi tanto como la que habría podido tener una gárgola.

—¿Y qué idea habría tenido una gárgola?

La talla apretó los dientes unos instantes y se le saltaron pedacitos de roca que salieron disparados por la cubierta.

—Sigo dándole vueltas —dijo al fin—. Será mejor que me coloques de nuevo como mascarón de proa, a ver si oteo despreciables lobos de mar.

Charlie y Hilary la ayudaron a saltar a la cofa de la gárgola mientras el primer oficial observaba cómo la chica hacía los nudos necesarios para que la talla no se cayera.

—Es la mejor bolina de todas las Tierras del Sur —le dijo el muchacho—. ¿Dónde has aprendido a hacerla?

Hilary dudó unos instantes.

—Los nudos se me dan bien desde que era pequeña.

El almirante Westfield se había negado a enseñarle algo tan poco digno de una dama como realizar nudos marineros, claro está, pero Hilary había pasado horas estudiando las vueltas y revueltas de los que ejecutaba su padre en los barcos. Tiempo después, ya sabía cómo hacerlos ella sola y, con un poco más de práctica, incluso reemplazaba los que componían mal los guardiamarinas de su padre.

—Entonces, ¿creciste en un barco? —Charlie frunció el ceño y su tono de voz se volvió cortante como un sable—. Tu padre no trabajará en la Real Armada, ¿verdad?

—¡No! Es decir... ¡claro que no! Es marinero —al menos, eso era cierto—, pero no quiere saber nada de la Real Armada. Dice que son un fastidio.

—Y tiene razón. «Fastidio» era lo más flojo que les llamaba mi padre.

—¿Tu padre también era marinero?

—¡Era pirata! Nat Dove, el Azote de las Tierras del Norte. Era incluso más aterrador que Jasper, aunque este nunca lo admita. Pero no, no vivió lo suficiente para enseñarme a hacer nudos.

—Lo siento.

Charlie se encogió de hombros.

—No pasa nada. Cuando Jasper se hizo cargo de mí, le dije que sería pirata como mi padre, y fue él quien me enseñó a realizar bolinas y vueltas de nudo. Incluso dejó que asistiera a la LCHP, a pesar de considerar que son casi tan inútiles como los de la Real Armada. Si algún día llego a ser el Azote de las Tierras del Norte, será gracias a él. —Sacó un mendrugo de pan del bolsillo y le dio un mordisco tan ruidoso que Hilary esperó que no se hubiera partido los dientes—. Bueno, ¿qué tal se te da con la espada? —Escupió un montón de migas mientras se lo preguntaba—. En la isla de la Pólvora vamos a tener que dar lo mejor de nosotros mismos con esta arma. Muchos de los piratas que estuvieron allí se han dejado algún brazo o alguna pierna en la isla.

—A decir verdad, no tengo mucha práctica. Me temo que en la Escuela de la Señorita Pimm no enseñan esgrima.

—Normal —comentó Charlie mientras se sacudía las migas de las manos—. Venga, pues coge la espada, que voy a enseñarte un par de cosillas. No te prometo que vaya a convertirte en el mejor espadachín de Altamar pero, al menos, sabrás defenderte de los rufianes.

«Y de Oliver», pensó la niña.

—Gracias. ¡Muchas gracias! ¡Haré todo lo posible por no cortarte la nariz!

Hilary volvió a su camarote, donde descubrió que la señorita Greyson ya no roncaba. De hecho, estaba totalmente despierta, se había puesto un vestido de calicó y se encontraba pelando una naranja. Había hecho la cama y, desde luego, parecía que alguien hubiera fregado el suelo.

—¡Buenos días, señorita Greyson! —Hilary guardó el mapa del tesoro debajo de la almohada y aceptó el pedazo de naranja que le ofrecía la institutriz. La fruta estaba ácida y jugosa (sobre todo, si la comparaba con el pan duro)—. Espero que hayas dormido bien.

Pensativa, la señorita Greyson masticó un gajo de naranja.

—Sí, supongo que sí. Lo cierto es que todo esto de la piratería resulta agotador. Sin embargo, he de reunir fuerzas al igual que tú, porque ya casi es la hora de tus lecciones.

—«¿Lecciones?». —Quizá fuera un chiste, aunque la mujer nunca bromeaba—. ¡Leches, señorita Greyson, los piratas no van a clase!

La institutriz le lanzó su mirada más devastadora.

—No digas «leches». Ya que vas a protestar, al menos di algo como «vaya». Te vas a perder muchas clases y no soporto la ignorancia, ni en los piratas ni en nadie.

—¡Pero si yo no voy a ser «ignorante»! Además, Charlie estaba a punto de darme una clase de esgrima, así que ahora mismo estoy ocupada. Si asisto a más clases... bueno, acabaré agotada.

—Eso es una tontería.

—Puede, pero no querrás que me hagan pedacitos en la isla de la Pólvora, ¿verdad? ¿No me dices siempre que una dama como es debido tiene que ser capaz de defenderse?

La institutriz frunció el ceño.

—Sí, es algo que digo a menudo, pero no pretendía sugerir que aprendieras a blandir una espada. —Dejó la naranja a un lado y empezó a juguetear con la aguja de ganchillo que llevaba en el moño—. Como veo que no voy a conseguir disuadirte de tu empeño de entrechocar espadas, o cualquiera que sea el plan, te espero dentro de dos horas para dar clase de historia. ¿Conforme?

—Qué remedio. —Hilary estaba segura de ser la única pirata del reino que debía enfrentarse a una institutriz—. ¿Puedo irme ya?

—Puedes... en cuanto hayas arreglado tu parte de la habitación. Hasta los piratas más temibles deben hacer la cama y recoger el camisón del suelo.

Resultó que Claire tenía razón: la esgrima se parecía bastante a bailar un vals, aunque era mucho más violento. Hilary no tuvo problemas para seguir los juegos de pies que Charlie le marcaba, pero le resultaba complicado conseguir que su espada se comportase. Cuando quería hacer un corte, la espada blandía por encima de la cabeza; y cuando quería pinchar, se le escapaba de las manos. En una de esas casi ensarta el sombrero del muchacho y Jasper consideró apropiado advertirle de que si no mejoraba pronto, cabía la posibilidad de que acabase lanzando tajos a diestro y siniestro para terminar en el fondo del mar... «Y estamos en Altamar, así que descubrirás que el fondo está muy hondo», le había dicho el capitán.

Charlie era un esgrimista excelente, tan habilidoso que la propia gárgola dijo que, en caso de que hubiera un combate en el Paloma, ella se escondería entre las piernas del chico.

—¿Te enseñó tu padre a luchar así?

Charlie negó con la cabeza.

—Mi madre. Papá estaba fuera la mayor parte del tiempo. Bueno, ya sabes cómo es que tu padre sea marinero.

Hilary asintió.

—Mi madre siempre quiso ser pirata... y habría sido muy buena. De hecho, vencía a mi padre con facilidad. Pero, claro, la Liga no se lo permitió.

—¡La Liga, cómo no! —exclamó la niña furiosa. En realidad, daba la impresión de que la LCHP no admitiera apenas nada—. Pero ¿no podía dejar tu padre que fuera en su barco?

—Lo hizo una vez. Se la llevó en el Alfanje en busca de un tesoro... y no volví a verlos. La Real Armada hundió su barco... y ni siquiera pidió disculpas.

A la niña se le cayó la espada.

—¡Eso es horrible!

—Sí... pero qué vas a esperar de ellos. Por lo que sé, los oficiales de la Real Armada dispararon la primera andanada y el Alfanje no tuvo ninguna oportunidad.

Puede que a su padre no le gustasen los piratas, pero Hilary no podía creer que tolerase de los capitanes de sus barcos semejante crueldad.

—No tiene sentido.

—No, no lo tiene. Pero eso no es lo más extraño. Mis padres habían encontrado un tesoro pero, cuando otros piratas distintos abordaron el barco naufragado... ¡allí no quedaba ni una sola moneda mágica! —Charlie recogió la espada de la chica de la cubierta y se la tendió—. Todavía no sé qué sucedió, pero juraría que ese montón de magia hizo que mi padre y mi madre acabaran en el fondo del mar.

—Por eso no quieres ni acercarte a la magia...

—Así es. No deseo saber nada de hechizos y dudo que alguna vez me sirva de algo.

—En tal caso, eres muy amable por ayudarnos a encontrar un tesoro mágico.

—¿Amable? —Charlie parecía sorprendido—. ¿A qué pirata no le gusta participar en la búsqueda de tesoros? Si quiero ser el Azote de las Tierras del Norte como mi padre, tengo que ser el pirata más fiero y valiente de Altamar. Encontrar el tesoro de la hechicera sería un buen punto de partida, a pesar de no pretender quedármelo. —Guardó la espada y se ajustó el cinto—. Además, no pienso dejar que hundan a mis amigos igual que hundieron a mis padres.

—Estoy segura de que tus padres estarían orgullosos. ¡Y es tan bonito impresionar a los padres! —También guardó la espada—. Al menos... eso me han dicho.

La gárgola, que seguía en su papel de mascarón, se aclaró la garganta.

—Siento interrumpiros, pero ¿qué he de decir si avisto otro barco?

—«¡Que me aspen, bucaneros en lontananza!» —le apuntó Hilary.

—Eso no me vale, porque me parece que no son bucaneros y que dejarán de estar lejos en poco tiempo.

—¿Quiénes «no son bucaneros»?

—Los de aquel barco enorme que viene directo hacia nosotros —respondió la gárgola mientras señalaba a estribor con el morro—. Esos que llevan todas esas banderas azules y doradas.

—¿Azules y doradas? —Jasper corrió hasta la borda y sacó el catalejo—. ¿Estás segura?

—Por supuesto. Las gárgolas tenemos una vista de lince.

El capitán oteó el horizonte en la dirección en que señalaba la talla.

—¡Leches!

—Si la señorita Greyson estuviera aquí, te diría que debes decir algo como «vaya» —le comentó la chica entre susurros.

Pero, por lo visto, al capitán le importaba tres pitos.

—¡Leches, leches y leches! —repitió—. Hilary, será mejor que mejores tu habilidad con la espada... ¡porque el barco más rápido de la Real Armada viene hacia nosotros con los colores de guerra desplegados!

¡Una carta de la realeza!

SU REALÍSIMA MAJESTAD

La reina Adelaide de Augusta

Urgente y confidencial
Almirante James Westfield
BSMR Belleza de Augusta
Altamar

Querido almirante Westfield:

El archivista real me dice que ya has partido en una travesía privada pero, sinceramente, espero que cuando recibas esta misiva, corrijas el rumbo de tu barco tan rápido como te sea posible para que ayudes a tu reina y reino.

Acabo de visitar al tesorero real, que yace convaleciente en una habitación del Hospital de Puertolarreina. Como imagino que sabrás, se encuentra allí porque, la semana pasada, le dieron un golpe fortísimo con un jarrón de porcelana de valor incalculable mientras protegía el Tesoro Real. Hemos tenido que hacer lo imposible para que la siguiente información no se filtre al pueblo... Me temo que, después del asalto, se produjo un robo muy grave y que se llevaron todas las monedas mágicas de palacio. No es que hubiera muchas, como bien sabes, pero me preocupa que este hurto sea uno más de entre la cadena de incidentes que están teniendo lugar en relación con los escasos objetos mágicos que aún quedan en el reino. Si un día carezco de reservas mágicas, me resultará difícil hacer frente a los responsables de estos robos.

No quiero hacerte perder el tiempo con los detalles porque sé que eres un hombre muy ocupado pero, en cuanto volvió en sí, el tesorero real me indicó que los atacantes llevaban antifaz y que, sin lugar a dudas, olían a mar. Es más, sus botas dejaron un resto de pisadas húmedas por la sala del tesoro. Estoy convencida de que esas pruebas (los antifaces, el olor a mar, la codicia) apuntan a los piratas en calidad de culpables. Como tu reina que soy, a partir de este momento os ordeno a ti y a tus oficiales que detengáis a todos los barcos piratas que encontréis en Altamar, que interroguéis a su capitán... ¡y que busquéis el tesoro en la bodega si lo consideráis un paso prudente y justificado!

Acabo de leer en La Gaceta que tu hija ha desaparecido. Te envío todo mi ánimo en estos momentos tan complicados. Si habías salido en su busca, espero que la misión acabe bien y lo bastante rápido para que puedas dedicarte, cuanto antes, a la crucial investigación que acabo de asignarte.

Con cariño,

La reina

Sobre «qué hacer con el tesoro»:

Si has tenido la suficiente buena suerte como para encontrar un cofre del tesoro, has de saber qué hacer con tus nuevas riquezas. El brillo de la magia resulta muy agradable a la luz del sol, qué duda cabe, pero los piratas no deben quedarse embobados admirándolo, como si fueran tontas damas de la alta sociedad.

Todos los objetos mágicos —monedas, copas, cepillos de dientes y demás— funcionan de la misma manera. Un pirata que quiera llevar a cabo un acto mágico deberá, en primer lugar, sostener la moneda —o copa o cepillo— firmemente en una mano. Luego, a gritos y con voz temible, le ordenará al objeto en cuestión que haga lo que le pide. Por ejemplo, si el pirata quiere afilar su garfio, tiene que decir: «¡Afila mi garfio!». Al pronunciar estas palabras, el objeto susodicho extraerá su poder del propio pirata. Si este se ha canalizado como es debido, transformará el deseo en realidad. Al instante, el garfio se mostrará tan afilado como para abrir un coco. Pero te lo advertimos: usar la magia puede resultar agotador.

La mayoría de los piratas no son lo bastante poderosos como para llevar a cabo más que unos pocos actos mágicos antes de necesitar echar una cabezadita o un traguito de ron.

Cuando le ordenas al objeto que haga lo que tú quieres, es muy importante que te centres en el deseo en sí. En el caso de que perdieras la concentración, la magia no funcionaría exactamente como tú te propusiste... y puedes llevarte una sorpresa desagradable. Si, por ejemplo, quieres un poco de jabón pero te distraes con una bandada de gansos que se cruza con tu deseo, tal vez tengas que frotar la camisa con un ganso, ¡cosa que podría resultar muy desagradable!

Mientras que una sola moneda mágica es suficiente para desempeñar tareas pequeñas como afilar el garfio, las actividades más ambiciosas requieren más magia. Los piratas que encuentran grandes cofres del tesoro a menudo intentan usar todo ese hechizo a su disposición para volar con su barco o derrotar a sus enemigos en combate.

No obstante, en la LCHP debemos advertir que estas acciones no son recomendables. Hasta el usuario de magia más poderoso y avezado descubre con frecuencia que usar grandes cantidades de magia puede resultar agotador, amén de impredecible y peligroso. Así que, por favor, querido pirata, ten cuidado con tu tesoro ¡y úsalo con cabeza!

Capítulo nueve

Jasper tocó la campana del barco con tanta fuerza que a Hilary le temblaron hasta los dientes y la gárgola tuvo que aplastar las orejas contra la cabeza para sofocar el ruido.

—¡Todas las manos a cubierta! —gritó el capitán—. ¡Oliver, señorita Greyson, os necesitamos enseguida!

Oliver llegó corriendo por un lado con el sable en la mano y la institutriz por el otro levantándose las faldas.

—¿¡Qué sucede!? —preguntó la mujer.

Jasper dejó de tañer la campana y empezó a ir de aquí para allá a lo largo de la cubierta.

—¡Pero ¿qué narices está haciendo aquí la Real Armada?!

—¿¡La Real Armada!? —A Oliver casi se le cae la espada del susto—. ¿¡La Real!?

—Pues claro que la Real. ¿Qué otra flota podría ser? —Jasper le asestó un puntapié a la borda del Paloma con tanta fuerza que se hizo daño y empezó a dar saltos mientras refunfuñaba—. Si vienen a por nosotros... estamos perdidos. ¡Finitos! ¡Muertos como pavos asados!

La gárgola empezó a sugerir que no estaría mal, para variar, cenar pavo asado, pero Hilary le pidió que se callara. Al fin y al cabo, los piratas eran impredecibles y uno furioso podría degradar a una gárgola de mascarón de proa a ancla en un abrir y cerrar de ojos.

—A ver, señor Fletcher, siéntese. —La señorita Greyson había cogido una silla y ayudó a Jasper a acomodarse—. No es nada aconsejable romperse el pie antes de emprender una batalla. Deje que le eche una ojeada.

Charlie observó el barco que se divisaba en el horizonte y sus manos se crisparon alrededor del catalejo.

—Es un barco de la Real Armada, no hay duda... ¡Seguro que han salido a hundir buques piratas por diversión!

—¿¡Cómo iban a hacer eso!? —Hilary le arrebató el catalejo y oteó las olas en busca de la nave—. No pueden ser tan malos.

—¡Ni que te cayeran bien! —la increpó Jasper—. ¡Ay! Oye, señorita Greyson, ten más cuidado con el calcetín. Es normal que los barcos de la Real Armada se hagan a la mar a patrullar, pero ese es el buque del almirante y lleva los colores de guerra. Por alguna razón, está de muy mal humor... y eso no me gusta.

—A mí tampoco —le dijo Hilary a la gárgola susurrando.

Nunca le habían dejado subir al Belleza de Augusta, el barco más preciado de su padre, pero era capaz de reconocer sus velas hinchadas con el catalejo. El almirante se habría enterado de su desaparición, no cabía duda, poniéndose al mando de su barco más rápido para llevarla de vuelta a la Escuela de la Señorita Pimm. De no ser por la poca gracia que le hacía la idea, se habría sentido halagada.

Aunque eso no era lo peor; lo peor era que el almirante Westfield fuese famoso por su escasa tolerancia con los piratas. Como atrapara a Jasper y a Charlie, lo mejor que les podía ocurrir era que no volviesen a pisar el Paloma y lo terrible... Bueno, ni siquiera se atrevía a imaginar qué castigo les aplicaría por haber iniciado en la piratería a la hija del almirante de la Real Armada. Siempre había ansiado demostrarle a su padre lo buena pirata que podía llegar a ser, pero jamás deseó que hundiesen el Paloma y mandasen a su tripulación al fondo del mar para conseguirlo. La niña sintió un nudo en el estómago, dejó el catalejo y abrazó a la gárgola con fuerza.

—Es culpa mía —susurró—. Muertos como pavos asados.

La estatua enterró la cabeza bajo el mentón de la niña.

—Cuando nos atrapen, ¿me harán pasear por la tabla? Porque seguro que me hundo, ¿sabes?

La señorita Greyson vendó el pie de Jasper y usó la aguja de ganchillo de oro para realizar los nudos.

—Espero que se le cure pronto —dijo la mujer mientras le ponía el calcetín—. Mientras tanto, creo que deberíamos diseñar algún plan. ¿Vamos a luchar o a rendirnos?

El capitán movió el pie a uno y otro lado y dejó escapar el aire por entre los dientes.

—Señorita Greyson, no vamos a hacer ni lo uno ni lo otro... ¡vamos a salir huyendo y a escondernos!

Hilary, que estaba rascándole las orejas a la gárgola, levantó la mirada.

—Entonces ¿no quieres hundir su barco?

—Nada me gustaría más, pero tendría que estar seguro de que lo hundo por una buena razón. Puede que, en realidad, la Real Armada no ande buscándonos a nosotros y, si permanecemos un par de días en tierra, pase de largo. Aunque, quién sabe, quizá nos haga saltar por los aires dentro de unas horas. De una manera u otra, me gustaría realizar algunas indagaciones sobre las intenciones del almirante y resulta que estamos cerca del lugar adecuado para ello.

—¿Te refieres al Antro de Bribones? —soltó Charlie.

—En efecto.

—¿Qué es «el Antro de Bribones»? —preguntó Hilary.

Jasper la miró como si le hubiera salido un cuerno en mitad de la frente.

—Pues un antro al que van todo tipo de bribones.

La señorita Greyson le tendió la bota a Jasper y dijo:

—No parece muy salubre, que digamos.

—No, en absoluto, pero eso es, querida señorita Greyson, justamente lo que necesitamos. Charlie, pon rumbo a Medianero. Si uso mi objeto mágico para apresurarnos podríamos estar allí por la tarde... siempre y cuando la Real Armada no nos aborde antes. ¡¿Por qué no dejarán de atacar a piratas inocentes!?

Hilary abrazó a la gárgola más fuerte y deseó no tener tan clara la respuesta.

El viaje hasta la costa de Medianero fue corto, aunque a Hilary se le hizo eterno. Charlie intentó que retomaran las clases de esgrima donde las habían dejado, pero ninguno de ellos podía evitar mirar el horizonte en busca del barco que los perseguía. No parecía más grande que uno de juguete, pero es que, al principio, solo unas horas antes, era del tamaño del pulgar de la niña. A su padre, el almirante Westfield, le encantaba alardear de la velocidad del Belleza de Augusta, y estaba claro que no exageraba.

Atardecía cuando el Paloma entró en el puerto de Medianero. «¡Tierra a la vista!», había gritado la gárgola con algo de retraso, pues Jasper ya estaba echando el ancla y Charlie preparaba el bote con el que arribarían a tierra. Jasper insistía en ser el único que entrase en el Antro de Bribones, pero Charlie decía que era demasiado peligroso y, por su parte, Hilary no quería perder la oportunidad de ver un verdadero antro de piratas por dentro. Por supuesto, la gárgola les dejó bien claro que no pensaba quedarse sola en el barco.

Al final, decidieron que Oliver se quedase a bordo del Paloma para protegerlo de personajes indeseables mientras los demás se subían al bote.

—¡Como en una lata de sardinas! —comentó la señorita Greyson.

Embutida entre Charlie y la falca del bote, con la gárgola en el regazo —metida en la bolsa de lona, claro está— y Fitzwilliam demasiado cerca de su hombro, Hilary no estaba segura de si la institutriz se refería a que apenas si cabían en la barca o a que el puerto hedía a pescado. Si no tenían en cuenta el olor, el lugar era alegre y bonito. Había veleros de todos los colores atados a los amarraderos y en tierra florecían los tulipanes a la luz del sol de verano. Las casetas de madera de la orilla vendían almejas con mantequilla y patatas fritas y Jasper juró por su cuarto mejor sombrero que olía a tarta de moras.

Ataron el bote junto a un cartel que rezaba «Solo piratas» y siguieron a Jasper por el muelle, como si fueran las crías de una pata, mientras este recorría el puerto en tres zancadas hasta pisar el suelo empedrado de la calle principal de Medianero. El Antro de Bribones no tenía pérdida. Era un edificio bajo de madera que se alzaba a una sola manzana del agua, con las contraventanas cerradas y una bandera pirata encima de la puerta. Junto a esta, un bárbaro fornido, con un pañuelo rojo en la cabeza y una camiseta a rayas azules y blancas, parecía aburrirse y se limpiaba las uñas con el sable.

Jasper se tocó con los dedos el sombrero para saludar al pirata mientras cruzaba la puerta.

—Hola. Bienvenido al Antro de Bribones —dijo el bárbaro fornido—. Menudo loro tan bonito llevas.

—Es un periquito.

Pero cuando Hilary intentó seguirle por la puerta, el bárbaro fornido le impidió el paso con el brazo.

—Lárgate, niña. Solo piratas.

Hilary intentó zafarse del brazo, pero ni siquiera consiguió moverlo un poco.

—Disculpe, señor, pero yo soy pirata.

El bárbaro fornido miró a Jasper y este asintió.

—En efecto, es miembro de mi tripulación.

—Lo siento, pero aunque sea así —insistió el pirata de la

puerta—, es un bucanero del tamaño de una pinta y los niños no pueden entrar en el establecimiento. —Le dio unos golpecitos con el sable a un cartel que tenía a su espalda y en el que ponía, claramente escrito con tiza: «Niños, no»—. Y lo mismo pasa con el medio pirata que va detrás de ella.

—¡Pero si soy el primer oficial! ¡Mi padre era el Azote de las Tierras del Norte!

—A mí eso me da lo mismo. Aquí solo entran piratas hechos y derechos, que es cuanto dicen las normas.

Luego, miró a la señorita Greyson y, sin mediar palabra, señaló con el sable lo que ponía en el cartel, un poquito más abajo: «Institutrices, no».

—Hum —masculló la mujer.

—¿Y las gárgolas? —Antes de que Hilary lo impidiera, la gárgola sacó la cabeza de la bolsa de lona y miró si había algún cartel que dijera algo al respecto—. Ahí no pone nada de gárgolas, ¿no?

El bárbaro fornido suspiró, sacó una tiza del bolsillo del pantalón y escribió en la parte inferior del cartel: «¿Gárgolas?, ni por asomo».

—¡Qué pena! —exclamó Jasper animadísimo—. Nos vemos en el barco en cuestión de tres horas. —Sacó unas cuantas monedas de un saquito de cuero y se las puso en la mano a la señorita Greyson—. Alquilad un bote de remos que os lleve al Paloma.

Acto seguido, el pirata les cerró la puerta en las narices.

—Ya le habéis oído, largaos de aquí. —Miró con mala cara a Hilary y a Charlie, que le sostuvieron la mirada—. Sois unos piratillas testarudos, ¿eh?

—Así es —respondió la chica.

—¿Vas a todos lados con ese bloque de magia? —El pirata miró a la gárgola—. Qué valiente eres.

—¿¡Has oído, Hilary!? ¡Me ha llamado «bloque»!

La gárgola le enseñó los dientes.

—Como la toques, llamo al Terror de las Tierras del Sur, y te aplasta bajo sus botas —lo amenazó la niña después de empuñar la espada.

—Eso, si no te aplastamos nosotros primero —la apoyó Charlie.

El pirata fornido se encogió de hombros.

—Venga, largaos de una vez. —Sacó un puñado de monedas doradas del bolsillo y se aclaró la garganta—. ¡Envía a estos piratillas con viento fresco! —dijo sin dirigirse a nadie en particular.

Un muro de aire golpeó a Hilary en el estómago e hizo que retrocediera trastabillando hasta que se cayó de culo sobre los adoquines a unos tres metros de distancia del Antro de Bribones. Charlie aterrizó a su lado.

—¡Qué truco tan desagradable! —gritó la gárgola—. ¡Como me haya hecho daño en la cola, te vas a enterar!

—Nos ha llamado «piratillas» —musitó Charlie—. Yo también le diría un par de cosas.

Hilary blandió la espada en dirección al pirata que guardaba la puerta, quien se cruzó de brazos y miró hacia otro lado.

—¡Puede que tengas magia! —le espetó—, ¡pero eso no te da derecho a pegar a la gente con ella! Lástima que no conozcas a Philomena, ¡seguro que os llevabais a las mil maravillas!

La señorita Greyson miró enfurecida al pirata, como si deseara enviar a aquel hombre a la cama sin cenar. Luego, cogió a Hilary y a Charlie de la mano.

—Venga, vámonos antes de que le den ganas de hacernos algo peor.

—¡No debería hacer cosas así! —protestó Hilary mientras la institutriz la arrastraba calle abajo—. ¡Seguro que no es legal!

—Claro que no lo es, pero ¿quién va a impedírselo? —apuntó Charlie.

La gárgola bajó la cabeza.

—Yo podría haberlo evitado —dijo en voz baja—, si tú, Hilary, me hubieras dicho: «Gárgola, por favor, protégeme».

—Prometí que no dejaría que nadie te utilizara. Sé lo poco que te gusta y no pienso permitir que se te acelere el corazón. Además, un pirata debe defenderse por sí mismo. —Blandió la espada en el aire—. La próxima vez que un rufián nos amenace, ¡lo ensarto!

—Sería lo más adecuado —convino Charlie.

—¡Ni mucho menos! —exclamó la señorita Greyson—. Hilary, guarda esa espada antes de que le rebanes la nariz a alguien. Venga, comportaos como ciudadanos respetables y, por favor, avisadme si veis un mercado; esta mañana me he dado cuenta de que se nos están acabando las naranjas.

«Comportarse como un ciudadano respetable» era un trabajo tedioso. Hilary miró a uno y otro lado de la calle principal de Medianero en busca del mercado del pueblo pero, desde luego, no se encontraba entre las filas de puntiagudos pinos de la avenida ni tampoco escondido detrás de las casas blanqueadas. Le dolía el hombro por el peso de la gárgola y la tripa por el efecto de la magia del bárbaro fornido. No obstante, ¡acababa de participar en su primera batalla pirata! Pensar aquello la animaba considerablemente.

Nada más doblar la esquina, Hilary vio el cartel. Estaba claveteado a un árbol próximo y, en él, con un aspecto poco agraciado —a su entender—, había un dibujo de su cara; y, debajo, un montón de palabras escritas con tinta negra.

DESAPARECIDA * DESAPARECIDA * DESAPARECIDA

Una joven, importante y preciada que se llama Hilary Westfield. Tiene el pelo de color castaño oscuro y ojos marrones; bajita, siente una perniciosa afición por la piratería y es una bailarina de primera. Fue vista por última vez en la Escuela de Buenos Modales de la Señorita Pimm para Damas Delicadas, en Pemberton. Se cree que, de camino a casa de su abuelita enferma, la señorita Westfield fue raptada por una institutriz que va a la suya y conducida a un lugar desconocido. Ahora, podría ir acompañada por rufianes y una temible bestia de colmillos puntiagudos. Si se topa con ellas, no las provoque. Por lo visto, tanto la chica como el monstruo son temperamentales.

Por favor, en caso de reconocerla, informe a la señorita Eugenia Pimm, de Pemberton. A cambio de que la traigan sana y salva, la señorita Pimm ofrece una suculenta

RECOMPENSA.

—¡Maldición! —gritó la niña.

Sin pensárselo dos veces, arrancó el cartel con ambas manos y lo metió en la bolsa de lona antes de prestar atención a las quejas de su amigo. Luego, recorrió la calle con la mirada arriba y abajo. Quien había puesto el letrero era muy concienzudo... ¡su cara estaba claveteada en árboles y postes a ambos lados! Tenía que arrancarlos todos aprisa.

—¿Qué haces? —le preguntó Charlie—. Oye, ¿qué es eso?

Hilary corría hacia el siguiente cartel, pero Charlie llegó primero.

—Hilary Westfield... —leyó antes de soltar un silbido por lo bajo—. Vaya, así que eres la hija del almirante Westfield. ¡Normal que supieras hacer tan bien los nudos!

La chica arrancó el letrero del árbol, pero Charlie se lo arrebató de las manos.

—Espera, que no lo he acabado de leer. —El tono de voz era tranquilo, pero tan frío que cortaba, como cada vez que mencionaba la Real Armada—. Entonces, ¿te ha enviado tu padre? ¿Nos estás espiando a Jasper y a mí?

Hilary miró a los ojos al muchacho y se dio cuenta de que preferiría estar en cualquier otro sitio.

—Lo siento —dijo mirándose las botas—. Yo solo quería ser pirata... y pensé que nunca dejaríais que me uniera a la tripulación si os decía quién era mi padre.

—¡No te quepa la menor duda! —respondió el chico tras soltar un bufido.

—Te juro que no soy ninguna espía y, aunque lo fuera, dudo mucho que a mi padre le interesaran mis informes. Seguro que me daba unas palmaditas en la cabeza y me decía que me dejara de tonterías. Es lo que hizo cuando le expliqué que quería ser pirata.

—Vaya, menudo botín.

—En realidad no es tan malo, pero...

—¡Que no es tan malo! ¡Con lo que la Real Armada les ha hecho a los piratas! ¡No me digas que lo dices en serio!

Hilary tenía claro que pasear por la tabla en el Paloma sería bastante menos doloroso que enfrentarse a la mirada de Charlie.

—Tienes todo el derecho del mundo a odiarlo... y supongo que también me odias a mí ahora que nos persigue la Real Armada. Estoy segura de que vienen para llevarme de vuelta a casa. —La niña hizo una pausa, pero Charlie guardaba silencio—. Lo siento mucho, de verdad. Por favor, créeme.

Charlie agarraba con tanta fuerza el cartel que sostenía en las manos que los nudillos se le pusieron blancos. No dijo nada pero tampoco dejó de mirar fijamente a la chica.

La señorita Greyson, que no consideraba digno correr, llegó por fin hasta donde estaban la chica y el muchacho.

—¿Qué sucede? Hilary, tienes muy mala cara... ¿Todo bien?

—En absoluto —respondió esta al tiempo que le tendía el papel que había metido en la bolsa de lona—. Lee.

Según iba leyendo, la señorita Greyson fruncía el ceño cada vez más.

—«Una institutriz que va a la suya»... ¡pero bueno! ¡Qué valor! —exclamó la mujer.

La gárgola se retorció hasta asomar la cabeza por la bolsa y comentó con orgullo:

—De mí dice que soy una bestia temible.

Charlie hizo una bola con el cartel que tenía en las manos.

—¿Sabe Jasper quién eres? —preguntó unos instantes después.

—No y, por favor, no se lo digas. ¡Me echaría del barco!

—Es posible. No soporta al bueno de Westfield. —El segundo de a bordo se quedó pensativo unos instantes—. ¿Me juras que estás diciendo la verdad? ¿Que no trabajas para tu padre?

—Te lo juro. Por el honor de los piratas.

Charlie aflojó el puño que sujetaba la bola de papel, pero no parecía que estuviera de mejor humor.

—No sé si creerte pero, si nos ayudas a plantar cara al barco de la Real Armada, no le diré nada a Jasper... o, al menos, no todavía. Por el contrario, si nos traicionas, te atravieso con el sable.

La chica no tenía duda alguna de que lo haría.

—Siento haberos mentido... con lo de mi padre.

—Cuando vives entre piratas te acostumbras a las mentiras —dijo el chico antes de encogerse de hombros y alejarse de ella.

—Ya sabes que no me gusta correr —dijo la señorita Greyson tras aclararse la garganta— pero opino que deberíamos quitar el resto de carteles deprisa, antes de que un ciudadano bienintencionado los vea y dé aviso para que nos arresten. No tengo ningún interés en adquirir la reputación de «una institutriz que va a la suya».

—¡Qué pena! ¡Con lo que a mí me gustaba ser una bestia temible!

Arrancaron todos los avisos de «Desaparecida» que había junto al puerto y los de una decena de calles secundarias más. Charlie las ayudó un poco, aunque sin decir palabra. Ni siquiera sonreía cuando la gárgola le ofrecía una araña y, lo peor de todo, tampoco miraba a Hilary. La niña tenía la sensación de que jamás conseguiría cerrar la brecha que se había abierto entre ellos. Pensó que, seguramente, Claire habría sabido qué hacer; pero su amiga estaba a kilómetros de allí, en la Escuela de la Señorita Pimm.

A la niña le dolían los pies de tanto caminar y notaba que empezaban a salirle ampollas si bien, como los piratas no se quejan de esas cosas, no dijo nada. La gárgola, en cambio, no paraba de lamentarse: que si no veía nada allí metida, que si no le gustaba que la zarandearan tanto, que si había tantos carteles en la bolsa que empezaban a dolerle las orejas.

—Será mejor que busques un lugar donde deshacerte de todo esto —le dijo en un momento dado a la niña—, ¡porque te aseguro que no pienso guardarlas en mi cofa!

Aunque Medianero quedaba a pocos kilómetros de las Tierras del Norte, Hilary nunca había viajado tan lejos. Allí, el sol de verano tardaba más en ponerse y, aunque era probable que la hora de la cena hubiera transcurrido ya, el cielo seguía casi tan iluminado como a media tarde. La niña preguntó cómo era posible que los habitantes de las Tierras del Norte durmieran si ni siquiera el propio sol se acostaba. La señorita Greyson cogió al vuelo la duda y la aprovechó para darle una lección encubierta sobre la longitud y latitud. Hilary se sintió aliviada cuando, después de ir de un lado a otro por las calles de Medianero, llegaron al mercado.

La plaza de Medianero era más pequeña y menos bonita que la de Pemberton. Los vendedores estaban recogiendo los puestos. La institutriz no perdió el tiempo y se encaminó hacia la mujer que vendía naranjas. Hilary y Charlie se quedaron observando a un grupo de hombres que encendían una hoguera en mitad de la plaza. Aunque el sol seguía bastante alto, el aire era frío y la niña se sintió reconfortada por la calidez que desprendían las llamas.

Charlie se sacó las manos de los bolsillos y miró a Hilary de reojo.

—Tengo una idea —dijo en voz baja.

Sacó unos carteles de la bolsa de la chica y lo tiró al fuego.

Cuando sus puntas empezaron a arder, los papeles crepitaron como si les satisficiese quemarse. Los que estaban más cerca del centro de la hoguera se convirtieron en ceniza casi de inmediato, mientras que los que estaban más alejados se oscurecieron antes de desintegrarse.

—Gracias —le dijo al chico con una sonrisa en los labios, pero este no le devolvió la sonrisa. Eso sí, al cabo de un rato, asintió.

Permanecieron allí, sin hablar, tirando carteles al fuego hasta que los quemaron todos. A la chica le resultó desconcertante observar cómo ardía su rostro. A veces, el fuego dibujaba patrones chamuscados en el papel en forma de manchas de agua o costas inexploradas.

—Muy inteligente —les dijo la señorita Greyson mientras les tendía una naranja. Luego, se calentó las manos al fuego—. Cuando hayáis acabado, deberíamos volver al Paloma. No está bien hacer esperar a Jasper.

Cuando salieron de la plaza se dieron cuenta de que la gente encendía pequeñas hogueras en cada esquina. Según el sol se ponía, las llamas eran más brillantes y el aire más frío. Hilary fue corriendo de hoguera en hoguera para calentarse. El calor le provocaba una sensación de lo más agradable en el rostro, siempre que no se acercase demasiado.

—«No temas el calor del sol» —murmuró para sus adentros.

De pronto, mientras se frotaba las manos, la extraña frase que la hechicera había escrito en el mapa del tesoro le resultó perfectamente inteligible y deseó que Charlie y la señorita Greyson se dieran prisa. «En realidad, debería ser: "No temas el calor del fuego"», pensó. Al fin y al cabo, este era mucho más temible y una buena fuente de calor cuando el sol no calentaba lo bastante. De hecho...

—¡Charlie! ¡Señorita Greyson! —Fue corriendo hasta donde se encontraban, les cogió de la mano y tiró de ellos, ante lo cual ninguno pareció especialmente entusiasmado—. ¡Tenemos que volver al Paloma enseguida!

La institutriz frunció el ceño.

—Hilary, de verdad, debes aprender a ser más paciente. Ya sé que he dicho que no deberíamos hacer esperar a Jasper, pero...

—¡Déjate de Jasper! ¡Creo que he dado con la forma de leer el mapa del tesoro!

La señorita Greyson contrató el bote de remos más rápido de todo Augusta —o, al menos, eso es lo que decía su remero— para conducirlos al Paloma, donde treparon a cubierta sin darle siquiera las buenas noches al remero. Aunque a la institutriz correr no le parecía nada fino, resultó que era una velocista magnífica y fue la primera en llegar al camarote que compartía con Hilary.

Oliver salía de este justo en aquel instante y la señorita Greyson tuvo que esquivarlo para no chocar con él.

—Jovencito, ¿qué hacías en mis habitaciones privadas?

—Lo siento, señora, me he equivocado de camarote —respondió mientras se encogía de hombros.

—Y te has equivocado mucho, sí. —La mujer chasqueó la lengua y entró en el camarote rozando al chico—. Podrías expiar tu error trayéndonos unas cerillas. Creo que tengo una vela por algún lado.

Oliver sonrió con suficiencia y Hilary tuvo que reprimir las ganas de ponerle la zancadilla en el momento en que el muchacho procuraba enterarse de cuanto sucedía.

—Ese chico no me gusta —dijo la gárgola en voz baja cuando Oliver estuvo lo suficientemente lejos.

—Ya somos dos.

Después, la niña se unió a Charlie y la señorita Greyson, que se encontraban en el camarote, y rebuscó debajo de la almohada hasta dar con el mapa del tesoro. La institutriz sacó una vela de las profundidades de su bolsa de viaje. Aunque estaba nueva, era achaparrada y, por desgracia, de color morado. Si hubiera sido blanca, o incluso amarilla, le habría parecido más pirata, aunque no era el momento de ponerse tiquismiquis. Oliver volvió con una caja de cerillas medio vacía y Hilary encendió la mecha.

De inmediato, un fuerte aroma a lilas envolvió el camarote. Charlie tosió y la señorita Greyson se sintió avergonzada. A Hilary le daba igual; desenrolló el mapa y lo acercó con cuidado a la llama.

—¡Pero ¿qué estás haciendo?! ¡Lo vas a quemar! —gritó Oliver.

—Claro que no.

Al principio, no sucedió nada. El mapa se calentó y la parte que estaba encima de la llama empezó a ennegrecerse.

—Aunque sé lo que pretendes, quizás Oliver tenga razón, Hilary —comentó la señorita Greyson de mala gana—. Puede que haya otra solución.

Buscó bajo la cama y sacó la plancha y la tabla de planchar.

—Por favor, señorita Greyson, la pulcritud es lo de menos en estos momentos —soltó Hilary airada.

La institutriz se limitó a sonreír y apartó el mapa de la llama. Luego, puso la plancha encima de la vela hasta que estuvo caliente al tacto.

—Perfecto —dijo la mujer—. Por favor, Hilary, coloca el plano sobre la tabla de planchar, que no me gustaría quemar el suelo.

La chica hizo lo que le pedía la institutriz y esta puso la plancha con cuidado sobre el mapa y la movió arriba y abajo, de una esquina a otra. Al deslizamiento de la plancha iban apareciendo unas marcas, más débiles primero, marrones cuanto mayor era el calor que aplicaban.

—¡Funciona! —exclamó Charlie—. ¡No me lo puedo creer!

—¡Quiero verlo! —gritó la gárgola. Hilary la sacó de la

bolsa y la levantó para que lo observara—. Esto sí es un mapa del tesoro —dijo al examinar las marcas.

Y tenía razón. La mayor parte del mapa permanecía inalterado pero, ahora, en mitad de la isla de la Pólvora, había una línea de puntos que empezaba justo encima del dibujo de la hechicera y viajaba hacia el norte, antes de girar como un codo en dirección oeste. Junto a la primera sección de la línea una frase rezaba lo siguiente: «noventa pasos desde la estatua» con la caligrafía redondeada de la hechicera; y otra más cerca de la línea punteada que avanzaba hacia el oeste, que decía: «cincuenta pasos hacia el fresno». Al final de la línea destacaba una «X» como un piano.

—La «X» señala el lugar —dijo la gárgola animada—. ¡Como en los libros!

Además de aquello, en el mapa apareció un pareado manuscrito en el amplio espacio vacío que había junto a la bahía de la Pólvora.

—No, si ahora resulta que la hechicera era toda una poeta —comentó Hilary mientras leía los versos en alto:

El tesoro conmigo permanecerá
para toda la eternidad.

—No es que sea lo mejor que he leído —comentó la señorita Greyson, pero hay que reconocer que el mensaje se entiende.

Hilary no estaba tan segura. Si la hechicera quería que el tesoro permaneciera oculto para siempre, ¿por qué se molestaría en dibujar un mapa con su ubicación? Aunque, a decir verdad, se lo había puesto muy difícil a los buscadores de tesoros. Puede que, después de todo, su padre tuviera razón cuando llamó a la hechicera «vieja urraca meticona».

—Tal vez pretendiera recuperar el tesoro algún día —comentó Charlie—, aunque no llegara a hacerlo.

—Y ahora... ¡es nuestro turno! ¡Arr! —gritó la gárgola.

Hilary soltó una retahíla de exclamaciones piratas e incluso la señorita Greyson profirió un «¡A del barco!».

—Puede que, a pesar de todo, quizá todavía llegue a Azote de las Tierras del Norte —dijo Charlie, que levantó la mirada del mapa con un gesto que a Hilary le pareció una sonrisa.

—Siento mucho interrumpir vuestra celebración —dijo Oliver desde la puerta—, pero a lo mejor queréis saber que Jasper ha vuelto.

Y así era. En la cubierta se oyeron pasos que se acercaban y alguien preguntó con exigencias por qué el Paloma olía tanto a lilas.

Hilary apagó la vela de un soplido y corrió a su encuentro.

—¡Jasper, lo hemos conseguido! —le dijo—. ¡Hemos descifrado el mapa del tesoro!

El capitán sonrió bajo la luz de la luna y le dio un abrazo a la niña. Volvía de la expedición al Antro de Bribones oliendo a chimenea y a loro, lo que resultaba una combinación bastante agradable.

—Bien hecho. Sabía que lo conseguirías... ¡y justo a tiempo!

—¿A qué te refieres?

Jasper suspiró y se quitó el sombrero.

—Parece... que no somos los únicos que estamos buscando el tesoro.

JAMES WESTFIELD, ALMIRANTE
REAL ARMADA DE AUGUSTA

Cinco medallas Avestruz Cuellilarga a la Perseverancia

Su Alteza Ilustrísima:

Estoy muy preocupado por los robos de magia que, tal y como me contáis, ha habido en vuestro palacio. No me cabe duda de que se trata de un asunto de piratas. Todo el mundo sabe que no son sino unos granujas buscatesoros que están hambrientos de poder. Temo que estos piratas se hayan propuesto arrebataros el trono. Ahora bien, no tengáis miedo, porque pienso buscar personalmente por toda Altamar a esos bribones y obligarlos a que os devuelvan la magia robada. Os garantizo que la misión será un éxito puesto que, en los veintisiete años de mi ilustre carrera naval, nunca he fallado y tampoco voy a hacerlo ahora.

Como a mí también me atizaron en el pasado con una jarra en la cabeza, le recomiendo al tesorero real que se ponga un poco de hielo en el golpe.

Muchas gracias por preocuparos por la desaparición de mi hija. ¡Ni me había dado cuenta! Estoy siempre tan atareado que pensaba que se encontraba a salvo en la Escuela de Buenos Modales. Hoy en día, el sistema educativo es un escándalo.

J. W.

Postal enviada a la señorita Eugenia Pimm.

¡Visita el soleado Medianero!

Donde todos los días son maravillosos*

*Excepto los miércoles

Arr, señorita Pimm.

He reconocido a la chiquilla que está buscando. Al principio, creía que se trataba de un pirata de medio metro y no sabía que era un bien preciado. Vi su cartel cuando me tomaba el zumito del descanso. Si viene a Medianero a recogerla, siempre será bienvenida en el Antro de Bribones, donde la invitaremos a una pinta de ron.

Recuerdos,

Bruce «Fornido» McCorkle

P.D.: En cuanto a lo de la recompensa, ¿me pagará en monedas mágicas o en oro? Si le queda algo, prefiero magia.

Capítulo diez

Aunque había sido Jasper el que había organizado la reunión urgente en su camarote, él fue el último en llegar. Los demás se habían apiñado alrededor de la mesa de roble que ocupaba gran parte de la habitación. Nadie decía nada y lo único que se oía era el ruido de la piedra contra la piedra cuando la gárgola juntaba los dientes.

Cuando, por fin, apareció Jasper, llevaba una caja llena hasta arriba de latas de remolacha. Sin mediar palabra, la dejó en el suelo y se marchó. A los pocos minutos, volvió a aparecer por la puerta con una caja de latas de remolacha mucho mayor. Siguió realizando viajes hasta que en el camarote hubo tantas latas de remolacha que era imposible moverse sin pisar alguna.

—Esta es la última —dijo el capitán mientras dejaba en el suelo otro paquete con una docena de latas más—. ¿Seguís todos aquí? ¡Fantástico! —Se sentó en una silla bastante vieja, presidiendo la mesa—. Me alegra comunicaros que mi visita al Antro de Bribones ha sido de lo más instructiva. Los bribones han resultado ser de grandísima ayuda.

—¿Te han aconsejado que inviertas en remolacha? —preguntó Oliver mientras miraba las cajas que los rodeaban.

—Ni mucho menos —respondió Jasper cortante. Luego, abrió una lata con la punta del sable y pinchó un pedazo de remolacha—. Sin embargo, tenían mucho que cotillear acerca de ese barco de la Real Armada, el Belleza de Augusta.

Hilary se revolvió incómoda en su asiento. Deseó meterse debajo de la mesa, pero un comportamiento así no habría sido nada pirata. La señorita Greyson le dio la mano y se la apretó para darle ánimos, aunque no lo consiguió.

—El Belleza de Augusta abandonó Puertolarreina de forma inesperada hace unos días. Lo capitanea el mismísimo almirante Westfield, que se ha asegurado muchísimo de no revelar el motivo de su travesía. Hay piratas que creen que solo se trata de un rutinario viaje de negocios, pero algún otro... se muestra en desacuerdo.

Charlie se recostó desanimado en la silla.

—Vamos, que viene a por nosotros.

—No, exactamente —respondió el capitán—. El almirante Westfield va en busca del tesoro de la hechicera.

—¡Eso es imposible! —dijo Hilary, que se puso en pie sin darse cuenta. Mientras se sentaba, notó que le ardía la cara—. Es que... —siguió diciendo más tranquila—, he oído que al almirante no le parece bien eso de buscar tesoros.

—Tal vez, no... ¡si lo buscan unos piratas! —comentó Jasper—, pero lo cierto es que lleva un tiempo recogiendo tesoros. Sé de buena tinta que ha robado varios objetos mágicos en mansiones de la alta sociedad.

A Hilary le parecía que el Paloma se balanceaba con mucha más violencia que nunca. Puede que la sensación de mareo estuviera provocada por las olas. O quizá fuera porque había tanta gente en un espacio tan reducido. O por el intensísimo olor a remolacha.

—¿Se refiere a la cadena de robos que ha habido en Puertolarreina? —preguntó la institutriz con el ceño fruncido—. Seguro que el almirante Westfield no tiene nada que ver con eso.

—Mi buena señorita Greyson, «nada» no... ¡«todo»! Por lo visto, un puñado de rufianes de la alta sociedad está reuniendo tanta magia como les cabe en sus arregladitas manos..., en la mayoría de los casos, mediante el hurto. Y creo que James Westfield es su líder. Varias fuentes, llamémosles «fiables», del Antro de Bribones han confirmado mis sospechas.

A Hilary le parecía que la sensación de bamboleo iba a más. Bueno, estaba casi segura. Si no hiciera tanto calor en el camarote... Si la señorita Greyson no estuviera sentada tan cerca... Si las paredes de la habitación dejasen de moverse adelante y atrás... Pero a nadie más parecía incomodarle el bamboleo o el calor, era como si no los padecieran. La niña pensó que era debido a que los verdaderos piratas nunca se marean.

—Lo siento —dijo—, pero tengo que tomar un poco de aire fresco. Por favor, señorita Greyson, no se levante, estaré bien en un momento.

El bote, ahora boca abajo, seguía mojado y frío después del viaje a Medianero, pero Hilary, apoyada en él, apenas lo notaba. La gárgola había salido detrás de ella dando saltos y, en aquel momento, tenía el morro apoyado contra la pierna de la niña y la cola enroscada alrededor de sus tobillos como si pretendiera consolarla. El océano estaba punteado por el brillo de las estrellas y, a lo lejos, las luces del Belleza de Augusta titilaban entre las olas. Hilary sabía que el hecho de que un villano te persiguiera por Altamar formaba parte de ser pirata, aunque no había imaginado jamás que ese villano pudiera ser su padre. Casi extinguía por completo la emoción de la aventura.

—No es justo —dijo la gárgola—, ninguno de los padres de los piratas de *La isla del tesoro* era un villano.

—Quizá Jasper se haya confundido —comentó, aunque sabía que no era así.

El día en que había partido en dirección a la Escuela de la Señorita Pimm, el almirante se mostró demasiado ocupado para despedirse de ella, incluso para darle su habitual beso distraído en la frente. ¿Estaría ocupado robando magia? La chica se tapó la cara con ambas manos. Se alegraba de ser pirata porque nada los preocupaba. Siempre navegaban hacia el horizonte y desenterraban maravillosos tesoros y, cuando volvían a casa borrachos de victoria, sus padres se sentían orgullosos de ellos.

Oyó que alguien corría hacia el bote y miró por entre los dedos. Hacia ella se acercaba una linterna que oscilaba en medio de la oscuridad.

—Ya te dije que estaría bien, señorita Greyson. No hacía falta que me siguieras.

—Es la primera vez que me confunden con una institutriz —comentó Charlie mientras se sentaba al lado de la chica—. Ni siquiera sospechabas que el bueno de Westfield era un corrupto, ¿verdad?

Hilary negó con la cabeza.

—Es un ladrón. Una rata... ¡y yo no lo sabía!

—Disculpa que pensara que estabas compinchada con él. Ahora sé que no es así, y me caes la mar de bien.

Hilary soltó una carcajada casi en contra de su propia voluntad.

—Viniendo de ti, es todo un cumplido. —Le tendió la mano—. ¿Amigos de nuevo?

—Amigos —respondió mientras se la estrechaba.

—No sabes cuánto me alegro de tener un amigo en estos momentos. Cuando descubrimos que el barco de mi padre nos estaba siguiendo, pensé que quería mandarme de vuelta a la Escuela de Buenos Modales..., rescatarme... pero supongo que lo único que le importaba era «rescatar» su tesoro.

—No es exactamente lo único que le importa.

—¿A qué te refieres?

Charlie dudó.

—Igual te molesta...

—Cuéntamelo. Seguro que no puedo sentirme peor, así que suéltalo ya, sea lo que sea.

—De acuerdo. —El chico respiró hondo—. El almirante Westfield quiere gobernar Augusta. O, al menos, eso es lo que dice Jasper. Por eso ha estado robando magia... para deponer a la reina.

La sensación de bamboleo empezó de nuevo.

—Desde luego, le gusta dar órdenes —dijo Hilary en voz baja.

—Pues como le eche el guante al tesoro de la hechicera, podrá mandarnos a todos. Sus amiguitos de la alta sociedad y él obtendrán la mayor parte de la magia del reino y nadie logrará impedir que hagan cuanto les venga en gana.

Aunque de lo que estaban hablando era de alta traición, tenía, por desgracia, mucho sentido.

—No me extraña que odie tanto a los piratas. Cuantos más tesoros enterremos, menos habrá para él. —Hilary observó a Charlie a la luz de la linterna—. ¿Desde cuándo lo sabéis?

—Yo me he enterado esta misma noche, como tú, pero creo que Jasper lo sospecha desde hace tiempo. Los bribones dicen que tu padre lleva años buscando el mapa del tesoro de la hechicera y que, pocos meses atrás, lo encontró al fin. No sé cómo, pero Jasper se enteró. No hace mucho robamos en Villa Westfield... Jasper no quiso decirme qué robábamos, pero resultó que se trataba del mapa.

—La que liasteis con aquel agujero en la pared. Papá se puso hecho un basilisco.

Charlie se rio.

—¿Lo viste? Fue idea de Jasper, lo juro. Le encanta dar un espectáculo.

—Ya me he dado cuenta. Me gustaría saber para qué quiere tantísima remolacha.

—¡A mí, no! —exclamó la gárgola mientras se estremecía.

—Pues volvamos y averigüémoslo, a menos que todavía te encuentres mal. De ser así, no te lo reprocharía. Descubrir que tu padre es un villano marea a cualquiera.

La niña se puso en pie y recogió la gárgola. Mareada o no, no podía permitir que su padre se hiciese con aquel tesoro. Seguro que gobernaría Augusta de forma tan despótica como se comportaba en Villa Westfield, y Hilary no quería ni imaginar la de cosas desagradables que sería capaz de hacer con tal cúmulo de magia. La encerraría en una escuela de buenos modales o la hechizaría para que no deseara volver a salir jamás a Altamar. Solo con pensarlo, le habían entrado escalofríos.

—Gracias. Será mejor que nos demos prisa. Quiero encontrar el tesoro antes de que lo haga mi padre.

—Me temo que no lo entiendo —estaba diciendo la señorita Greyson cuando Hilary y Charlie entraron en el camarote de Jasper. Por la manera en que la institutriz tamborileaba con los dedos en la mesa, la niña pensó que la mujer se hallaba regañando al capitán—. Si pretende evitar que el almirante Westfield encuentre el tesoro, ¿por qué no se conforma con haberle robado el mapa? En mi opinión, señor Fletcher, si consigue el tesoro de la hechicera, será usted tan peligroso como el propio almirante.

Jasper se recostó en la silla y se llevó la palma de la mano a la frente con un gesto melodramático.

—¡Ay, pero qué mal concepto tienes de mí! ¡Y qué poca fe! En realidad, señorita Greyson —empezó a decir mientras se incorporaba—, he de reconocer que ya no soy tan «aterrador» como antes.

A Charlie se le escapó una risita. Al oírla, Fitzwilliam se lanzó aleteando desde el hombro del capitán en dirección al lóbulo del chico, que no dejó de picotear hasta que se calló.

—Ahora bien, no puedo permitir que vayas contando por ahí que mi integridad se ha resentido porque, entre otras cosas, no pretendo quedarme con el tesoro. Si Westfield no lo encuentra, lo hará otro... alguien que podría ser todavía más villano que el almirante. A mi entender, la única manera que tenemos de protegernos frente a tiranos como Westfield, tanto los piratas como la gente normal, es encontrando el cofre del tesoro y repartiendo su contenido entre la gente de Augusta. De forma justa y equitativa, claro está. Darle al pueblo la oportunidad de contraatacar. Eso es lo que me propongo. Y espero que todos me ayudéis.

La señorita Greyson se ruborizó.

—Bueno, en ese caso... Si lo que dice es cierto, es usted muy noble.

—Lo que no le ha explicado a la señorita Greyson —le comentó Charlie a Hilary—, es que, una vez haya repartido la magia por todo el reino, no tendrá empacho alguno en robar una poca para sí y enterrarla en una bonita isla desierta de algún confín.

—¿Y qué hay de malo en robar un poco del tesoro? —preguntó Jasper—. Hablo en serio sobre la justicia y todo eso, pero no pretenderás que deje de ser un pirata. —Golpeteó la mesa con los nudillos—. Debemos llegar hasta el tesoro antes que Westfield y su tripulación. Por desgracia, el Belleza de Augusta es el barco más rápido de Altamar. Mi moneda mágica podría proporcionarnos algo de velocidad adicional, pero seguro que el almirante también dispone de «una o dos» piezas, así que la nuestra no va a servir de gran ayuda. Sin embargo, tenemos una cosa que el almirante no posee. —Y señaló a Hilary—. El mapa, que, además, la chica ha conseguido descifrar. Puede que Westfield llegue antes a la isla de la Pólvora, pero no encontrará el tesoro sin el plano.

—¿Sabe que nosotros también vamos detrás del tesoro? —preguntó Charlie.

—Según los bribones, lo sospecha. Seguro que quiere que se lo devolvamos, pero nuestra labor consiste en evitar al almirante. Y ahí es donde entra esto en juego —dijo Jasper con una lata de remolacha en la mano.

—¡No! —gritó la gárgola—. ¡No me obligues a comer eso!

El capitán pirata soltó una carcajada.

—No hace falta que agaches las orejas, amigo mío. Esto no es para comer, sino para disfrazarnos.

—¡Es completamente indigno! —protestó la gárgola mientras escupía uno de los rizos dorados que se había desmandado de la peluca metiéndosele en la boca—. ¡Antes preferiría comer remolacha!

—Pues a mí me parece que estás guapísimo —comentó Hilary al tiempo que lo vestía con una tela de color verde brillante y le ajustaba las conchas en la cabeza—. Eres el «sireno» más guapo que he visto jamás.

La gárgola soltó un bufido.

—Como alguien me vea de esta guisa, no sabes cuánto se van a reír de mí en la cantera.

—Pero si te estás disfrazando por una causa muy noble. —La niña le dio unos golpecitos en el pelo rizado—. Además, no eres el único que ofrece un aspecto ridículo.

La barba de ganchillo que Claire le había hecho empezaba a picarle y la niña se rascó la barbilla de la misma forma en que acostumbraba a hacerlo su padre, «una forma de lo más villana», supuso la chica. No obstante, un verdadero pirata no dejaría que pensamientos así lo distrajesen.

—Tienes razón —dijo la gárgola mientras examinaba la barba de la chica—, el morado no te queda nada bien.

Jasper les había explicado que, aunque el almirante Westfield sospecharía enseguida de un barco pirata como el Paloma con rumbo a la isla de la Pólvora, lo más probable es que apenas prestase atención a un barco con menos encanto, como el de un comerciante de remolacha. Por eso habían pasado toda la noche y la mañana llenando la cubierta con latas de remolacha y poniéndose disfraces que Jasper creaba con su moneda mágica. El propio capitán, vestido con una boa de plumas de color rosa alrededor del cuello, había pintado «El Vegetal Amable» en la popa, encima del verdadero nombre del barco. La misma señorita Greyson había arriado la bandera pirata reemplazándola por otra que había tejido en la que una vívida remolacha ondeaba sobre dos zanahorias cruzadas. Hasta la gárgola, aunque a regañadientes, consintió en que la trasformaran en un mascarón de proa, digamos, más tradicional. Que el Paloma llevara un sireno en la proa haría que el barco levantase menos sospechas, pero Hilary no podía dejar de admirar la cola de color verde iridiscente de la gárgola bajo el sol.

—¡Bien hecho, tripulación! —exclamó Jasper mientras revisaba la trasformación del Paloma—. ¡Estupendo! —Una de las puntas de la boa estaba mojada de agua de mar; y la otra, de pintura. Y aunque el capitán se negaba a quitarse el sombrero pirata, Hilary tuvo que admitir que se parecía bien poco al Terror de las Tierras del Sur—. ¡Levad el ancla! ¡Zarpamos hacia la isla de la Pólvora! Aunque... bien pensado, no se me ocurre para qué iban a querer unos comerciantes dirigirse a un lugar así.

—Pues para vender remolacha, claro está —apuntó la señorita Greyson—. Incluso los piratas necesitan comer verdura.

La mujer estaba vestida con un mono y un sombrero de paja de ala ancha, igual que Charlie. Sus disfraces eran creíbles, aunque un poco sosos. Hilary prefería el de Oliver, que iba disfrazado de remolacha. «Todo mercader de verdura que se precie ha de tener una mascota», había dicho Jasper al entregarle al chico la túnica morada y redonda junto a un sombrero verde con hojas. En aquel instante, Oliver intentaba levar el ancla, pero la cadena se le enganchaba una y otra vez en las raíces del disfraz.

Cuando el viento empezó a hinchar las velas del Paloma, la señorita Greyson agarró el catalejo y empezó a otear los mares.

—Oh, no —soltó al cabo de un rato.

Hilary ya se había dado cuenta, sin necesidad de mirar, que el Belleza de Augusta les ganaba terreno por momentos. Como quien dice, veía a los miembros de su tripulación subiendo y bajando por las cuerdas.

—No hay de qué preocuparse —dijo el capitán—, con un poco de suerte, pasarán de largo y llegaremos a la bahía de la Pólvora pisándoles los talones.

—O nos hundirán de un cañonazo —comentó Charlie.

La señorita Greyson le puso la mano en el hombro.

—No deberías pensar así. No es bueno para los nervios. Estoy seguro de que la Real Armada no nos va a dar ningún problema.

A pesar de eso, la institutriz permitió que Hilary se saltara las lecciones del día para que practicara esgrima con el muchacho. Al final de la tarde, a la joven solo se le había caído la espada un par de veces, había desarmado al chico en una ocasión y conseguido ensartar seis latas de remolacha. El Paloma apareció bañado por la sangre de verduras masacradas y Jasper les ordenó que fregaran la cubierta.

Por fin cayó la noche, a la que siguió otro día largo y otra noche corta. El Paloma no dejaba de avanzar, pero el Belleza de Augusta tampoco se detenía. Los árboles de la costa se hacían más pequeños y volvían a crecer; el viento frío les acercaba el aroma de la hierba y los pinos y, así, una mañana, mientras Hilary estaba de guardia, el Paloma franqueó un cartel de madera comido por el salitre en el que podía leerse en letras roídas:

Estáis entrando en las Tierras del Norte.
Peligro: aguas traicioneras.
Si sobrevivís... ¡disfrutad de la estancia!

El mar, gris y agitado, batía el barco y todo estaba lleno de islitas y afloramientos rocosos. Sin embargo, en opinión de Hilary, no resultaba ni la mitad de traicionero de cuanto les esperaba. El Belleza de Augusta por fin les había dado alcance y llevaba la cubierta repleta de balas de cañón.

—Uff... —soltó la gárgola. A pesar de la peluca, Hilary se dio cuenta de que estaba más gris de lo habitual—. Será mejor que les digamos a los demás que salgan.

—Quizá pasen de largo, tal y como dijo Jasper —susurró la chica, pero, de pronto, la barba postiza que lucía le pareció demasiado fina y estaba segura de que el almirante Westfield, su padre, la reconocería pese a ella.

No conseguía verlo al timón, lo que la alivió porque, en aquel instante, no había nadie en el mundo a quien tuviera menos ganas de ver. Habría preferido incluso encontrarse a Philomena. Tocó la campana del barco y la tripulación salió de sus camarotes desperezándose mientras se reunía con ella en la cubierta.

Jasper echó una ojeada al Belleza de Augusta.

—Escuchadme, es la hora. Actuemos como comerciantes de remolacha.

Aquella orden sumió en la confusión a todos porque, de pronto, cayeron en la cuenta de que no tenían ni idea de cómo se comportaban los comerciantes de remolacha. Hilary cogió un par de latas y empezó a agitarlas por encima de la cabeza al tiempo que gritaba:

—¡Remolacha! ¡Comprad latas de remolacha! ¡Las mejores de Augusta!

Charlie se puso a hacer malabarismos con tres latas y la señorita Greyson construía elaboradas pirámides de latas que se desmoronaban en cuanto una ola embestía el barco. Oliver había vuelto a su camarote y Hilary no lo culpaba; tenía que ser muy vergonzoso que tu antiguo jefe te viera disfrazado de tubérculo.

Cuando el Belleza de Augusta pasó entre el sol y el Paloma, una sombra se proyectó sobre el barco pirata. Hilary había visto el navío de su padre cientos de veces, aunque nunca antes había ofrecido un aspecto tan ominoso ni olido tantísimo a pólvora. Resistió la necesidad perentoria de esconderse tras una caja de latas de remolacha.

—¡A del barco! —gritó uno de los alféreces desde la cubierta de la Real Armada—. ¡Saludos para El Vegetal Amable en esta buena mañana!

Jasper saludó con la mano animadamente al oficial.

—¡A del barco, señor! ¡No somos más que sencillos comerciantes de remolacha, no tenemos nada que ver con piratas!

—Menos mal, capitán. —Hilary desconocía el nombre de aquel alférez, pero lo había visto deambulando de un lado a otro por los pasillos de su casa en los últimos meses. Lucía un peculiar y enorme bigote anaranjado del que se enorgullecía, muy probablemente, porque era calvo como una bola de billar—. Si fueran ustedes bucaneros, nos veríamos obligados a

atacarles ¡y eso sería un jaleo! Y los jaleos no me gustan nada.
—El alférez los observó con el catalejo—. De hecho, da la casualidad de que estamos buscando un barco pirata por estas aguas. Se trata del Paloma. ¿Lo han visto?

Hilary soltó un quejido y a Charlie se le cayó una de las latas, que se abrió y lo salpicó todo.

—El Paloma, ¿eh? —dijo Jasper—. Qué nombre más idiota para un buque pirata. Lo capitanea Jasper Fletcher, ¿no es así? Tengo entendido que es el Terror de las Tierras del Sur.

—No sabría decirle —respondió «Mostacho Naranja».

Jasper enarcó las cejas y la señorita Greyson le pegó una patada en la espinilla.

—En cualquier caso, alférez, lamento decirle que no hemos visto más que un parche y una pata de palo en los últimos días. Dejamos atrás un barco pirata anclado en Medianero; quizá sea el que anden buscando.

—Quizás —Mostacho Naranja se encogió de hombros—. Gracias por su ayuda y por... el importante servicio que le hacen a la gente de Augusta vendiendo verdura. —Dio media vuelta—. No hay nada extraño, almirante Westfield —lo oyeron decir—. Solo son comerciantes de remolacha y dicen que no tienen nada que ver con los piratas. Comentan que quizás el Paloma haya atracado en Medianero.

—Pero eso está a muchas millas de aquí... ¡Imposible!

El almirante estaba casi tan irritado como cuando Hilary se comió el último trozo de tarta el día de su fiesta de cumpleaños. El hombre se había mostrado muy enfadado con ella varios días después del incidente aunque, si la veía en la cubierta del Paloma, le iba a echar un rapapolvo mil veces peor; y eso, siendo generoso —y el almirante Westfield no era muy dado a la generosidad.

Hilary se recompuso la barba y preparó la espada. La gárgola, en su papel de mascarón de proa, no paraba de temblar.

—Pásame el catalejo —le ordenó el almirante Westfield al alférez—. Quiero hablar con ellos.

Mostacho Naranja acató la orden y la enorme silueta del almirante se asomó al pasamanos del Belleza de Augusta. Se llevó el catalejo al ojo y los observó, de derecha a izquierda y de izquierda a derecha. Se detuvo al dar la tercera pasada.

—¡Qué sorpresa! —dijo poco a poco—. Reconocería esa cara en cualquier lugar.

Hilary se preparó para lo peor.

—Que me aspen si ese de ahí no es Jasper Fletcher. ¿Pensabas que no te reconocería porque llevaras esa cosa con plumas al cuello? Si tú eres comerciante de remolacha, yo soy la reina de Augusta.

—¡Maldición! —exclamó la señorita Greyson, que se llevó la mano a la boca de inmediato.

Jasper se quitó la boa y desenvainó el sable. Charlie y Hilary también empuñaron su espada —a Hilary le temblaba la mano— y la gárgola hizo lo imposible por esconderse debajo de la peluca.

—Me alegro de que hayas oído hablar de mí —soltó Jasper—. ¿Te apetece un poco de remolacha, almirante?

El almirante Westfield se rio y sacó su propia espada.

—¡Preparad las cuerdas! —gritó a su tripulación—. ¡Esos rufianes son piratas y vamos a abordarles!

ESCUELA DE BUENOS MODALES DE LA
SEÑORITA PIMM
PARA DAMAS DELICADAS
Donde florece la virtud

DESPACHO DE LA DIRECTORA

Para: todas las estudiantes

De: la señorita Pimm

Por favor, dirigíos al salón principal en cuanto el reloj dé la una de la tarde porque tengo que anunciaros una cosa muy importante. En cuanto a las estudiantes de segundo curso, y de cursos superiores, no olvidéis la aguja de ganchillo de oro. Las estudiantes que sepan navegar deberán presentarse en el despacho de la señorita Pimm después del anuncio. Las clases de hoy quedan suspendidas.

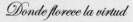
Querida Hilary:

No te lo vas a creer, pero estoy segura de que la señorita Pimm se ha vuelto majareta. Violet dice que siempre ha sido un poquitín excéntrica pero, de verdad, aquí nadie sabe qué pensar de lo que ha sucedido hoy. Te lo voy a relatar por si la vida en Altamar está resultando tediosa.

Iré al grano: hoy, la señorita Pimm ha organizado una reunión extraordinaria y nos ha anunciado a toda la escuela que ¡vamos a realizar una travesía marina! ¡Aunque estemos a mitad
de trimestre y nos vayamos a perder las clases de varias semanas! La señorita Pimm ha decidido darnos lo que ha denominado «una experiencia de formación alternativa». Yo diría que con eso se refiere a que, por mucho que salgamos de viaje, vamos a tener clase a todas horas. Ahora bien, no imagino cómo será intentar bailar un vals sobre la cubierta de un barco que no deja de moverse... Aunque puede que tú ya lo hayas probado. La señorita Pimm no nos ha dicho adónde nos dirigimos, pero ha hablado de que vamos a vivir nuevas

experiencias culturales, lo que me hace sospechar que visitaremos las Tierras del Norte. ¡Quizá nuestros barcos se encuentren y tengamos la oportunidad de vernos! ¿No te resulta paradójico que hayas huido al mar pero que, si te hubieras quedado, habrías tenido que embarcarte de todas maneras? Claro que, entonces, no habrías sido una pirata... Sea como fuere, esto es lo que la profesora de literatura denomina «coincidencia»; aunque yo lo llamo, lisa y llanamente, «caso raro».

Nuestro barco se llama La Oveja Bailarina (como no podía ser de otro modo) y la señorita Pimm ha nombrado primer oficial a la petarda de Philomena. No sé qué significa exactamente, pero supongo que es un puesto que le permitirá gritarnos incluso más de lo habitual en las próximas semanas. Desde luego, tiene pulmones para ello. A mí me han puesto de pinche de cocina, ayudando a pelar patatas y encargándome de persuadir a la cocinera de que no prepare cosas asquerosas, del tipo estofado de cola de rata. Aunque, ¿de veras existe ese guiso? Lo cierto es que suena a comida típica de barco; espero que solo sean cosas mías.

Zarpamos por la mañana y he de admitir que estoy un poquito aterrada. La señorita Pimm dice que durante la travesía podemos encontrarnos con bribones y azotes de los mares de cualquier clase, pero que debemos tener presentes nuestros modales en todo momento y

comportarnos pase lo que pase, tal y como lo
harían verdaderas damas de la alta sociedad.
Aunque, ¿quién ha oído hablar de que estas se
hagan a la mar? ¡Es ridículo!, razón por la que
temo que la señorita Pimm se haya vuelto loca
de remate.

Espero que el único bribón o azote de los
mares con el que nos topemos seas tú. Por
favor, ten cuidado en la isla de la Pólvora y
procura que no te secuestre nadie ni te vuelen en
pedazos ni ninguna otra cosa desagradable
porque, de lo contrario, no tendría oportunidad
de que me contaras tus aventuras en Altamar
y, además, te echaría mucho de menos.

Tu repentina amiga marinera,

Claire

Capítulo once

Aparte de en los grandes bailes que se celebraban en Villa Westfield, Hilary jamás había visto juntos tantos alféreces de la Real Armada, uniformados en un mismo sitio. De algún modo, la batalla que estaba teniendo lugar en la cubierta del Paloma se parecía mucho a un baile: la pista estaba llena a rebosar de caballeros ruborizados y con pinta de gruñones, el entrechocar de espadas semejaba música mal interpretada y los duelistas saltaban de babor a estribor con la gracia propia de bailarines de la alta sociedad.

Sin embargo, Hilary jamás había asistido a un baile en el que los caballeros cayeran al agua de vez en cuando. Ni había permanecido en él más de cinco minutos —apoyada contra la pared y haciéndoles reverencias forzadas a los amigos de sus padres antes de retirarse a su tranquilo dormitorio.

En el barco, sin embargo, «retirarse» no era una de las opciones y las inclinaciones a modo de saludo tampoco resultaban nada prácticas. Hilary le dio un beso a la gárgola en el morro y cargó a la refriega mientras sujetaba la barba con una mano y buscaba a su padre por la cubierta. Pero no veía ni a su padre ni a Jasper. A quien sí vio, en un momento dado, fue a la señorita Greyson, que asía con fuerza la aguja de ganchillo cuando le propinó una patada en el culo a uno de los alféreces. «Me temo que ha sido sorprendentemente maleducado», le explicó la institutriz mientras el oficial salía disparado por la borda salpicando de forma ostentosa al llegar al agua.

—¿Quién quiere ser el siguiente? —preguntó la mujer.

Los alféreces que tenía más cerca tiraron la espada y salieron corriendo. Sin embargo, a Hilary no le dio tiempo a descubrir quién era la próxima víctima de la institutriz, pues un joven alférez se acercó a ella con la espada en la mano.

—Supongo que será mejor que luchemos, ¿no crees? —dijo el muchacho, al que parecía irritarle la idea—. Eres muy pequeño para ser pirata, perdona que te lo diga.

Hilary apretó los dientes. «Y ¿temible? ¿Acaso no le parecía temible?». Con cuidado de que no le temblase la espada, la apuntó al estómago del alférez.

—Aparte de resbalarme tus insultos, has de saber que jamás he perdido un duelo.

Deseó con todas sus fuerzas que el alférez no fuera capaz de discernir que aquel era su primer enfrentamiento.

—¡Madre mía! ¡Es impresionante! —El alférez levantó su propia espada—. Entonces, ¿eres uno de esos bribones de los que tanto he oído hablar?

La niña dudó unos instantes.

—Todavía no, pero te aseguro que lo seré.

El joven oficial no era mucho mejor que Hilary con la espada, pero varios de sus lances se acercaron peligrosamente a la cabeza de la chica. Después de agacharse para evitar el arma enemiga por decimoquinta vez, la niña decidió que se había cansado de aquel caballero y de su rancio manejo. Cuando el sable del alférez volvió a zumbar junto a su oreja, se llevó las manos al pecho, soltó un suspiro de lo más dramático y se dejó caer al suelo de manera tan admirable que la señorita Pimm se habría sentido orgullosa.

El alférez frunció el ceño, tosió un par de veces y se frotó las manos. Luego, envainó la espada y se acercó a Hilary, a quien dio unos golpecitos con la bota.

—¿Pirata? —preguntó con aire dubitativo—. ¿Estás bien?

Hilary sonrió. Antes de que al muchacho le diera tiempo a desenvainar de nuevo, la chica se levantó de un salto y le puso la suya en el cuello.

—Estoy muy bien, alférez, pero gracias por preocuparte.

—Oh, no... —El muchacho miró su espada y negó con la cabeza—. Supongo que será mejor que me tire al mar, ¿no es así?

—Sí, será lo mejor.

La chica se despidió del alférez con la mano mientras este volvía nadando al Belleza de Augusta. De hecho, y aunque jamás fuera a admitirlo delante de Jasper, se alegraba de que el muchacho hubiera sugerido aquel final para el combate... porque se había sentido de lo más incómoda sujetando la espada contra su cuello. Seguro que podía llegar a ser un buen pirata sin necesidad de separarle la cabeza del tronco a la gente.

A su izquierda, Charlie se enfrentaba a dos alféreces al mismo tiempo sin sudar. A su derecha, la señorita Greyson enviaba por la borda bien a un alférez bien a un grumete una o dos veces por minuto. La gárgola movía su brillante cola verde a uno y otro lado como si se tratase de una bandera mientras alentaba a los piratas desde proa, aunque Hilary se dio cuenta de que entrecerraba los ojos cada vez que parecía que el combate iba a ponerse sangriento. Aunque, en realidad, apenas había sangre, dado que los alféreces de la Real Armada resultaron sorprendentemente inútiles con la espada. Algunos se enfrentaron con algo más de ahínco contra Hilary, pero daba la impresión de que ni siquiera ellos estuvieran esforzándose. Para cuando Hilary consiguió que cuatro alféreces se lanzasen por la borda y volviesen nadando al Belleza de Augusta, había algo que le olía a chamusquina.

Charlie y la señorita Greyson se las apañaban contra una banda de marineros cada vez más mermada, e incluso la gárgola pasaba, de vez en cuando, de animar a morder a los desafortunados alféreces que se acercaban demasiado. Jasper seguía sin aparecer por ningún lado. Puede que el Terror de las Tierras del Sur hubiera decidido correr a esconderse en su camarote... o quizá tuviera problemas. Hilary se abrió camino por la cubierta haciendo saltar por la borda a unos cuantos alféreces a su paso. Cuando llegó al camarote de Jasper, vio que la puerta estaba abierta y que, en el interior, había dos personas discutiendo. Uno de ellos era Jasper. El otro, el almirante Westfield.

—¡Alto ahí! —se oyó una voz detrás de Hilary.

La chica dio media vuelta y se topó con Mostacho Naranja, que la apuntaba con su afilada y brillante espada.

—¡Atrás, demonio pirata! —El hombre intentaba resultar amenazador, gruñendo y con los ojos entrecerrados, pero aquel bigote lo estropeaba todo—. Tengo órdenes del almirante de protegerle de los de tu calaña.

—Seguro que el almirante sabe protegerse solo.

En respuesta, Mostacho Naranja le pegó un corte en la barba a la altura de las orejas. La mejilla izquierda de la chica quedó al descubierto. Hilary hizo una mueca y se llevó una mano a la cara. Al menos, daba la impresión de que el hombre no la había reconocido —aunque resultase normal, porque era tan estirado que nunca bajaba la vista cuando se cruzaba con la chica en Villa Westfield.

—Gracias, alférez. He oído que esta temporada la moda consiste en ir bien afeitado. Quizá te devuelva el favor.

La niña soltó una estocada con la que le cortó varios pelillos rebeldes de la punta del bigote.

—¿¡Cómo te atreves!?

Y el duelo prosiguió. A diferencia de los demás alféreces, Mostacho Naranja era muy diestro con la espada —de hecho, mucho más que Charlie—. Mientras la niña esquivaba la espada del hombre e intentaba, a su vez, endiñarle algún que otro espadazo, dio unos cuantos pasos de vals, un giro e improvisó un puñado de movimientos que habrían puesto histérica a la profesora de danza de la Escuela de la Señorita Pimm. Era más ágil que Mostacho Naranja e igual de fiera pero, según combatían a un lado y otro de la cubierta del Paloma, no parecía que el marinero tuviera ninguna intención de lanzarse al mar. Resultó que luchar con la espada era mucho más cansado que mantenerse a flote en el agua durante treinta y siete minutos, y Hilary notaba que se iba quedando sin fuerzas por momentos. Poco después, la chica se encontró contra la barandilla del barco, resollando. Tenía el mar abierto a la espalda y montones de cajas de latas de remolacha le impedían huir en cualquier dirección. Mostacho Naranja estaba frente a ella y le había puesto la espada en el cuello. Se hallaba acorralada.

—Tira el arma, escoria pirata —le ordenó.

Hilary así lo hizo. El oficial le dio una patada a la espada para alejarla de la chica.

—Estupendo. —La brisa agitaba el bigote del hombre y hacía que pareciera un roedor pequeño y curioso—. Eres un buen y temible espadachín, y sería una pena matarte. Creo que te voy a detener. Seré la envidia de todo Puertolarreina con mi propio pirata cautivo. ¡O quizá te adopte y civilice! ¿No te gustaría?

—Preferiría que no, si no te importa. Ya intentaron hacerlo en una escuela de buenos modales... pero creo que no se me ha pegado nada.

Mostacho Naranja dio un paso atrás.

—«¿Escuela de buenos modales?». ¡Pero si eres un pirata! ¿Qué hacías en una...?

Pero antes de que el hombre acabara la pregunta, Hilary le pegó en la cabeza con una lata de remolacha. El recipiente se abrió y el jugo morado se volcó por la frente del alférez mientras este se desplomaba, desmayado, sobre la cubierta. La niña le lanzó una segunda lata para asegurarse de que no despertaba en un buen rato. Las manchas de remolacha que le habían salpicado la calva le otorgaban muy buen aspecto. Hilary se sentía un poco culpable, porque a Mostacho Naranja no le gustaba el jaleo... ¡y ahora mismo yacía sobre un charco de zumo de remolacha! Aunque, claro, él había pretendido «civilizarla» y, además, le había destrozado la barba. Comportamientos así no podían tolerarse.

Pasó por encima del marinero con cuidado de no resbalar, y cogió su espada del suelo. La discusión que tenía lugar en el camarote del capitán había subido de tono y Hilary no tenía claro si irrumpir en la habitación para defender a Jasper o alejarse cuanto pudiera del almirante Westfield. Esfumarse le parecía la opción más práctica, pero los piratas no salían huyendo de los malos ni tampoco de sus padres, ¿verdad? Quizá los bucaneros, sencillamente, permanecieran junto a la puerta, incómodos, intentando reunir el coraje necesario.

—¡Te juro que no tengo tu maldito mapa! —decía Jasper, cosa que era cierta, porque estaba a salvo debajo de la almohada de la chica—. ¡Y no voy a permitir que agentes del gobierno, locos por hacerse con el mando, abusen de mi tripulación por deporte!

Hilary se escondió detrás de una caja de latas cuando el almirante Westfield se levantó de malos modos de la silla en la que estaba sentado frente a la mesa de roble.

—¿Esperas que crea que no estás buscando mi tesoro?

—Te doy mi palabra.

—Como si la palabra de un pirata tuviera algún valor. No sois más que pícaros y mentirosos. ¡Todos! —El almirante se rascó la barbilla—. ¿Juras que el mapa no está en el barco?

—Lo juro.

—En ese caso, no hay nada que me impida hacerlo saltar por los aires.

—¿Como con el Alfanje? —le espetó Jasper mientras impulsaba su moneda mágica para que diera vueltas sobre la mesa.

Hilary agarró la espada con fuerza. ¿No era el Alfanje el barco en el que iban los padres de Charlie y que la Real Armada había hundido? Seguro que su padre no era tan malo como para enviar a toda la tripulación de un buque al fondo del mar, por muy pirata que fuera.

—No estoy aquí para hablar de eso. No es algo de lo que me sienta orgulloso, pero se negaban a entregarme el tesoro y no me quedó otra opción. Ahora, si me disculpas, voy a ordenarles a mis alféreces que preparen los cañones.

—¡Espera! No vas a hundir mi barco.

—¿No? Y eso, ¿por qué?

—Porque tu hija viaja a bordo.

Hilary se quedó sin respiración, como si le hubieran pegado con una lata de remolacha. ¿Lo habría sabido todo el tiempo? ¿Habría visto los carteles de Medianero? De una u otra forma, Jasper hablaba de ella como si fuera una rehén y a la niña no le gustaba lo más mínimo. Si el almirante hubiera decidido hacerle pedacitos allí mismo, no le hubiera importado. No obstante, su padre no hizo pedacitos a nadie y se limitó a suspirar.

—Así que es aquí donde se encuentra. ¡Qué niña tan tonta!

—A nadie se le ocurriría hundir un barco en el que viaja su hija. —La moneda mágica dejó de dar vueltas y Jasper volvió a ponerla en marcha—. Yo diría que en la alta sociedad no se hacen ese tipo de cosas.

—No suelen pasar, no. —El almirante apoyó ambas manos en la mesa y se inclinó hacia el capitán pirata—. Mira, Fletcher, no tengo tiempo para lidiar con los caprichitos de mi hija. Mándala de vuelta a la Escuela de la Señorita Pimm inmediatamente... e intacta, a ser posible.

—No pienso hacer tratos contigo hasta que no te largues del Paloma. Y saca de aquí a tu panda de aduladores, por favor.

—De acuerdo, pero también me llevo esto. —El almirante cogió la moneda mágica de Jasper mientras aún daba vueltas sobre la mesa—. Como comprenderás, al enemigo no se le puede dejar nada mágico. Y, te lo advierto, si te pillo cerca de mi tesoro...

—Créeme, Westfield, no va a suceder.

Hilary se quedó escondida detrás de la caja mientras el almirante salía del camarote, si bien no tardó en darse cuenta de que no habría hecho falta que se ocultara porque su padre no tenía ningún interés en buscarla. Cuando salió, el hombre vio a Mostacho Naranja tendido en el suelo sobre un charco de jugo de remolacha y le dio una patada para despertarlo. Poco después, todos los alféreces habían abandonado el Paloma y el Belleza de Augusta se alejaba a tanta velocidad que parecía un manchurrón azul y dorado. Debería de haberse sentido aliviada, pero ver el barco de su padre desaparecer en la distancia le sentó peor que una decena de cuchilladas de Mostacho Naranja en el cuello.

Observó el Belleza de Augusta hasta que era poco más que un pegote en el horizonte. Luego, llamó a la puerta del camarote de Jasper y entró sin esperar que le dieran permiso. El capitán levantó la mirada y le sonrió como si no hubiera pasado nada.

—Hola, Hilary. No ha sido tan malo, ¿eh?

La niña se puso recta de manera que se apreciara toda su estatura —que no era tanta como le habría gustado—. Jasper seguía sentado, así que por el momento lo tenía a la altura de los ojos.

—¿Cómo lo has sabido?

—¿Que cómo he sabido que la batalla no ha ido tan mal? Pues porque seguimos teniendo el mapa y con vida... o, al menos, eso creo. Seguro que los gritos habrían sido mucho mayores si hubieran atravesado a alguien.

—No, no me refiero a eso. —¿Acaso pensaba que era tonta?—. ¿Cómo has sabido que el almirante Westfield es mi padre?

Jasper cruzó los brazos y puso los pies encima de la mesa.

—Ah, eso. A ver, las pistas eran obvias: el distinguido acento de la alta sociedad, tu familiaridad con el protocolo militar y, por supuesto, tu tozudez, que solo podía ser consecuencia de haber vivido con un tirano como Westfield.

Hilary lo miraba boquiabierta.

—Vale, vale. Además, te vi en Villa Westfield cuando robamos el mapa del tesoro y te reconocí de inmediato cuando nos encontramos en el tren. Te aseguro que no tenía ni idea de que vendrías a pedirme trabajo pero, claro, cómo iba a rechazarte al verte allí. Contratar a la hija de tu enemigo... ¡es una hazaña digna del Terror de la Tierras del Sur!

Hizo una pequeña reverencia sin levantarse de la silla, como si esperase que la niña lo aplaudiera.

—«¿Una hazaña?». —A pesar de su excelente postura, Hilary se sentía más pequeña que antes—. Entonces, ¿solo me contrataste para reírte de mi padre?

—Oh, venga. Si lo expones así suena bastante cruel, pero tenía la esperanza de que supieras cuáles eran los planes de tu padre. Pensaba que, por ejemplo, quizá te hubiera enseñado cómo leer ese maldito mapa del tesoro.

—Y te pareció útil usarme de rehén en caso de que quisiera hundir tu barco, ¿no?

Jasper desvió la mirada con torpeza hacia Fitzwilliam, que descansaba en su regazo. Se encogió de hombros y no respondió. Hilary deseó que el periquito le diese un buen picotazo en la nariz.

—Así que no es cierto que creyeras que soy valiente, arrojada, una experta en nudos o cualesquiera de las otras cosas que me dijiste, ¿verdad? —Como se hiciese más pequeña, acabaría colándose por las rendijas del suelo y daría con sus huesos en la cloaca. Estaba desconsolada—. ¿No pensabas entonces que fuera una pirata?

—Oye, espera un momento...

Pero Hilary no estaba para «momentos».

—Si no crees que sea una pirata —dijo con frialdad—, no pienso quedarme ni un minuto más en el Paloma. Buenos días, capitán Fletcher.

Tras lo cual abandonó la estancia, no sin antes pegarle una patada a una lata de remolacha, que reventó esparciendo una enorme mancha morada por el suelo.

No se detuvo hasta que llegó adonde se encontraba la gárgola. Una vez allí, empezó a soltar las cuerdas de la estatua.

—¡Qué batalla! —gritó la gárgola. Seguía vestida de sireno, aunque se le había caído la peluca en mitad del fragor—. ¿Has visto cómo mordía a esos oficiales? ¡Estaban tremendamente salados! —Miró a la niña y dejó caer las orejas—. Oye, ¿estás llorando?

—Claro que no —respondió mientras parpadeaba con fuerza—. Los piratas no lloran. —Lo ayudó a quitarse el disfraz y sujetó a su amigo bajo el brazo—. Vámonos.

—¿Adónde? ¿Por qué no puedo quedarme en mi cofa?

—Nos marchamos a otro barco pirata. Al nuestro. El Terror de las Tierras del Sur no me considera una pirata de verdad y tengo la intención de demostrarle que está equivocado. Lo primero que voy a hacer es robarle el bote.

—¿Vamos a navegar por Altamar? ¿Solos? ¿En un bote? ¿Con olas y todo lo demás? —La gárgola tragó saliva—. ¿En serio crees que es buena idea?

—Somos piratas, ¿no?

—¡Pues claro que sí!

—En ese caso, nos vamos ahora mismo. Un verdadero pirata no pasaría ni un minuto más en este barco.

—¿Y Charlie? ¿Y la señorita Greyson? ¿No te parece que nos echarán de menos? —La gárgola se retorció bajo el brazo de la chica—. Oye, ¿habrá arañas?

—Seguro que Charlie y la señorita Greyson se las arreglan la mar de bien sin nosotros. —Se le estaba formando un nudo muy desagradable en la garganta y daba igual cuánta saliva tragara, no desaparecía—. En cuanto a las arañas...

Frenó tan de golpe que casi se le cae la estatua. En el sitio donde debería estar el bote no había sino un montón de cuerdas enmarañadas. Dos de ellas colgaban por la borda, con los cabos suspendidos sobre las olas. No aparecía el bote por ningún lado.

—¡Oh, leches! —susurró Hilary. ¿Se lo habría llevado la Real Armada al abandonar el Paloma? No, la mayoría de los oficiales habían saltado al agua. Entonces, ¿quién iba a desamarrarlo? Jasper seguía en su camarote y la niña veía a Charlie y a la señorita Greyson conversando al otro lado del barco... pero Oliver no estaba por ninguna parte—. ¡Oh, leches y releches!

Salió corriendo en dirección al camarote de Oliver y abrió la puerta de par en par sin llamar antes. La habitación había quedado vacía. Luego, maldijo con todas sus fuerzas al chico y corrió a su propio camarote, donde levantó veloz su almohada.

El mapa del tesoro había desaparecido.

JASPER FLETCHER
PIRATA AUTÓNOMO Y TERROR DE LAS TIERRAS DEL SUR
Licenciado en Batallas, Búsqueda de Tesoros y Mantenimiento de Loros por la LCHP

Querido capitán Dientenegro:

Ha llegado a mi conocimiento que la Real Armada va camino de la isla de la Pólvora. Por orden del almirante James Westfield, la Armada atacó mi barco pirata, tras herir a mi tripulación, robarme varios objetos de valor y (según me informa nuestra institutriz) comportarse de muy malos modos en general. Creo que el almirante Westfield supone una amenaza directa e inmediata para todos los bucaneros de Altamar y espero que los responsables del Cuartel General de la LCHP, en la isla de la Pólvora, actúen en consecuencia. Por favor, envía a tus mejores piratas, tus buques más rápidos y cañones ominosos para atacar el Belleza de Augusta antes de que llegue a la bahía de la Pólvora. ¡No hay tiempo que perder!

También apreciaría que no os lanzaseis contra mi barco, el Paloma, cuando arribemos a la bahía de la Pólvora. Puede que, mientras lees esta misiva, recuerdes que en el último banquete de la LCHP te describí como alguien «más inútil que un cubo de pepinos de mar»… y siento en el alma que me oyeras. En el futuro, haré lo posible para que no me escuches.

Te envío esta carta por mediación de mi periquito Fitzwilliam. Por favor, pon tu respuesta en su pico y envíamelo de vuelta. Él sabrá cómo encontrarme.

De mala gana,
Jasper Fletcher

Liga Casi Honorable de Piratas

Sirviendo en alta mar desde hace 152 años

DEPARTAMENTO DE ADMISIONES

Señor Fletcher:

Resulta inquietante saber que el almirante Westfield abordó su barco y a su tripulación. Sin embargo, y muy a nuestro pesar, no podemos atacar el Belleza de Augusta, tal y como nos pide. Seguro que está al tanto de que las relaciones entre la LCHP y la Real Armada son algo inestables —por ponerlo bonito—. Puede que también sepa que el almirante Westfield posee un montón de cañones. Somos piratas y no acostumbramos a evitar un buen combate pero, si tenemos en cuenta lo poco que le gusta la piratería al almirante, preferimos no provocarle a menos que sea estrictamente necesario. Además, señor Fletcher, defender su honor no es una de nuestras prioridades en estos momentos.

Tenga por seguro que si el Belleza de Augusta entabla batalla con nosotros sin que nos hayamos entrometido en los asuntos de nadie, haremos todo lo posible por enviar su barco al fondo de la bahía. Nos vendría muy bien que hubiera un nuevo naufragio en esa zona para que sirviera de advertencia a todos aquellos que vienen por aquí. Los naufragios que tenemos en la actualidad se han convertido en hogar de peces de todo tipo y en una atracción turística, por lo que ya no sirven de aviso a nadie.

Nos preocupa que nos diga que ha empleado una institutriz. Señor Fletcher, los piratas no necesitan institutrices, cosa que deberían tener clara hasta los bucaneros más novatos. Además, un pajarito nos ha contado que uno de los miembros de su tripulación es una chica. Esperamos, sinceramente, que el ave en cuestión esté equivocada porque, como sin duda sabe, a las niñas no les está permitido ser piratas. Todo truhán que viole esta regla podría vérselas con la incómoda y afilada punta del sable de la justicia de la LCHP. Si es cierto que emplea usted a una institutriz y a una niña, por favor, despídalas de inmediato. Con tirarlas por la borda será suficiente.

Y no, no he olvidado lo del «cubo de pepinos de mar».

¡Arr!,

capitán Rupert Dientenegro,
PRESIDENTE DE LA LCHP

JASPER FLETCHER

PIRATA AUTÓNOMO Y TERROR DE LAS TIERRAS DEL SUR

Licenciado en Batallas, Búsqueda de Tesoros y
Mantenimiento de Loros por la LCHP

Capitán Dientenegro:

Gracias por tu respuesta. Me apena saber que no vas a
hacer nada por detener al almirante Westfield, pero
entiendo que, entre piratas, mantener las apariencias es
más importante que frustrar los planes del enemigo.
 Gracias también por el consejo sobre cómo deshacerme
de los miembros de mi tripulación. Lo ignoraré con
alegría.

Deseoso de recibir un golpe de sable de la justicia,

Jasper Fletcher

Capítulo doce

A pesar de que Jasper y Charlie buscaron de la quilla a la cofa del barco, y de que Hilary y la señorita Greyson lo registraron de estribor a babor, ninguno de ellos encontró el mapa del tesoro.

—¿De verdad crees que se lo ha llevado Oliver? —le preguntó Charlie a la chica—. Es imposible que consiga llegar remando a la isla de la Pólvora... ¡tardaría meses!

Hilary gruñó y se dejó caer en la cama.

—Es que no va a remar, ¡va a viajar en el Belleza de Augusta!

Charlie la miraba fijamente.

—¿Por qué iba a subir un pirata a un barco de la Real Armada?

—Porque no es «un pirata». —La chica estaba desesperada. Ahora lo veía claro: su padre jamás había despedido a Oliver—. ¿Es que no lo entiendes? ¡Era un espía! Seguro que trabajaba para mi padre desde el principio. —Cerró los ojos—. Era el aprendiz de mi padre.

—¿En serio? ¡Leches, Hilary, ¿y por qué no dijiste nada?! —soltó el capitán.

—¡Cómo iba a hacerlo! Me amenazó con chivarse de que era la hija del almirante. Pero, claro, eso ya lo sabías. Además, creía que se había enfadado con mi padre porque me aseguró que quería ayudaros a luchar contra la Real Armada. ¡Ay... buena la he liado!

—Tonterías —comentó la señorita Greyson—. Tú no eres culpable de que ese chico sea un traidor. Yo también podría haber dicho algo.

—No debería haberte impedido que dejaras caer la bala de cañón sobre su pie.

—Bueno, también yo fui un idiota al contratarlo —comentó Jasper—, así que no hay por qué buscar culpables. —Se quitó el sombrero para secarse el sudor de la frente con el pañuelo. La gárgola empezó a saltar hacia él, pero el capitán pirata la miró con el ceño fruncido y le soltó—: Ni se te ocurra. Los piratas deben llevar siempre cubierta la cabeza en momentos de crisis.

—¡Y las gárgolas! —protestó esta, aunque no le sirvió de nada.

—Si Oliver trabajaba para la Armada —comentó Charlie— y Westfield sabía en todo momento que podía conseguir el mapa, la batalla no ha sido sino una...

—«¿Distracción?». Sí, estoy casi seguro —añadió Jasper mientras se ponía el sombrero, que, allí, sobre su cabeza, parecía una gorda nube de lluvia—. Hay que reconocer el mérito de Westfield, porque ha sido un plan muy bien ideado. Ha infiltrado a uno de los suyos en mi barco, la ha liado gorda y se ha marchado con el botín mientras todos mirábamos para otro lado. ¡Y, además, me ha robado la moneda mágica! Me duele admitirlo... pero nos la ha colado con un truco propio de primero de piratería.

Aquella observación solo sirvió para que se sintiera peor. Y por la manera en que todos miraban al suelo, no era la única.

—Por si os sirve de consuelo —dijo la chica un rato después—, al menos ese memo va vestido de remolacha.

—Espero que alguien lo eche al guiso —comentó Charlie antes de soltar una risilla.

—Tendría que haberle dado un mordisco cuando tuve oportunidad —dijo la gárgola—. Le podría haber asestado uno bueno en la pierna.

—Bueno, no es momento de vengarse —señaló la institutriz.

—Disculpa, señorita Greyson, pero somos piratas... siempre es buen momento para vengarse.

Eloise puso los ojos en blanco.

—Señor Fletcher, me temo que esa es una manera muy poco práctica de ver la vida. Sea usted bueno; puede que consiga vengarse más adelante pero, ahora, debemos decidir qué hacer. Si no me equivoco, el almirante Westfield tiene en su poder el mapa del tesoro y su moneda mágica, aparte del barco más rápido de Altamar. Si no hacemos algo deprisa, será imposible que lleguemos antes que él hasta el tesoro.

—Pues claro, tienes razón.

Jasper inclinó la cabeza frente a la institutriz y se tocó el sombrero a modo de saludo.

Hilary siempre había pensado que aquella mujer era incapaz de ruborizarse, por lo que le sorprendió que lo hiciera justo en aquel instante, en la cubierta del Paloma. Antes de que a la niña le diera tiempo a preguntarle si se encontraba bien, el capitán dio un par de palmadas.

—A ver, tripulación, a menos que tropiecen con una tormenta o que tengamos algún otro golpe de suerte por el estilo, no hay manera de dar alcance a Westfield. Y menos aún sin moneda mágica. He enviado una petición de ayuda a la LCHP —comentó Jasper mientras hacía una mueca como si hubiera chupado un limón amargo—, pero su respuesta me deja claro que esos fatuos relamidos no nos van a echar un cabo. Por lo tanto, todo depende de nosotros. Quiero que os devanéis los sesos pensando en la mejor manera de conseguir que este barco vuele sobre las olas como una gacela.

La señorita Greyson le explicó el concepto de «gacela» a la gárgola y Charlie fue en busca de más velas y remos. Jasper llevó a la niña a un rincón.

—Si no te importa, me gustaría hablar contigo.

Recorrieron juntos la cubierta. El cielo estaba tan claro que era evidente que ninguna tormenta u otro fenómeno atmosférico iba a detener el avance de Westfield. Hilary había cruzado los brazos a la altura del pecho y miraba fijamente al capitán. Fitzwilliam, subido al hombro de este, se ahuecaba las plumas. El hombre sonrió a la chica sin ser correspondido.

—Tienes razones para estar enfadada conmigo —dijo al cabo de un rato—, y no te culpo por salir de malos modos de mi camarote, pero me gustaría que me escucharas. No te equivocabas: es cierto que no pensaba que fueras una pirata... al menos, al principio. Pero, dime, ¿a cuántos alféreces has derrotado hoy?

—A cinco —respondió después de pensarlo un rato—, pero creo que cuatro de ellos no se lo tomaban muy en serio.

—Di lo que quieras, pero una victoria es siempre una victoria. Además, tú me mentiste acerca de tu identidad... algo muy pirata, por otra parte. Y has descifrado el mapa del tesoro, ¿no?

Hilary asintió.

—Y, a propósito, estabas equivocado: mi padre no me explicó nada al respecto.

—Después de lo que ha pasado hoy, te creo. —Le puso las manos en los hombros—. Mira, voy a ser honesto contigo. No es algo que haga a menudo, así que espero que me prestes atención.

El pirata ya no sonreía. Hasta Fitzwilliam había dejado de atusarse y lo miraba concentrado.

—Hilary Westfield, eres una pirata de pies a cabeza y me siento honrado de que formes parte de mi tripulación. Espero que me perdones por haber pensado lo contrario.

Si Hilary hubiera sido una de las damas de la señorita Pimm, habría hecho una reverencia. En caso de haber formado parte de la alta sociedad, se habría sonrojado. Pero era una pirata. Así que una especie de calor la recorrió por dentro, como cuando bebía ron, aunque fuera mucho mejor.

—Entonces, ¿no vas a devolverme a la Escuela de Buenos Modales?

—Por supuesto que no. Necesito que me ayudes a encontrar el tesoro, cosa que no puedes realizar mientras bailas un vals en traje de baño, o lo que sea que hagan las damas de la señorita Pimm.

El calorcillo que la había recorrido por entero desapareció.

—Pero nos han robado el mapa. Mi padre llegará el primero hasta el tesoro y tendrás que mancillar mi nombre...

—Por lo que a mí respecta, has cumplido tu parte del trato y no tengo la menor intención de difamarte. Además, si tu padre le echa mano al tesoro, mi opinión no valdrá nada. La reina nos tolera, pero ¿cómo crees que será la vida de los piratas durante el gobierno de James Westfield?

—«El reino sería mucho mejor sin todos esos piratas navegando por él», como diría mi padre. —Lo imaginaba recostado en la silla de su despacho, con las botas puestas sobre el escritorio y sacudiéndose las manos después de haber barrido Altamar de piratas—. Nos meterá a todos en la cárcel, junto con el resto de cosas que no soporta: los libros, los periódicos o las ventanas cuadradas. —Tragó saliva—. O nos hundirá... como hizo con el Alfanje.

—Sí, creo que tienes razón. La cárcel, si somos afortunados... el fondo del mar en caso contrario. Siento decir esto pero, si no encontramos la manera de llegar al tesoro antes que él, nunca volverás a ser pirata. Bueno, ni tú, ni nadie.

«Noventa pasos desde la estatua y cincuenta pasos hacia el fresno. ¿O eran cincuenta y noventa, respectivamente?». No, Hilary estaba casi segura de que eran noventa primero y cincuenta después. Se negaba a que Oliver —¡y él menos que nadie!— la hiciese dudar. Puede que les hubiera robado el mapa, pero eso no significaba que no recordara las instrucciones de la hechicera. «Noventa pasos desde la estatua y cincuenta hacia el fresno». En una carrera ganaría al chico; ya lo había hecho en varias ocasiones al escapar de él en Villa Westfield. Derrotar a Oliver, al almirante y a treinta alféreces de la Real Armada en la isla de la Pólvora podría resultar un poco más difícil pero, de momento, la chica prefería no pensar en ello.

—«Noventa pasos desde la estatua» —le dijo a la gárgola.

—Sí, sí, «y cincuenta hacia el fresno». ¿Por qué estará tan lejos la isla de la Pólvora? —La gárgola daba saltitos en su cesta—. Hace días que no pronuncio eso de «¡Tierra a la vista!».

Pero ese era el menor de sus problemas. Jasper se encontraba de un humor de perros porque no soplaba el más mínimo viento que hinchase las velas del Paloma y, además, se había quedado sin la ayuda de la moneda mágica. Aquello preocupaba en serio a la niña: que el capitán hubiera perdido la fe solo podía significar que sus esperanzas de llegar los primeros a la isla eran muy escasas.

La señorita Greyson también parecía preocupada: había cancelado todas las lecciones de Hilary y dedicaba gran parte de su tiempo a recorrer la cubierta de arriba abajo, aferrada en la mano la aguja de hacer ganchillo.

—«Deseo que pillemos una racha favorable de viento» —le oyó decir la niña justo cuando pasó a su lado.

Al timón del barco, Jasper no paraba de olfatear el aire.

—El viento empieza a soplar de nuevo, amigos —comentó en un momento dado—, puede que todavía tengamos una oportunidad. Charlie, Hilary, encargaos de las velas.

Pero Hilary no se movió. No podía dejar de mirar a la institutriz. La brisa había empezado en el preciso instante en que había oído que la señorita Greyson deseaba que así fuese. Ahora que lo pensaba, era muy raro: su institutriz siempre llevaba aquella aguja encima, pero nunca había visto que la utilizara para las labores. Cosía, efectivamente, y tejía gordos jerséis de lana que picaban lo suyo, pero la aguja de ganchillo solo la usaba para recogerse el pelo. A menudo, la agarraba cuando estaba nerviosa o preocupada, y Hilary diría que la llevaba sujeta en la mano la noche en que llegó al bungaló de Jasper. No obstante, cabía la posibilidad de que no fuera más que algo que le recordase la civilización en mitad de una comunidad pirata; al fin y al cabo, a la señorita Greyson le encantaba «la civilización». O quizás el asunto no fuera tan simple.

—Señorita Greyson, espero que me perdones si te parezco maleducada, pero estoy casi segura de que tienes un objeto mágico.

La institutriz se detuvo en seco y se quedó pálida.

—¡Qué sugerencia tan absurda! Creo que no sé a qué te refieres.

—Pero si acabas de usar la aguja de ganchillo para conjurar una racha de viento. —La conversación había captado la atención de Jasper y de Charlie—. ¿No es así?

A la mujer se le cayó la aguja de la mano, que repiqueteó sobre la cubierta.

—¡No, yo no he hecho tal cosa!

Como la señorita Greyson no era pirata, no se le daba nada bien mentir.

—Y, de hecho, ya la habías usado antes. Para encontrarme en el tren cuando íbamos de camino a la Escuela de la Señorita Pimm y luego, de nuevo, la vez en que me escapé. Debes de ser muy buena con la magia si fuiste capaz de dar conmigo en la Caleta del Arenque.

La mujer empezó a decir no sé qué de que las institutrices tienen sus métodos, pero Jasper recogió la aguja del suelo y la sopesó pensativo.

—¡Deseo un trago! —le dijo a la aguja.

De repente, en cubierta apreció una bandeja de plata con una taza de porcelana rosa sobre un tapete de ganchillo, acompañada por una pequeña azucarera y una lecherita. La taza estaba llena, casi hasta el borde, de humeante té negro.

Jasper cogió la taza, le dio un sorbo e hizo una mueca.

—¡Esperaba que fuera ron! —protestó—. Debería de haber sabido que el objeto mágico de una institutriz iba a servirme té. Desearía que se le hubiera ocurrido acompañarlo de galletas.

Sobre la bandeja aparecieron dos pastas.

—¡Ya es suficiente! —gritó la señorita Greyson—. Ya lo hemos entendido.

—Ahora entiendo por qué me picaban siempre las orejas durante las clases —comentó la gárgola—. Y yo pensando que era la sensación que se tenía al aprender.

—Es muy bonita —dijo Jasper mientras sujetaba la aguja a la luz—. ¿Dónde la conseguiste?

—No me acuerdo —respondió la institutriz con voz calmada.

Hilary la miró fijamente.

—¡Te la dio la señorita Pimm! ¡Me lo dijiste la semana pasada!

La mujer miró a un lado y otro como si esperase que la señorita Pimm se materializase allí mismo, ante la mera mención de su nombre.

—¿Eso te dije? Ay, querida, ahora sí que la he hecho buena. —Bajó la voz—. No podéis decírselo a nadie. La señorita Pimm clavaría mi cabeza en la verja de entrada de su escuela si supiera lo banal que he sido. La aguja es para usarla, solo, en caso de emergencia... y me ha parecido que la situación era adecuada.

—Típicas tonterías de la alta sociedad —comentó Charlie mientras cogía una de las galletas—. ¿Para qué iba a entregar nadie un objeto mágico a una dama de la Escuela de Buenos Modales? ¿Acaso no son lo bastante horripilantes?

—Desconozco las razones de la señorita Pimm —respondió la institutriz molesta—, pero seguro que poseen un sentido práctico. Hay bastante magia en la alta sociedad, o en todo caso la había hasta que el padre de Hilary empezó a hacerse con ella, y puede que la señorita Pimm creyera que era importante que las damas se familiarizasen con ella. No me mire con esa cara, señor Fletcher: la propia señorita Pimm da clases de conducta para enseñarnos cuál es el uso adecuado de la magia.

—No me digas que por Pemberton campa a sus anchas una cuadrilla de damas que sabe usar la magia —soltó Jasper.

—¡Claro que no! No las llame «cuadrilla». Además, las alumnas de la señorita Pimm jamás «campan a sus anchas».

—Le arrebató la aguja de las manos—. Y, ahora, si me disculpáis, creo que tengo que echarme un rato. Estoy exhausta... y que me interroguéis no me ayuda en absoluto.

—Un momento. —Jasper cogió a la mujer del codo—. Estás pálida. ¿Cuánta magia has hecho?

—Me parecía muy importante... —tomó aire mientras hablaba— ayudar al Paloma a que avanzara tan rápido como fuera posible. —Volvió a tomar aire—. Puede que me haya pasado un poco.

Hilary cogió a la institutriz del otro codo para impedir que se cayese.

—¿Se pondrá bien? —le preguntó la niña a Jasper, que asintió.

—La magia puede consumir tu energía, pero se arregla con un buen sueñecito y con un mendrugo de pan. Eloise, tienes que descansar. A partir de ahora nos encargaremos nosotros.

—¿«Encargaremos»? —La institutriz se envaró—. ¿Qué está insinuando?

—Que Hilary y yo nos turnemos para usar la aguja mientras tú descansas. Ayudaremos a avanzar al Paloma sin cansarnos demasiado. ¿Qué te parece?

Jasper adelantó la mano para que la mujer le entregara la aguja de ganchillo, aunque la mujer se limitó a fruncir el ceño.

—¡Ni pensarlo!

—¡Señorita Greyson, por favor! —Hilary no tenía ni idea de cómo imponerse a una institutriz en una discusión, pero lo iba a intentar con todas sus fuerzas—. Deja que te ayudemos.

He leído algo acerca del manejo de la magia y estoy segura de que lo haré bien. Además, Jasper me supervisará.

—No es que me guste el plan, aunque no creo que tengamos otra opción. —Charlie apoyó las palabras de la chica—. Esa aguja de ganchillo es el único objeto mágico que nos queda... aparte de la gárgola, claro está, aun cuando a ella no podamos usarla para que el barco gane velocidad.

—¡Ni se os ocurra! —La gárgola se estremeció.

—Y si no llegamos al tesoro antes que Westfield —prosiguió Charlie—, acabará por hundirnos tarde o temprano. No sé vosotros, pero a mí me gustaría pelear mientras aún nos quede alguna oportunidad.

—Vale, de acuerdo —dijo, al fin, la señorita Greyson al tiempo que ponía la aguja en la mano de Hilary—. Supongo que necesito un poco de ayuda, pero voy a por una silla y seré yo quien os supervise para asegurarme de que no os convertís en pastelitos de té el uno al otro. Y, desde luego, espero de corazón —añadió mientras iba a su camarote— que la señorita Pimm jamás se entere de esto.

Hilary siempre había creído que la magia sería muy emocionante, pero mirar cómo Jasper sujetaba una aguja de ganchillo y decía frases del tipo: «¡Deseo que te des prisa, barco!», era una manera de lo más aburrida de pasar la mañana. Asimismo, Hilary se llevó un chasco al comprobar que el capitán no convertía a nadie en pastelito de té, aunque conjuró una ráfaga de viento que hizo que Fitzwilliam saliese despedido hasta la cofa.

Charlie extendía sábanas y mantas a modo de velas entre la jarcia con la intención de aprovechar tanto viento como fuera posible y el Paloma no tardó en parecerse más a un tendedero que a un buque pirata. Sin embargo, navegaba más rápido que nunca y la señorita Greyson se relajó lo suficiente para quedarse dormida en la silla.

Un buen rato después, Jasper le tendió la aguja a Hilary.

—Creo que no puedo seguir. A ver, inténtalo.

La aguja de ganchillo era suave y estaba fría, como las orejas de la gárgola. Era pequeña y mucho más delicada de lo que había pensado. Lo cierto es que no parecía poderosa.

—Agárrala con fuerza y dile lo que te gustaría que hiciera —le aconsejó Jasper.

Hilary asintió.

—Hola, magia. —La emoción se desató en el pecho de la chica y empezó a recorrerle el brazo en dirección a la aguja—. Desearía que hicieses que nuestro barco navegara más rápido, por favor.

—No tienes que mantener una conversación con ella —soltó Jasper—. Esto no es la alta sociedad, por lo que más quieras.

Pero daba la impresión de que a la aguja le hubiera gustado que la saludara de manera tan civilizada, porque conjuró un viento que hizo que el capitán se cayera de culo.

—Al fin y al cabo, es de la señorita Pimm —le recordó Hilary—. Es probable que funcione mejor si se le habla con educación.

El viento siguió soplando y la emoción vibrando en el pecho de la niña. Era una sensación estupenda, tanto, que le parecía que sería capaz de derrotar a toda la Real Armada en aquel mismo instante... ¡e incluso a Philomena! Quizás hasta pudiera entrar en el Antro de Bribones sin que el bárbaro fornido la tirase al suelo adoquinado. Cuando la ventolera cesó, le pidió al gancho educadamente que conjurara otra y el objeto accedió.

Por unos instantes, Hilary se preguntó si el viento salía de sus pulmones.

—La segunda vez cuesta más —dijo con el aliento entrecortado— y ya no resulta tan agradable.

Le gustaría haber seguido con la aguja un poco, pero Jasper se la quitó de la mano y la metió en el bolsillo.

—Suficiente por ahora. Con la práctica, podrás usar la magia más rato.

Para aquel momento, la emoción había desaparecido del pecho de la niña.

—Ha sido emocionante cuando ha surgido el viento, pero no es comparable a ser pirata.

—Por supuesto que no. —El capitán volvió al timón y le dio un buen meneo mientras Fitzwilliam se le ponía en el hombro—. Pero ¿acaso hay algo que lo sea?

En la proa del Paloma, a la gárgola casi se le sueltan los nudos.

—¡Árboles! —gritó—. ¡Árboles!

—No, no creo que los árboles sean más emocionantes que la piratería —soltó Jasper mientras fruncía el ceño.

—No, es decir, ¡que veo árboles a lo lejos! ¡Y hierba y arena a montones! —Cogió aire y gritó—: ¡Tierra a la vista, mis lobos de mar! ¡Tierra a la vista!

JASPER FLETCHER

PIRATA AUTÓNOMO Y TERROR DE LAS TIERRAS DEL SUR

Licenciado en Batallas, Búsqueda de Tesoros y
Mantenimiento de Loros por la LCHP

Querida Claire:

Por favor, perdona por tardar tanto en responderte. Por lo visto, los combates en Altamar no le dejan a una mucho tiempo libre, así que voy a aprovechar ahora que tengo un rato.

¡No puedo creer que todos los profesores y estudiantes de la Escuela de la Señorita Pimm os hayáis hecho a la mar! Tienes razón... resulta, cuando menos, paradójico. No es que lo sepa todo de la alta sociedad, pero seguro que mi madre jamás fregó una cubierta cuando estuvo en la Escuela de Buenos Modales (lo digo porque, en casa, se niega a acercarse siquiera a la fregona y dudo mucho que se comportara de diferente manera en un barco).

He descubierto otra cosa bastante sorprendente acerca de la señorita Pimm y he de admitir que no sé qué opinar. Me han pedido que guarde el secreto, aunque no puedo ocultártelo a ti, así que tendrás que jurarme que tú también lo guardarás.

¿Ya lo has jurado? Vale. Ahora que estás preparada... las agujas de oro que reparte la señorita Pimm a sus estudiantes están hechas de magia y la propia señorita Pimm es quien enseña a las alumnas a usarlas!

Te doy unos segundos para que te recuperes.

Desde luego, si te pareces a mí, estarás sacudiendo la cabeza y musitando: «¡Eso es imposible!». Te sugiero que dejes de hacer eso, porque lo único que vas a conseguir es marearte y, además, te juro que es verdad. De hecho, ahora estoy bastante segura de que Philomena usó su aguja de oro para encantar los palitos de pescado, aunque dudo mucho que la señorita Pimm hubiera aprobado su comportamiento.

Como imaginarás, eso me lleva a plantearme un montón de preguntas, del tipo: ¿por qué instruye la señorita Pimm a sus estudiantes en el uso de la magia? ¿Cómo se explica que sepa tanto al respecto? ¿De dónde saca tal cantidad de agujas de oro y por qué le ha dado una a alguien tan malvado como Philomena?

Ay, Claire, aquí, en Altamar, las cosas se van complicando y me gustaría que estuvieras conmigo en vez de en La Oreja Bailarina. Ahora bien, mientras estés allí, fíjate en la forma en que usan la aguja las chicas mayores. Pero ten cuidado y mantente alejada de Philomena; me quedaría hecha polvo si te convirtiera en una rana.

¡Arr! (que es la manera de los piratas de decir que te echo muchísimo de menos).

Hilary

Capítulo trece

Hilary, Jasper y Charlie corrieron a por el catalejo, pero fue la niña la que llegó primero. Al llevárselo al ojo, distinguió una costa plana ribeteada de torres almenadas y orgullosos campanarios puntiagudos. Le pareció ver jardines, manzanales y lo que semejaban filas enteras de cañones. No había duda: habían llegado a la isla de la Pólvora.

La niña le dejó el catalejo a Charlie y despertó a la señorita Greyson a todo correr.

—No quiero estropear el momento —comentó el primer oficial—, pero hay banderas de la Real Armada ondeando en la bahía.

—¡Maldición! —soltó Jasper—. ¡Han llegado primero!

Hilary volvió a mirar por el catalejo justo en el momento en que una bala de cañón disparada desde la isla impactaba en el agua, a estribor del Belleza de Augusta.

—Sí, pero parece que van a estar un rato distraídos —comentó la niña.

—El bueno de Westfield no ha podido resistirse a provocar a la LCHP —comentó el capitán mientras cogía el catalejo—. Que no se me olvide enviarle un regalito al capitán Dientenegro. Una tarta, por ejemplo. ¡O un bonito ramo de flores! —Bajó el catalejo y asintió—. Debemos andarnos con cuidado, si la Real Armada se da cuenta de que hemos llegado, no creo que nos ofrezcan un té a modo de bienvenida.

—Seguro que ni se entera —comentó Charlie—. Están demasiado interesados en eso.

Señaló detrás de ellos y Hilary se giró para observar.

No muy lejos de allí, un enorme barco se dirigía a toda velocidad hacia la isla de la Pólvora, dejando un rastro de espuma a ambos lados y con las velas, de color verde y plateado, tremendamente hinchadas por el viento. En el palo mayor ondeaba una bandera plateada con lo que parecía una gran mancha verde en el centro. Cuando Hilary agarró el catalejo para verla mejor, la figura se convirtió en una oveja bailarina bordada con sumo cuidado.

—¡Leches! —La niña limpió la lente del catalejo con la camisa y volvió a mirar. Pero no, nada había cambiado: la oveja bordada, sin lugar a dudas, estaba bailando—. ¡Pero ¿qué hace aquí la señorita Pimm?!

—¿¡La señorita Pimm!? —La institutriz frunció el ceño y oteó por el catalejo—. Es imposible, Hilary, una mujer de su talla nunca... Oh, vaya, pues, desde luego, eso se parece mucho a una oveja bailarina.

—Un momento —les interrumpió Jasper—, ¿se trata de la misma señorita Pimm a la que tanto le gusta el ganchillo?

—La misma —respondió Hilary—. Está convencida de que todos los piratas sois unos rufianes malvados.

—Vaya, no la conozco en persona pero ya me cae bien. —Jasper volvió al timón—. Me encantaría impresionarla con mi perfidia, pero ahora no tenemos tiempo. Espero que no se ofenda porque no le hagamos una visita.

A lo largo de la costa de la isla de la Pólvora, donde la amplia boca de la bahía se abría de manera poco educada al mar, decenas de formaciones rocosas se alzaban entre las olas. El mar había alisado su superficie tras siglos de embestidas y a Hilary le recordaron a los serios guardianes que había frente a palacio en Puertolarreina. Jasper hizo que el Paloma maniobrara por entre las piedras para esconder el barco de la batalla que estaba teniendo lugar en mitad de la bahía. De vez en cuando, algún cañonazo hacía temblar todas las tablas de la cubierta y Hilary se planteó cuánto tiempo podría entretener la LCHP a la Real Armada. De pequeña, le gustaba acurrucarse en el regazo de su madre y entonces le preguntaba por el regreso de su padre. Ella siempre le respondía lo mismo: «No volverá hasta que no haya acabado su trabajo. Tu padre es tan terco como un buey». La niña siempre se reía, porque se imaginaba un buey vestido con un uniforme de la Real Armada recorriendo la cubierta de un gran navío. Ahora, sin embargo, Hilary deseaba a toda costa que su madre hubiera comparado al almirante con algo menos feroz como, por ejemplo, una nutria o un conejo. Estaba casi segura de que podría con un conejo.

El Paloma se detuvo detrás de una de las piedras que había cerca de la costa.

—Echad el ancla —ordenó Jasper— e izad las velas. Me temo que vamos a tener que abandonar el barco. El bueno de Westfield nos supera ampliamente en número, por lo que no podemos permitirnos que nadie se quede al cuidado de la nave. Por norma general, iríamos en el bote hasta la costa pero, claro, hemos sido tan descuidados que nos lo robaron... —Los miró a todos de arriba abajo—. Señorita Greyson, no llevarás por casualidad un traje de baño en esa monstruosa bolsa de viaje tuya, ¿verdad?

Nadar hasta la costa fue de lo más desagradable. Las frías aguas de la bahía amorataron a Hilary tanto los brazos como las piernas, lo que resultaba muy poco favorecedor y, por si fuera poco, tuvo que nadar de espaldas y propulsarse con las piernas mientras sujetaba la gárgola por encima de la cabeza. La talla no paraba de temblar y se retorcía cada vez que, por descuido, metía la punta de la cola en el agua o se le mojaba el morro debido a una salpicadura.

—Cálmate —le dijo la niña con toda la paciencia que pudo— y, por favor, no te muevas. —Hablar se volvía muy complicado cuando la mitad del mar te entraba por la boca cada vez que la abrías—. Casi hemos llegado, te lo prometo.

—No pensaba que la piratería fuera tan aterradora —comentó la gárgola entre dientes—. Lees todo eso de los sables y los cañonazos, pero nadie te advierte acerca de nadar.

Por fin, la chica hizo pie y se puso a la gárgola sobre la cabeza mientras avanzaba hacia la playa pedregosa. Cuando llegaron, la dejó a salvo en el suelo, donde su amigo empezó a presentarse a todas las rocas y piedras.

Charlie, que había sido el primero en llegar, afilaba su sable contra una piedra. La señorita Greyson y el capitán todavía avanzaban entre las olas, manteniendo en alto unas palas enormes. Jasper llevaba puesto su mejor sombrero y Fitzwilliam iba encima de este. El capitán, el periquito y el sombrero parecían de lo más astrosos pues les colgaban algas por todos lados. La institutriz, por su parte, se remangó las largas mangas de lana y salió del agua como si fuera una diosa especialmente desabrida y responsable.

—No hay nada como un buen baño de agua fría para recuperar el color de las mejillas, ¿no te parece? —le dijo a la niña, que se preguntó si la mujer se estaría refiriendo al color morado de sus extremidades.

Frente a ellos se alzaba un muro de piedra recorrido por enredaderas y rosas el doble de alto que Jasper. Hilary miró a ambos lados de la playa, pero parecía que no terminase nunca, ni que su altura fuera a disminuir; antes bien, daba la impresión de que aumentara.

—Yo estuve aquí —comentó Charlie—, cuando me entrené con la LCHP. Si no recuerdo mal, este muro da la vuelta a la isla. Podemos entrar por la puerta del oeste, no muy lejos de aquí.

La señorita Greyson cogió la pala e hizo ademán de ponerse a caminar.

—Bueno, pues vayamos hacia allí.

—Y ¿qué pretendes, anunciarle tu llegada a los piratas de la puerta? —Jasper negó con la cabeza y se le cayeron algunas algas del sombrero—. No lo recomiendo. Tienen cañones, ¿sabes? Además, las institutrices les caéis gordas.

Hilary tenía la impresión de que a la señorita Greyson no le hubiera costado demasiado deshacerse de los guardas, pero acordaron que lo mejor sería evitar refriegas innecesarias.

—Lo que significa —dijo el capitán— que tenemos que ir por arriba.

—«¿Por arriba?» —preguntó la gárgola mirando al cielo con cara de preocupación.

—Sí y, una vez arriba, saltar —respondió el capitán mientras empezaba a juntar rocas contra la pared como si fueran una escalera—. Si vienes aquí, gárgola, te doy un empujoncito.

Escalar el antiguo muro era bastante fácil. A Hilary no le costó encontrar asideros y apoyos en las enredaderas y los agujeros que se había formado con el paso de los años. Bajar por el otro lado, no obstante, resultó más complicado. Desde lo alto del muro, la niña pudo admirar toda la isla de la Pólvora y había buscado algún elemento que le diera pistas acerca del tesoro enterrado. La útil «X» de la hechicera no iba a estar, desde luego, marcada en el suelo, pero la niña solo veía larguísimas y serpenteantes calles adoquinadas llenas de tiendas y casas, de piratas y con algún que otro árbol y parterre bien cuidado. Puede que la isla fuera el hogar de aterradores bribones y azotes de los mares, pero era evidente que a la LCHP le gustaba que todo estuviese bonito.

Jasper le pasó la gárgola. Poco a poco, balanceándose la talla debajo del brazo, Hilary descendió hasta la calle empedrada. Tuvo que saltar cuando aún faltaba metro y medio para llegar al suelo y aterrizó bastante dolorida sobre sus posaderas piratas. La señorita Greyson asomó la cabeza por encima del muro; poco rato después aterrizaba junto a la niña con poca gracia.

—No me malinterpretes —le dijo Hilary—, pero nunca te había visto volar de esa manera.

—Las institutrices estamos llenas de sorpresas —repuso Eloise mientras se ajustaba la faldita del bañador—. No pensarías que iba a dejar que te internaras en una isla pirata sin una carabina, ¿verdad?

—Señorita Greyson, creo que no estás siendo del todo sincera conmigo.

La mujer se ruborizó y sonrió a la niña.

—Por si lo quieres saber —le susurró—, me lo estoy pasando genial. ¡Pero no se lo digas a nadie!

—¡Por mi honor de pirata!

Charlie eligió aquel momento para descolgarse por la pared y Jasper lo siguió de cerca.

—De acuerdo, buscadores de tesoros —les dijo Jasper—, y, ahora, ¿por dónde?

—Bueno, la primera pista del mapa de la hechicera decía «noventa pasos desde la estatua». ¿Sabéis si hay alguna estatua en la isla?

—Muchas —comentó Charlie mientras asentía con la cabeza—. La plaza está llena. Se levantaron en homenaje a piratas memorables y cosas así. Qué pena que la hechicera no dijera a cuál se refería. Vamos a tardar horas en contar noventa pasos desde cada una de ellas.

—No tenemos ningún lugar mejor por el que empezar —apuntó Hilary—. ¿Cómo se va a la plaza?

—Por la izquierda —respondió Charlie, tras lo cual recogieron las palas y se dirigieron calle abajo.

—Recordad —susurró Jasper—, no os quedéis mirando a nadie y poned un semblante feroz. Podríais, incluso, mascullar alguna que otra maldición de vez en cuando, si es que os sale. De ese modo, pasaremos desapercibidos.

Jasper había tenido razón al decir que la isla era muy bonita. Había rosas multicolores por todos lados —algunas, en tonos que Hilary ni siquiera sabía que existían—. Las estrechas calles delimitaban las rutas por las que varias generaciones de piratas habían caminado. En algunos tejados y paredes había tallados intrincados rostros de animales y monstruos, y la gárgola iba saludándolos educadamente —aunque no parecían mágicos, sino tan solo decorativos—. Los nombres de las callejuelas —como calle de los Amotinados o avenida del Escorbuto— estaban pintados con gracia en pequeños carteles de madera y las tiendas lucían en las puertas letreros donde anunciaban de todo, desde servicios de afilamiento de sables a reparación de velas, pasando por la confección de mapas y sombreros. La gárgola miraba con deseo los elegantes escaparates de las sombrererías y a Hilary le habría encantado detenerse en cada una de ellas, pero ¿de qué les iba a servir un sombrero nuevo si no conseguían llegar al tesoro de la hechicera antes que lo hiciera la Real Armada?

A las afueras del pueblo, eran los únicos que andaban por las calles pero, según se acercaban al centro, fueron abriéndose paso por entre un número cada vez mayor de rudos y salados piratas, quienes iban de acá para allá despachando los recados diarios. Eran pocos los que hablaban de la batalla que tenía lugar en la bahía, pues daba la impresión de que los combates eran habituales en la isla de la Pólvora. De lo que más hablaban, en cambio, era de la taberna a la que irían a beber ron para celebrar su inevitable victoria.

—Tu padre y yo solíamos acomodar nuestras posaderas en el Alfanjes y Caballitos de Mar —le comentó Jasper a Charlie mientras señalaba, al otro lado de la calle, una taberna con la puerta pintada de color rojo brillante y las ventanas llenas de macetas con tulipanes—. Allí planeábamos las siguientes aventuras y hablábamos de cómo ser, cada vez, más temibles. —Le dio una palmadita en el hombro—. Cuando tengamos el tesoro, podríamos celebrarlo ahí.

Charlie asintió, pero no dijo palabra —ni siquiera soltó una maldición pirata— hasta que llegaron a la esquina de la siguiente calle. A un lado había una tienda polvorienta en el interior de la cual, a pesar de tener las ventanas claveteadas con maderas y de colgar telarañas de sus carteles, los piratas cambiaban sus monedas por otros objetos mágicos. Enfrente, una heladería mostraba pequeños grupos de piratas sentados que charlaban animadamente debajo de sombrillas con bandas rosas.

—Creo que la plaza está justo después de la siguiente...
—empezó a decir Charlie—. ¡Rayos y centellas! —Se detuvo
tan de golpe que Hilary casi se choca con él—. ¡Rápido, tenemos que escondernos!

Se acercaron a la sombrilla más cercana y Hilary intentó
ver qué era lo que había alarmado al muchacho. Unos metros
más allá, calle abajo, había un hombre y un joven, ambos vestidos de negro de pies a cabeza. Los dos estaban empapados y
goteaban como si acabasen de salir del agua, además de tener
los pantalones manchados y rasgados como si hubieran trepa-
do un muro. A diferencia de los piratas que los rodeaban, ni
hablaban entre sí ni retaban a nadie a duelo, sino que parecían
consultar un pergamino mojado. El hombre miraba en derredor incómodo mientras el chico no dejaba de poner caras de
desprecio.

El almirante Westfield —porque estaba claro que era él—
señaló el mapa del tesoro y le susurró algo a Oliver. El chico
miró hacia atrás, en dirección a la esquina, y asintió. Luego, el
almirante enrolló el mapa y le dio unas palmaditas en el hombro al alférez.

—Bien hecho, muchacho —le dijo en voz tan alta que
Hilary lo oyó perfectamente—. Estoy orgulloso de ti. ¿Conti-
nuamos?

—¡No puede ser! —exclamó la niña.

La gárgola gruñó en sus brazos. Empezó a correr hacia su
padre, pero Jasper la sujetó por los hombros y la señorita Greyson le tapó la boca.

—¡Soltadme! —gritó, pese a que la palma de la institutriz

dificultaba que se entendiera la orden—. ¡Tenemos que seguirlos!

—Sí y no —dijo el capitán pirata—. Alguien tiene que ir tras ellos, en efecto, pero voy a ser yo.

El almirante Westfield y Oliver no se habían percatado de lo sucedido, pues al menos había dos refriegas más a lo largo de la calle, aparte de que estaban a punto de doblar la esquina y desaparecer de su vista.

—¡Pero van a escapar! —exclamó la gárgola mientras sacudía la cola a derecha e izquierda con frenesí.

—Sí, lo sé —contestó Jasper al tiempo que se secaba el sudor de la frente—, aunque ¿quién de nosotros es el Terror de las Tierras del Sur? —Soltó a Hilary y le dio su pala—. Escúchame con atención: yo me encargo del bueno de Westfield y de Oliver y, entre tanto, tú buscas el tesoro.

—Pero...

—Nada de peros. —Era como si Jasper se hubiera convertido en la señorita Greyson. Hilary pensó que aquello pasaba por contratar a una institutriz en un barco pirata—. Es muy sencillo: uno de nosotros los distrae mientras el resto desentierra el tesoro. Conoces el mapa mejor que yo, aparte de que lo más adecuado es que te mantengas alejada de tu padre. Con la aguja de ganchillo de la señorita Greyson y el sable de Charlie estarás a salvo.

Hilary nunca había usado una pala —los jardineros de su madre desautorizaban las excavaciones no permitidas en los terrenos de Villa Westfield— y aquella era muy pesada y parecía difícil de manejar.

—Pero no puedes enfrentarte a ellos con las manos desnudas. Oliver nunca pelea limpio y ya conoces a mi padre, es tan tozudo como un buey.

«Un buey con un barco lleno de cañones a su disposición», pensó la niña.

—Su plan no es nada práctico —convino la señorita Greyson—, y solo veo una solución: señor Fletcher, voy a ayudarlo a distraer a los malos. —Se quitó la aguja de ganchillo del pelo y se le cayeron unas cuantas horquillas, que repiquetearon sobre el empedrado. Hilary pensó que incluso con el traje de baño y el pelo rizado resbalándole sobre los hombros, la mujer presentaba un aspecto amenazador—. No se me da nada bien cavar y creo que al señor Fletcher le convendría un poco de magia como apoyo.

—Entonces, ¿no vas a venir conmigo? —le preguntó Hilary después de observarla un rato.

La señorita Greyson se comportó de modo muy extraño a la hora de responder. Primero, se agachó y le dio un beso en la mejilla y, después, le dijo:

—Sé que lo vas a hacer muy bien sin necesidad de que te supervise una institutriz. Venga, por lo que más quieras, márchate ya, ¡que tenéis que encontrar un tesoro!

LA
OVEJA BAILARINA

DIVISIÓN FLOTANTE DE LA
ESCUELA DE BUENOS MODALES DE LA
SEÑORITA PIMM
PARA DAMAS DELICADAS

Querida Hilary:

He de saberlo enseguida: ¿todavía vais rumbo a
la isla de la Pólvora? ¡Si es así, pisad el freno y
dad media vuelta cuanto antes!

Seguro que quieres saber el porqué, desde luego,
pero darte una explicación adecuada me llevaría
demasiado tiempo y, además, no sé si me creerías.
Por tanto, confía en mí: está pasando algo muy
raro y parece que la isla de la Pólvora es el
epicentro de todo. ¡Ay!, no sabes lo mal que me
mira Philomena... y tengo que conseguir enviarte
esta carta sin que se dé cuenta. Hilary, ten
cuidado y, por favor, ¡mantente alejada de la isla
de la Pólvora!

Tuya con prisa,

Claire

NO SE HA PODIDO ENTREGAR.
Razón: por lo visto, la señorita Westfield se
encuentra en la isla de la Pólvora y si
la remitente cree que este cartero va a
pisar esa roca infestada de piratas, debe
de estar loca.

Capítulo catorce

En aquel momento, la plaza de la isla de la Pólvora parecía un lugar agradable y tranquilo. En el centro había una elaborada fuente de mármol que lanzaba agua a borbotones, banderas piratas que colgaban de muchas ventanas, bárbaros que paseaban de acá para allá tarareando cánticos marineros y estatuas de legendarios capitanes que observaban la escena desde sus pedestales. Cerca de la fuente un chico y un hombre estudiaban un mapa. Para un observador imparcial, podría tratarse de dos viajeros que realizaban un recorrido a lo largo de famosos escondites piratas. A Hilary, sin embargo, se le antojaron un peligro. Estaría más tranquila si Oliver fuera vestido de remolacha.

De improviso, se desató el caos. Jasper arrancó a correr hacia el almirante Westfield con el sable en la mano, gritando todo tipo de improperios por los que en la alta sociedad te considerarían un maleducado —con solo pensar en ellos—.

La señorita Greyson lo seguía de cerca con la aguja de ganchillo en una mano y haciendo girar una pala sobre su cabeza en la otra. El almirante y el alférez levantaron la vista del mapa y se miraron entre sí. Después, reconocieron a Jasper y a la señorita Greyson y desenvainaron la espada mientras gritaban, ellos también, cosas desagradables.

—¡Fletcher, demonios! —aulló el almirante Westfield—. Y... ¡Virgen santa, pero si es esa institutriz repelente!

—¡Ese tipo de ahí es el almirante de la Real Armada, el enemigo de todos los piratas! —anunció Jasper a los que había en la plaza dando alaridos.

De pronto, varios desenvainaron su sable y se unieron a la refriega. Algunos se pusieron de parte de Jasper y la señorita Greyson, pero a otros parecía darles lo mismo el bando y se enfrentaban por igual contra quien más cerca se encontrara. En la isla de la Pólvora los rumores se extendían con facilidad y, en cuestión de minutos, la plaza estuvo llena de piratas con el sable desenfundado.

Hilary, Charlie y la gárgola observaban el combate desde detrás de la estatua de un pirata que era lo suficientemente grande como para cubrirlos a los tres. La niña recordó que los piratas no solían ser nada remilgados. Al mismo tiempo, había algo que la incomodaba al ver a Jasper y a la señorita Greyson enfrentándose a su padre. No es que quisiera que perdieran, claro está, pero ¿qué sería de su padre si ganaban? Sacudió la cabeza con la intención de expulsar fuera de sí aquel pensamiento. El capitán y la institutriz le habían encargado encontrar el tesoro y no tenía la menor intención de decepcionarlos.

La gárgola pinchó a la niña con la cola.

—Bueno, ¿qué hacemos?

Hilary cerró los ojos e imaginó el mapa del tesoro.

—Tenemos que contar «noventa pasos en dirección norte desde la estatua» —respondió.

—Parece fácil —comentó Charlie—, pero ¿desde cuál?

En la plaza había una decena de estatuas y ninguna parecía especialmente indicada como punto de partida para empezar a buscar un tesoro.

—Puede que la hechicera eligiera la que más le gustaba. Como esa de ahí. —La niña señaló la de un capitán de piedra pulida que había a unos metros de donde se encontraban—. El hombre parece digno de confianza.

Charlie tosió.

—Hazme caso —dijo el chico—, esa no es. Estoy seguro.

—Pero si no sabes cuál digo.

Hilary colocó la pala debajo de un brazo y la gárgola del otro y cruzó la plaza corriendo entre combatientes hasta alcanzar la estatua del capitán. Una vez allí, se arrodilló para ver lo que ponía en el pedestal.

—«Nat Dove —leyó en alto—, Azote de las Tierras del Norte».

La gárgola bajó las orejas.

—Es imposible que la hechicera eligiera esta en particular —comentó Charlie detrás de ella—, porque mi padre murió hace diez años y la mujer escondió el tesoro muchísimo antes.

—Ay, Charlie..., lo siento. Tuvo que ser un gran pirata. —Hilary observó con atención la estatua del padre del chico. Tenía los brazos cruzados a la altura del pecho y la boca cerrada con gesto de tozudez, pero la expresión de los ojos era amistosa—. Te pareces a él.

—No creas. Todos dicen que me parezco más a mi madre. Ella también se merecía una estatua, pero los de la LCHP se negaron.

—Seguro que cambian de opinión cuando tú seas el nuevo Azote de las Tierras el Norte.

—Más les valdrá. Ahora bien, para que me convierta en el digno sucesor de mi padre tenemos que encontrar el tesoro. No quiero quedar mal ante él.

—Lo entiendo.

La batalla que se desarrollaba a su alrededor se había recrudecido y, en parte, Hilary deseaba dejar de esconderse y salir a luchar con su espada brillando al sol, como un héroe propio de un relato de piratas. Eso les habría dado que pensar tanto a su padre como a Oliver.

Por lo visto, la gárgola había estado cavilando sobre lo de la estatua.

—Si la hechicera escondió el tesoro hace mucho tiempo —dijo poco a poco—, ¿no deberíamos buscar estatuas antiguas? Esa de ahí está en un estado peor que yo —y señaló con la cola una figura que había a un lado de la plaza.

—¡Bien pensado, gárgola! —dijo Hilary. La talla, henchida de orgullo, les hizo una reverencia.

Jasper y la señorita Greyson se las habían arreglado para que el combate prosiguiera en una calle adyacente, por lo que ningún pirata molestó a los buscadores de tesoros mientras cruzaban la plaza en dirección a la vieja estatua. Casi a punto de llegar, la gárgola ahogó un grito y, a continuación, sin previo aviso, empezó a batir las alas y a retorcerse.

—Pero ¿qué te pasa? —le preguntó la chica.

—¿No lo ves? —Se enroscaba con tanta fuerza que casi le hace un agujero en la manga a la niña—. ¡Es la hechicera!

El paso del tiempo había desgastado los rasgos de la estatua; generaciones de piratas habían afilado su espada en la superficie pero, a diferencia de las demás figuras de la plaza, aquella no vestía casaca ni pantalones bombacho y, desde luego, no llevaba sombrero de tres puntas. De hecho, parecía que llevara un vestido. Del rostro, Hilary apenas pudo distinguir una sonrisa de labios finos que le resultaba familiar... pero ¿cómo no iba a serlo? La veía casi a diario en la vidriera de Villa Westfield. En el pedestal había un ocho muy desgastado, pero claramente perceptible.

—¡Por supuesto! —soltó Charlie entre risas—. Empieza a darme la impresión de que la hechicera estaba demasiado interesada en sí misma.

Hilary volvió a pensar en el mapa del tesoro y gimió.

—¡Claro! Incluso se había dibujado en el plano... ¡justo en el lugar en que empezaba el camino punteado! Debía de ser una pista. —Dio unos golpecitos con los nudillos en el pie izquierdo de la estatua. ¡A un pirata no podían pasársele las pistas de un mapa del tesoro!—. Es aquí donde hay que empezar, estoy segura.

Aparte de unos pocos piratas que observaban el enfrentamiento con un catalejo, el camino hacia el norte estaba bastante despejado. Hilary le pasó la pala a Charlie, que se la puso al hombro.

—Bueno —dijo la chica—, a contar pasos.

Un buen pirata siempre sabe dónde se encuentra el norte, y Hilary y Charlie empezaron a andar en esa dirección, contando cada paso por lo bajo. La gárgola también intentaba contar, pero se confundió cuando iba por «cuarenta y seis».

—Nunca se me ha dado muy bien calcular —se quejó—. Es porque no tengo manos.

Al principio, no parecía que sumar noventa pasos fuera a ser complicado, pero Hilary no tardó en darse cuenta de que no tenían ni idea acerca de la longitud de los pasos de la hechicera. Era muy probable que la mujer fuera más alta que Hilary —casi todo el mundo lo era—, pero ¿y si tenía las piernas cortas? La gárgola decía que la hechicera era más alta que él, pero eso no resultaba de gran ayuda. Al final, la niña decidió ajustarse a los pasos de Charlie, que eran un poco más largos que los suyos.

Sin embargo, cuando llevaban sesenta y siete, empezó a preocuparle que hubieran calculado fatal. No muy lejos, frente a ellos, se alzaba un muro de ladrillos de color arena que rodeaba la plaza y solo se abría por donde lo hacía alguna calle —como si fueran los radios de una rueda—. Lo malo consistía en que frente a los buscadores de tesoros no había ninguna calle y que el muro cada vez estaba más cerca. Era imposible que contasen veinte pasos más sin darse de bruces contra el enladrillado, cosa que además seguro que llamaba poderosamente la atención del puñado de piratas que los observaba. De hecho, Hilary empezaba a sentir sus catalejos en la nuca.

Con el paso setenta y nueve llegaron justo al muro.

—Seguro que no estaba cuando vivía la hechicera —comentó Charlie.

Hilary se dio la vuelta y miró la estatua de la mujer.

—Estoy segura de que vamos en la dirección adecuada. Tendremos que trepar el muro y seguir contando desde el otro lado.

Pero el muro era muy alto y apenas había fisuras entre los ladrillos a las que asirse. Charlie intentó aupar a la chica sin éxito; luego, la chica trató de hacer lo mismo con Charlie, lo que tampoco sirvió de nada; y, para acabar, la gárgola insistió en auparlos a ambos con el morro. Daba igual cuánto se estirasen, les resultaba imposible alcanzar la parte superior.

—Leches... —soltó la gárgola después de que Hilary y Charlie cayesen a su lado por tercera vez tras procurar alcanzar la parte más alta de la pared—. Creo que me he hecho daño en el morro.

—No te preocupes —le dijo Hilary, que la cogió en brazos y le dio una palmadita en el hocico—. Los piratas de verdad están llenos de cicatrices.

Charlie le dio una patada al muro. Luego, intentó romper los ladrillos con la espada, pero lo único que consiguió fue levantar una polvareda.

—¡Maldita sea la hechicera y su magia! —dijo—. Como haya protegido el muro con magia, será imposible pasar al otro lado.

La gárgola se acercó mucho al muro y pegó una oreja en él.

—No, no parece que sea mágico —dijo al cabo de un rato—, no me pican las orejas. Además, estoy segura de que la hechicera no querría ponernos las cosas tan difíciles. Era una persona muy considerada.

La niña pasó los dedos por el muro en busca de alguna rendija o agujero en donde apoyarse para trepar. Poco después de empezar, se topó con un ladrillo cuadrado que sobresalía unos centímetros de los otros. No parecía que pudiera soportar su peso, pero la niña pegó las manos a la pared y apoyó un pie en la teja con cuidado.

De repente, el ladrillo empezó a dar vueltas a toda velocidad bajo la bota de Hilary y la niña se cayó al suelo.

—No sirve para apoyarse —comentó Charlie—. ¡Maldita sea la hechicera!

—Espera un momento —dijo Hilary—. Aquí hay algo raro.

Lo rozó con los dedos y este giró como lo haría el pomo de una puerta que estuviera flojo. Y solo hay una cosa que se pueda hacer con un pomo, así que la niña lo giró en el sentido de las agujas del reloj. Se oyó un chirrido leve y el muro entero empezó a crujir mientras la chica lo empujaba poco a poco con el hombro. Enseguida percibieron un ligero olor a musgo y a tierra y vieron que se abría una puertecita.

—¡Una puerta secreta! —exclamó la gárgola—. ¡Qué bueno! ¡Dejadme pasar! —Y sin pensárselo dos veces, la cruzó a saltos.

—Será mejor que lo sigamos, antes de que desentierre el tesoro él solo —comentó Charlie, que estaba más alegre.

La puerta era lo suficientemente alta como para que pasara un pirata, aunque no mucho más, y Charlie tuvo que quitarse el sombrero para cruzarla. Una vez al otro lado del muro, Hilary cerró la puerta para evitar que piratas entrometidos o almirantes de la Real Armada furiosos los persiguiesen hasta el tesoro.

Cuando se enderezó de nuevo y se limpió el polvillo de los pantalones, se dio cuenta de que se encontraban en un jardín. La hierba estaba muy crecida y llena de delicadas flores amarillas y azules que parecían dispuestas a reclamar tanto terreno como fuera posible. También había rosas que, como en el resto de la isla de la Pólvora, trepaban por los muros. De la rama de un árbol frondoso colgaba un columpio de madera, y se oía el zumbido de las abejas. En la parte más alejada del jardín, montoncitos de piedras musgosas desordenados proyectaban una sombra sobre el suelo. Puede que, en su momento, mucho tiempo atrás, antes de la llegada de los piratas, aquello hubiera sido una mansión.

—¿Dónde estamos? —preguntó Hilary entre susurros.

Desde luego, parecía que fuera así como había que hablar en aquel lugar. No tenía nada que ver con los campos bien recortados de Villa Westfield, donde los jardineros de su madre le recordaban a todas horas que estaba prohibido jugar a piratas en los parterres. La niña pensó que, allí, hacía mucho tiempo que ningún jardinero le echaba la bronca a nadie.

—Es bastante bonito —comentó la gárgola—, si te gustan las flores y esas cosas. Pero... no sé, sigue sin darme la impresión de que por aquí haya magia. ¿Estáis seguros de que el tesoro se encuentra cerca?

269

—Sí, tiene que estarlo. —Hilary apoyó la espalda contra la pared y contó los pasos que faltaban hasta alcanzar los noventa—. Vale, ahora hay que dar «cincuenta hacia el fresno». —Miró los árboles del jardín. Los había con las hojas verdes, pardas, doradas; anchos y frondosos o, por el contrario, finos y decrépitos—. ¿Alguien sabe cómo es un fresno? —preguntó un rato después—. Me parece que la señorita Greyson jamás me ha dado clase de ciencias naturales.

—Es ese de ahí, el del columpio —dijo Charlie—. En las Tierras del Norte, alrededor de casa, había montones de ellos.

Hilary se puso en dirección al fresno.

—Vale, pues cincuenta pasos.

La chica hacía lo imposible por no perder el equilibrio a cada paso, pero según avanzaba le temblaban más las piernas. ¿Cuántos piratas habrían intentado encontrar el tesoro de la hechicera? Cualesquiera que fueran, todos habían vuelto a casa con las manos vacías. Sin embargo, en aquel momento, el tesoro se encontraba solamente a cincuenta, cuarenta y nueve, cuarenta y ocho pasos. Mientras se adentraban por el jardín, Charlie narraba historias sobre búsquedas de tesoros que le habían contado sus padres y la gárgola preguntaba en alto si su foto saldría en *La Gaceta Ilustrada de Puertolarreina* o si la LCHP colocaría una estatua en la isla de la Pólvora para homenajear a la gárgola más heroica del reino. Solo faltaban treinta pasos. Al poco rato, solo veinte. A Hilary le parecía que el suelo estaba cada vez más blanco y terroso y que, por tanto, sería fácil cavar en él. Diez pasos. La niña empezó a contar en alto, despacio y con precisión, y Charlie y la gárgola no tardaron en unírsele. Por fin, se detuvieron a la sombra del fresno.

—¿Es aquí? —le preguntó Hilary a la gárgola—. ¿Percibes magia cerca?

La gárgola arrugó el morro.

—La verdad es que no. Pero seguro que se debe a que el tesoro está cubierto por un montón de tierra.

—En ese caso —empezó a decir Charlie mientras hundía la pala en el suelo—, habrá que desenterrarlo.

Hilary y Charlie se iban turnando la pala y la gárgola les ayudaba sacando montoncitos de tierra con la cola.

—¿Qué creéis que suena mejor: «Día Nacional de la Gárgola» o «Día de la Gárgola» a secas? —Lanzó otro montoncito de tierra por encima del hombro—. Quiero estar preparada para cuando la reina decrete una jornada de fiesta en mi honor.

—A mí me parece más convincente: «Día Nacional del Pirata» —respondió Hilary.

—A ver si miras adónde echas la tierra —dijo la gárgola tras aclararse la garganta—, que casi me la metes en la boca y no creas que sabe tan bien.

Siguieron cavando en silencio durante un buen rato. El agujero era cada vez más ancho y profundo, hasta que Hilary empezó a temer que fueran a llegar al incandescente núcleo del planeta antes de dar con el tesoro.

—Tengo los brazos tan hechos polvo que se me podrían caer en cualquier momento —comentó Charlie—. ¿Qué sería de mí entonces? —Le pasó la pala a la chica y se frotó los hombros—. Hay muchos piratas a los que les falta una pierna, pero nunca he oído hablar de piratas sin brazos.

—Cuando te acostumbras, no es tan malo —soltó la gárgola.

Charlie y la gárgola seguían discutiendo sobre cuál era el número ideal de brazos para un pirata cuando Hilary golpeó algo duro con la pala.

—Callaos un momento... ¡Creo que he encontrado algo!

—Seguro que es otra piedra.

La gárgola miró las que habían sacado hasta entonces.

—No, parece diferente. —La niña golpeó el objeto con la pala y este emitió un sonido metálico—. Y suena distinto. Creo que es metal.

Revolvió la tierra y retiró la que quedaba encima del objeto. Unas bandas de plata brillaron a la luz del sol; franjas que rodeaban una caja de madera que, parecía un cofre del tesoro.

—¡Lo hemos conseguido! —gritó la gárgola—. ¡Hemos encontrado el tesoro! ¡Hurra! —Dio unos saltos hacia Hilary y le dio un beso en la nariz—. ¡Somos los mejores piratas del mundo!

—¡Y, sobre todo, de Altamar! —apuntó Charlie.

—Sí, lo somos. Es innegable —dijo la chica.

Y los tres se quedaron mirando el cofre del tesoro.

—Se acabó para siempre la Escuela de Buenos Modales —dijo Hilary.

—Se acabaron los gorros de baño dichosos—añadió la gárgola.

—Se terminó preocuparse por la maldita Real Armada —soltó Charlie—. Seguro que levantan estatuas en nuestro honor en la plaza. —Se aclaró la garganta—. Pero será mejor que traslademos el cofre al bungaló de Jasper antes de que el bueno de Westfield se dé cuenta de lo que ha pasado.

Justo cuando terminaron de limpiar el cofre de tierra, Jasper y la señorita Greyson entraron en el jardín jadeando y haciendo más ruido que un elefante en una cacharrería. La institutriz llevaba la aguja de ganchillo en la mano y daba la impresión de que esta señalara a Hilary.

—¡Por fin te encuentro! —exclamó la mujer—. ¡Menos mal!

—¡Venid, rápido, hemos encontrado el tesoro! —gritó la niña mientras los saludaba con la mano.

Jasper corrió hasta allí, la alzó en brazos y le dio una vuelta por los aires.

—¡Bien hecho! —le dijo. Luego, cogió a Charlie, a la señorita Greyson y a la gárgola de uno en uno y también hizo lo mismo con ellos—. ¡Nosotros hemos dejado a Westfield y a Oliver tumbados boca abajo en un comedero de cerdos al otro lado de la isla! Están que echan humo, claro, pero aún tardarán un poco en recobrar el aliento.

—Además, hemos recuperado esto —añadió la señorita Greyson mientras sacaba el mapa del tesoro de la manga de su traje de baño y se lo entregaba a Jasper—. No creo que lo necesitemos ya pero al menos, así, a la Real Armada le costará más encontrarnos y tendremos más tiempo para cargar con el cofre.

Con la ayuda del capitán y de la institutriz fue cuestión de segundos sacar el cofre del agujero.

—Es una caja muy, pero que muy pequeña para contener la mayor parte de la magia del reino...—comentó la gárgola mientras le daba unos golpecitos con la cola—. ¿Podemos abrirla?

Jasper dijo que no veía por qué no y la señorita Greyson añadió que sería prudente examinar el tesoro antes de volver a casa, para asegurarse de que todo estaba bien.

—Mientras esta magia no caiga en manos del bueno de Westfield, me da igual que tenga la forma de diez mil elefantitos dorados —dijo Jasper. Luego, con su sable, rompió el candado del cofre—. Pienso ir casa por casa a lo largo de todo Augusta para entregarle a cada persona su poquito de magia. Quizás así declaren un día festivo en mi honor. ¿Qué tal os suena «Día de Jasper Fletcher»?

—Ridículo —respondió Charlie.

—Pretencioso —dijo la señorita Greyson.

—Desde luego, no tan bien como «Día Nacional de la Gárgola» —comentó esta.

—¡Venga, abre el cofre del tesoro! —le apremió Hilary.

Y así lo hizo.

Del cofre brotó una nube de polvo, detrás de la cual salió una polilla enorme con cara de enfado. Jasper ahuyentó a la polilla y los cuatro se inclinaron sobre el cofre para ver su contenido.

—¡Pero si está vacío! —soltó la gárgola—. ¡Se supone que los cofres del tesoro no están vacíos, ¿no?!

Hilary cerró los ojos con fuerza con la esperanza de que, en cuanto volviera a abrirlos, el tesoro mágico de la hechicera se habría materializado. Pero el polvoriento fondo de madera se negaba a desaparecer y descubrir una pila de monedas y objetos.

—No —respondió la chica—, se supone que no.

Charlie se puso en cuclillas y miró en su interior.

—No entiendo lo que está pasando pero, sea lo que sea... ¡es una lata!

—Tienes toda la razón.

Una mujer alta y con el pelo blanco avanzaba hacia ellos a buen paso por el jardín. Llevaba la melena recogida en una trenza que le rodeaba la cabeza a modo de corona y en el cuello de su chaqueta de seda morada lucía una insignia con la forma de una oveja bailarina. No había duda, la señorita Pimm había llegado a la isla de la Pólvora.

Detrás de ella estaban el almirante Westfield y Oliver. El segundo ya no le ponía mala cara a nadie y tanto el uno como el otro se hallaban magullados, tumefactos y un poco avergonzados por ir protegidos por un grupo de damas de la señorita Pimm; todas ellas con gesto hosco y aterradoras con su cárdigan verde y su falda de lana a juego. Hilary buscó a Claire entre ellas, pero no la vio.

La señorita Pimm fue la primera en llegar hasta donde estaban los piratas. Los miró de arriba abajo. Observó a Hilary unos instantes y la chica reconoció en aquella boca la sonrisa de labios finos que tan familiar le resultaba de tanto verla en la vidriera de casa.

—Me temo que os habéis portado bastante mal —dijo la mujer al cabo de un rato, mientras cruzaba los brazos y sacudía la cabeza—: ¡resulta intolerable!

LA
OVEJA BAILARINA

DIVISIÓN FLOTANTE DE LA
ESCUELA DE BUENOS MODALES DE LA
SEÑORITA PIMM
PARA DAMAS DELICADAS

Querida reina Adelaide:

Puede que le resulte un tanto sorprendente recibir noticias mías, pues no nos conocemos. De hecho, es posible que tenga la impresión de que ya no existo. Sin embargo, le aseguro que dicha impresión es falsa: estoy vivita y coleando, si bien espero que no vaya contándolo por ahí a nadie que no sea alguno de sus consejeros más fieles.

Desde que me retiré, no he prestado mucha atención a las fechorías mágicas que han tenido lugar en el reino. Consideraba que esos asuntos se hallaban mejor en manos de los inspectores reales. Sin embargo, la reciente cadena de robos de magia captó mi interés y no tardé en darme cuenta de que sus hombres eran incapaces de llevar la investigación como es debido; razón por la cual decidí tomar cartas en el asunto. Preferiría haberme mantenido apartada de todo este jaleo, pero la cosa parecía bastante grave. Además, no siempre se puede hacer lo que uno quiere, ni siquiera cuando se es tan vieja como yo.

En consecuencia, pergeñé una trampa con la que atraer a los malhechores y he de admitir que me divertí mucho preparándola —al fin y al cabo, ¡no es habitual tener la oportunidad de usar tinta invisible cuando te dedicas a dirigir una escuela de buenos modales!—. Me satisface comunicarle que la operación ha sido un éxito y que he atrapado a los rufianes responsables de los robos de magia. Seguro que no se sorprende si le digo que son piratas de lo más temibles —¡son ladrones y secuestradores!—. Los lidera un tal Jasper Fletcher, a quien en el mundillo se le conoce con el nombre de «Terror de las Tierras del Sur». Seguro que las mazmorras reales son tan seguras como para tenerlo allí encerrado una buena temporada.

Todavía no he recuperado los objetos mágicos robados, pero el almirante Westfield se ha ofrecido con suma amabilidad a ayudarme. Zarpamos hacia Pemberton de inmediato.

Su humilde servidora,

Eugenia Pimm
HECHICERA RETIRADA DE LAS TIERRAS DEL NORTE

Sobre «qué hacer si te capturan»:

¿De veras eres tan descuidado como para que te hayan capturado mientras buscabas un tesoro? ¿Estás seguro de que la piratería es lo tuyo? En la LCHP estamos muy preocupados por ti. No esperes que arriesguemos el gaznate para ir en tu busca. Tendrás que salir de esta tú solito.

Ahora bien, como ya has demostrado tu incompetencia como pirata, nos parece de lo más improbable que vayas a conseguirlo.

Si nos das tu nueva dirección en las mazmorras reales, te enviaremos una postal de felicitación el día de tu cumpleaños y otra las jornadas de fiesta.

Evidentemente, tu afiliación a la LCHP quedó revocada en cuanto te detuvieron. En caso de que se demuestre tu inocencia, podrás volver a solicitar el ingreso, pero es mejor que afrontes la realidad: eres un pirata y los piratas jamás son inocentes.

Capítulo quince

Pero ¿quién es esta mujer tan aterradora? —dijo Jasper.

—Es la señorita Pimm —respondió Hilary al tiempo que la gárgola exclamaba:

—¡Es la hechicera!

La señorita Pimm sonrió y le tendió la mano a Jasper.

—Ambos tienen razón —dijo la mujer—, aunque sus modales dejen mucho que desear.

—¿Es usted la hechicera de las Tierras del Norte? —le preguntó Hilary, que la miraba con atención.

—No debería mirar a la gente con la boca abierta, querida —le respondió la señorita Pimm—, a menos que quiera tragarse una mosca. «Era» la hechicera; ahora, estoy retirada. —Hizo una pausa—. ¡Madre mía! No me digas que eres la gárgola que tallé para Simon Westfield. Hacía siglos que no te veía. Debes de ser la «temible bestia» de la que tanto he oído hablar.

Hilary levantó del suelo a la gárgola, que no dejaba de sonreír a la señorita Pimm.

—Antes estabas más joven —le dijo la talla.

—Así es —respondió la mujer con cierto aire de tristeza—. Y yo diría que tenías brazos la última vez que te vi.

—¿Simon Westfield? —le preguntó la niña a la gárgola—. ¿El Simon Westfield que luce en la vidriera de casa? ¿El aeronauta? —Claire le había contado que la señorita Pimm se había enamorado de un aeronauta, pero Hilary jamás habría imaginado que se trataba de uno de sus ancestros. ¡Pero si Simon Westfield había muerto hacía doscientos años!—. No me dijiste que conocías a Simon Westfield.

—Es que no hay mucho que contar. —La gárgola se encogió de hombros—. Casi nunca venía a visitarme y tampoco era muy hablador.

—Discúlpame por formularte una pregunta tan indiscreta —Jasper se dirigía a la mujer—, pero ¿cómo es posible que seas la hechicera de la Tierras del Norte? Deberías tener, a ver...

—Doscientos treinta y seis años —respondió cortante la mujer—. Qué quiere que le diga, ¡el trabajo me mantiene joven! —Luego, se giró y les hizo un gesto con la cabeza a sus alumnas—. Eso y la magia, claro está.

Charlie se había escondido detrás de Hilary nada más ver el ejército de damas de la Escuela de Buenos Modales, pero decidió dar un paso al frente.

—Si de verdad es usted la hechicera, ¿dónde está el tesoro? Desde luego, es evidente que aquí no —dijo el muchacho, que remató la frase pegándole un puntapié al cofre.

La señorita Pimm soltó una risotada.

—Hace doscientos años que mantengo esa información en secreto y bajo llave, por lo que sería una imprudencia que la compartiera ahora, ¡y más con un pirata! —La mujer miraba a Charlie con condescendencia—. Hijo, ¿no eres un poco joven para ser pirata? ¿No deberías estar en el colegio?

Charlie intentó decir algo para defenderse, pero la señorita Pimm no tenía intención de callarse.

—Ay, señorita Westfield, no sabe lo aliviada que me siento de encontrarla sana y salva. No soy capaz de imaginar lo horroroso que ha debido de ser su secuestro. ¡Raptada por ladrones comunes! Qué suerte que tuviera a la gárgola para que la protegiera. Ya puede dejar de preocuparse, estaremos en la escuela en menos de lo que tarda una oveja en balar tres veces. Seguro que su padre se halla tan aliviado como yo. ¿Por qué no va a saludarle, querida?

Detrás de la señorita Pimm, el almirante Westfield se aflojó el cuello de la camisa con el dedo y frunció el ceño. Ahora bien, cuando la señorita Pimm se dio la vuelta, el hombre esbozó una pobre sonrisa y abrió los brazos.

—Cuánto me alegro de verte, Hilary. Estaba muy preocupado por ti, no te quepa duda.

—Me temo que ha habido un error —respondió la chica mientras agarraba con fuerza la mano de la señorita Greyson—. Nadie me ha secuestrado, sino que huí; asunto en el que, desde luego, Jasper no tuvo nada que ver, ni tampoco Charlie ni la señorita Greyson, claro está. Además, no son ladrones. —Hilary miró el mapa del tesoro robado que Jasper sujetaba con las manos—. Al menos, no ladrones al uso. Son piratas. ¡Y yo también!

La señorita Pimm se acercó a la chica y le cogió la mano que le daba a la institutriz.

—Ay, querida, ¿cómo va a ser pirata una chiquilla tan dulce como usted? Sé que está confusa debido a todo lo que ha pasado, pero no deje que estos criminales la confundan aún más.

Hilary intentó soltarse, pero la señorita Pimm era sorprendentemente fuerte. La mujer llevó a la niña hasta los brazos del almirante, que olía a tabaco y a comedero de cerdos.

En ese instante, Jasper desenvainó su sable.

—¡Suéltala, miserable...!

El hombre no acabó la frase porque la señorita Pimm les hizo un gesto a sus alumnas y estas levantaron la aguja de ganchillo que empuñaban y pronunciaron unas palabras que sonaron de lo más educadas. Jasper soltó el arma como si el mango quemara. Charlie desenvainó la suya, pero el brazo se le detuvo a mitad de camino. La señorita Greyson soltó una maldición pirata por lo bajo cuando notó que su mano se quedaba quieta cuando iba a coger la aguja de ganchillo. Además, ninguno de los tres era capaz de moverse de donde estaba.

Hilary deseó salir corriendo hacia ellos, pero su padre la sujetaba con fuerza. ¿Cómo podía consentir la señorita Pimm un comportamiento tan ofensivo? Sus alumnas estaban actuando incluso peor que el bárbaro fornido del Antro de Bribones. Ningún pirata decente tomaría parte en un combate tan injusto.

—Por favor, señorita Pimm —dijo la niña—, suéltelos.

—Me temo que estos bribones permanecerán así hasta que lleguemos a las mazmorras reales.

—«¿Las mazmorras?» —balbució Jasper—. Y ¿qué es eso tan malo que hemos hecho, si se puede saber, para merecer esa pena?

La señorita Pimm caminó en torno al capitán pirata.

—Yo diría que es obvio. Llevan meses robando objetos mágicos a los ciudadanos más notables de Augusta. Me han informado de que los responsables eran un hombre y un muchacho y es evidente que son ustedes los villanos en cuestión. —Señaló a Jasper y a Charlie—. He de admitir que no me siento capaz de imaginar qué pensaban hacer con toda la magia que han robado, pero siendo el Terror de las Tierras del Sur, señor Fletcher, supongo que no será nada bueno.

—Pero, hechicera, ellos no... —empezó a decir la gárgola.

—No defiendas a los piratas, querida gárgola, porque no servirá de nada. El mero hecho de que estén aquí ya es prueba suficiente de su culpabilidad. Cuando decidí atrapar a estos villanos me pregunté qué cosa desearía más un ladrón de magia y llegué a la conclusión de que probablemente fuera el tesoro mágico más grande de toda Augusta. Por esa razón, dejé correr el rumor de que por fin se sabía dónde se escondía mi tesoro. Luego, dibujé un mapa, ese que tiene en las manos, señor Fletcher, y lo envié al museo de Puertolarreina, donde los guardias solo necesitaban esperar sentados a que lo robaran. Debo reconocer que me sorprendió que llevara a cabo el hurto tan pronto, señor Fletcher. Esperaba que mi plan atrajera a unos cuantos ladrones, de manera que pudiera atraparlos con las manos en la masa, y mis esfuerzos han dado sus frutos, porque aquí están ustedes.

—Una trampa brillante. ¡Bien hecho, señorita Pimm! —la aduló el almirante Westfield—. ¡Así se hace!

—¡No seas ridículo! —le espetó Hilary a su padre—. ¡Sabes perfectamente que fuisteis Oliver y tú quienes robasteis el mapa y que sois vosotros los que habéis estado usurpando la magia del reino! Si hay que enviar a alguien a las mazmorras reales, ¡debería ser a Oliver y a ti!

El almirante Westfield dio un paso atrás como si su hija le hubiera dado un bofetón.

—No vuelvas a hablarme así —dijo en voz baja y calmado—. Soy tu padre y no voy a permitir que cuentes mentiras sobre mí. —Miró a la señorita Pimm y se encogió de hombros—. Siento mucho su comportamiento. Es lo que pasa cuando uno se mezcla con piratas.

—Lo entiendo —dijo la mujer—. De hecho, James, he de admitir que, al principio, sospeché de usted. Había oído que tenía planeada una travesía para venir aquí en busca de un tesoro y, claro, imagine cuál fue mi reacción. —La señorita Pimm miró con modestia su insignia de la oveja bailarina—. Ahora, en cambio, veo que su único interés era atrapar al señor Fletcher. No cabía esperar menos de un Westfield y lo felicito por hacer todo lo posible para detener a estos piratas.

—Me siento orgulloso de servir a mi reina y a mi reino —respondió el almirante mientras hacía una pequeña reverencia.

—¡Venga ya, esto es una memez! —protestó Hilary, que hizo ademán de sacar su espada pero... ¡el arma había desaparecido! En un momento de descuido, su padre se la había quitado y la había guardado en su propio cinto.

—Las armas son muy peligrosas para las jovencitas —le dijo su padre—. Seguro que te lo explican como es debido cuando vuelvas a la Escuela de Buenos Modales de la Señorita Pimm. —Estiró la mano para darle una palmadita en la cabeza, pero, justo antes de hacerlo, pegó un grito y la retiró—. Pero ¡¿qué demonios...?! ¡Tu maldita mascota de piedra me ha mordido!

—¿En serio? Qué pena... —La chica impidió que su padre cogiera la gárgola—. Se le han debido de resbalar los dientes.

La señorita Pimm frunció el ceño.

—Esta situación se está volviendo de lo más insoportable. Muchachas, por favor, llévense a esos villanos. —Philomena y otra chica alta con el pelo sedoso ataron una cuerda gruesa alrededor de las muñecas de Jasper y de Charlie con unos nudos toscos y nada adecuados para aquel menester—. Aten también a Eloise Greyson. Ay, Eloise, no sabe cuánto me duele ver que una de mis damas ha caído tan bajo. No importa lo apuesto que sea el señor Fletcher, no hay excusa para dejarse seducir por una vida de vileza.

La señorita Greyson parecía muy pequeñita entre las mangas y plisados de su bañador y se encogió aún más cuando Philomena le quitó del pelo la aguja de ganchillo.

—Imagino que no va a creer nada de lo que diga —soltó la institutriz—, pero le aseguro que se está equivocando de cabo a rabo.

La señorita Pimm dio una palmada.

—Bien hecho, muchachas. Usted también, almirante Westfield. El reino vuelve a estar a salvo. Enviaré al señor Fletcher y a la señorita Greyson directos a las mazmorras reales. En cuanto a ti, chico —añadió mientras señalaba a Charlie—, eres bastante joven y tu vileza todavía tiene cura. Vendrás conmigo hasta que consiga que te admitan en la Academia de Puertolarreina para Chicos Difíciles.

—¡Ni loco pienso ir! ¡Eso es peor que las mazmorras!

—Tonterías. Allí te pulirán y, muy pronto, encajarás en la alta sociedad. Bueno, no debemos permanecer más tiempo en la isla de la Pólvora; ignoramos qué costumbres terribles podrían pegársenos. Venga, ¡nos vamos!

Mientras la señorita Pimm conducía a los cautivos por las serpenteantes callejuelas de la isla de la Pólvora, los piratas se quedaban mirándolos o se asomaban a las ventanas para ver a qué venía tanto jaleo. Lo que no hicieron —las cosas como son— fue atacar a la mujer. De hecho, algunos se reían con disimulo.

Hilary se soltó de la mano de la señorita Pimm y corrió hasta Jasper.

—¿Qué tal estás? —le preguntó entre susurros.

—Dolorido —respondió tras esbozar una mueca.

La chica no sabía si el dolor se lo provocaría la cuerda con la que tenía atadas las muñecas, lo indigno de su detención o la cercanía de Philomena.

—¿Por qué no nos ayudan los demás piratas? ¿No deberían intentar rescatarnos?

—Los piratas solo son leales cuando les conviene. Juntarse

con quienes han sido capturados no sería bueno para su imagen, ¿lo entiendes? Además, seguro que todos se están relamiendo ante la posibilidad de convertirse en el próximo Terror de las Tierras del Sur.

—¡No digas eso! No te van a llevar a las mazmorras reales en serio, ¿verdad? Pero si no has hecho nada malo. Seguro que la reina opina como yo.

—Ay, niña, soy un pirata y la señorita Pimm parece de esa clase de mujeres que siempre se sale con la suya.

—Voy a hablar con ella. Seguro que cuando sepa la verdad...

—Hilary —el tono de voz de Jasper era calmado pero retraído—, no te preocupes por mí. No me va a pasar nada, y a Eloise tampoco. Sin embargo, Westfield sigue libre y me apuesto los bombachos a que va a intentar hacerse con el tesoro de la hechicera, con el de verdad. Hay que detenerlo. Me encantaría llevarme ese honor, por supuesto, pero, como ves, ahora mismo estoy maniatado. Tienes que ser tú quien se encargue.

La niña tropezó con un adoquín. ¿Cómo iba a detener ella sola a su padre, si ni siquiera era capaz de convencerlo para que tomara el té con el resto de la familia?

—Un buen pirata contraataca. Y encuentra tesoros. Tienes que intentarlo. No... tienes que ser una pirata de primera y encontrar el tesoro antes que tu padre.

—Lo haré, descuida. Y limpiaré tu nombre, os liberaré a la señorita Greyson y a ti... ¡y sacaré a Charlie de esa academia horrible!

—Te lo agradezco pero, de momento, me vale con que

encuentres el tesoro. Has de ser el Terror de las Tierras del Sur en mi lugar.

—Te refieres a temporalmente, ¿verdad? —preguntó la chica tras dudar unos instantes.

—Por supuesto. Aunque, si das con ese maldito tesoro, te merecerás el título más que yo. Debo pedirte otro favor. ¿Cuidarías de Fitzwilliam? No le gustan los sitios oscuros y húmedos, y me temo que así son las mazmorras reales.

La gárgola se quejó en los brazos de Hilary.

—Como si las cosas no estuvieran lo bastante mal. ¿Vamos a tener que cargar con ese saco de plumas? ¿En serio?

La chica le pidió que se callara.

—Es lo menos que puedo hacer. Fitzwilliam estará a salvo conmigo.

Levantó el brazo y el periquito saltó a su hombro y le clavó las garras con fuerza. Hilary estaba segura de que aquel acuerdo le gustaba tan poco al periquito como a la gárgola.

Cuando llegaron al muelle, el almirante Westfield maldijo al ver el Belleza de Augusta. La LCHP lo había cosido a cañonazos y el barco más rápido de la Real Armada se estaba hundiendo por la popa en la bahía de la Pólvora.

—Menudo problema —comentó la señorita Pimm—. Bueno, qué se le va a hacer, almirante. El alférez y usted pueden viajar con nosotras, junto con los prisioneros, claro está. Espero que no ensucien de barro las alfombras.

Una flotilla de elegantes botes con remos verdes los esperaba para transportarlos a La Oveja Bailarina.

—Por aquí, pirata —soltó Philomena mientras tiraba de

Jasper con una mano y se atusaba el pelo con la otra. Miró a Hilary por encima del hombro y arrugó la nariz—. Ya nos veremos en cubierta, señorita Westfield.

—No, si puedo evitarlo —respondió la niña.

En ese instante, la señorita Pimm tiró de ella y la envolvió en una tela morada con aroma a rosa que hizo que le resultara imposible ver a sus amigos mientras los botes verdes partían hacia el barco.

La Oveja Bailarina no era como el Paloma. Las barandillas del barco estaban todas decoradas con florituras plateadas y tanto a babor como a estribor había bancos con mullidos cojines de terciopelo verde. En la cubierta de abajo, contaban con un comedor y una mesa dispuesta con copas de cristal y platos de porcelana que tintineaban los unos contra los otros cada vez que el barco se balanceaba. En la cubierta superior había un dormitorio soleado lleno de literas, todas con sábanas blancas almidonadas.

Ni Hilary ni la gárgola lo soportaban.

—¡Aquí no hay cofa para la gárgola! —protestó mientras hundía la cabeza debajo de la almohada de la litera de la niña—. ¡Este no es sitio para piratas! ¡Arr! —suspiró—. Fíjate, ni mis «arrs» suenan bien.

Hilary le dio unas palmaditas en la espalda, pero no sabía qué decir para consolarla. Era normal que estuviera apenada: Jasper y la señorita Greyson se hallaban encerrados en la bodega y a Charlie lo custodiaban alumnas armadas con agujas de ganchillo de oro en un camarote bajo llave. Fitzwilliam se puso cómodo en la litera que había sobre la de la niña y chillaba y picaba a todo el que se acercara demasiado. La isla de la Pólvora ya no era más que una manchita en el horizonte porque, gracias a la gran cantidad de agujas de ganchillo mágicas de a bordo, La Oveja Bailarina avanzaba a toda velocidad hacia Pemberton, hacia la Escuela de la Señorita Pimm y hacia una vida de abatimiento llena de tardes tejiendo blondas.

—Gárgola, hazme un hueco, que voy a meterme debajo de la almohada contigo.

Pero antes de que se lo hiciera, la puerta del dormitorio se abrió de par en par y alguien entró corriendo y chocó con gran entusiasmo contra las costillas de Hilary.

—¡Ay, Hilary, ¿de veras eres tú?! ¡Sí que lo eres! ¡Menos mal que estás bien! —Claire dejó de abrazarla por la cintura—. He estado preocupadísima. Llevo días sin dormir y apenas he comido. La cocina del barco es muy salada y no te haces a la idea de la de chistes sobre pescado que he tenido que aguantar en Altamar. Pero no me importa, ¡porque estoy encantada de volver a verte! Me alegro tantísimo de que no seas una criminal...

Claire era tan sincera que Hilary soltó una risotada y le devolvió el abrazo.

—Me alegro de que estés aquí. Ahora mismo, la gárgola y yo nos encontramos muy deprimidas.

—Todo ha salido mal —añadió la gárgola—. Claire, por favor, ráscame las orejas. Te he echado de menos.

Mientras la chica le rascaba concienzudamente las orejas a la talla, Hilary narró su aventura con pelos y señales, empezando por la entrevista con Jasper y terminando con la terrible captura en la isla de la Pólvora. Claire la escuchaba con tal arrobo que reaccionó con dramatismo en los momentos adecuados, ahogó un grito cuando se enteró de la felonía del almirante Westfield y vitoreó cuando su amiga tumbó a Mostacho Naranja con una lata de remolacha. Tras describir Hilary cómo la señorita Pimm había acusado a Jasper y a la institutriz de robar magia, Claire le dio un puñetazo tan fuerte a la almohada que sus plumas salieron volando por todos lados.

—¡No es justo! Meter a esos piratas virtuosos en la cárcel y permitir que ese despreciable almirante se salga con la suya... ¡Uy!, perdona, Hilary. No pretendía...

—No te disculpes; es «despreciable»... igual que todo este asunto.

—Me gustaría haber estado allí, en la isla. —Claire se sacudió las plumas del cárdigan—. ¡Les habría cantado las cuarenta! Resultó emocionantísimo cuando la señorita Pimm nos dijo que íbamos a llevar a cabo una misión para proteger el reino, pero al comentar que los malos eran piratas camino de la isla de la Pólvora... enseguida supe que se trataba de ti y me peleé con Philomena, quien me castigó en la cocina a limpiar cuencos de gachas de avena. ¡Y ya sabes lo difícil que resulta si no los has puesto en remojo antes! —Se dejó caer de espaldas sobre la cama—. Y como todavía no tengo la aguja de oro aunque, a este paso, nunca me la darán, imagino que tampoco podría haberos servido de gran ayuda. Por lo menos, volveremos a ser compañeras de habitación en la escuela. Siempre hay que buscar el lado positivo.

—Supongo.

Pero a Hilary le parecía un lado positivo de lo menos positivo. La Escuela de Buenos Modales de la Señorita Pimm no era lugar para piratas y las mazmorras reales tampoco. Si tuviera su espada... o una aguja de ganchillo mágica... o la más mínima pista de dónde estaba escondido el tesoro de la hechicera...

La puerta se abrió de golpe una vez más. Philomena se apoyó en la jamba con aire de aburrimiento.

—Hilary, tu padre quiere que vayas a verlo a su camarote.

Claire le apretó las manos a la niña para darle ánimos.

—Yo cuido de la gárgola, tranquila. Al fin y al cabo, no es necesario que os torturen a los dos.

De

La Gaceta Ilustrada de Puertolarreina

¡TU PASAPORTE AL MUNDO CIVILIZADO!

CAPUTURADOS LOS PIRATAS RESPONSABLES DE LOS ROBOS DE MAGIA

ISLA DE LA PÓLVORA, AUGUSTA—. Las familias nobles de Puertolarreina respiraron tranquilas cuando la soberana Adelaide anunció que los villanos responsables de la serie de robos cometidos por la zona por fin habían sido llevados ante la justicia. Gracias a una exhaustiva y nada sorprendente investigación, *La gaceta* ha podido saber que dichos villanos son piratas. El líder de la despiadada banda se llama Jasper Fletcher, un rufián autónomo de poca monta. Acompañado por una institutriz que siempre va a la suya y por otros individuos insignificantes, el señor Fletcher entraba en las mansiones de los nobles de Puertolarreina y robaba objetos mágicos de valor incalculable. Incluso la propia Tesorería Real fue objeto de la poco afortunada incursión del pirata, con la que pretendía dejar a Augusta sin magia.

«Estoy encantadísimo de que estos piratas se hallen entre rejas —comentó el almirante James Westfield, víctima de los hurtos, personaje representativo de la alta sociedad y cinco veces distinguido con la medalla Avestruz Cuellilarga a la Perseverancia—. De hecho, es donde tienen que estar».

El capitán Rupert Dientenegro, presidente de la Liga Casi Honorable de Piratas, niega haber seguido las escandalosas acciones de Fletcher. «Jasper Fletcher, ¿eh? Tengo entendido que era el Terror de las Tierras del Sur, pero eso fue hace mucho tiempo y parece que ha perdido su buen nombre. No, nunca me he asociado con él, ¡soy un pirata honorable! O "casi honorable", vamos. Además, le aseguro que la LCHP no guarda relación alguna con estos acontecimientos», respondió el capitán pirata cuando le pedimos opinión.

No se han confirmado los rumores que apuntaban que Fletcher y su banda habían secuestrado a una dulce e inocente chica de la alta sociedad.

En Augusta, todo el mundo sabe que la hechicera de las Tierras del Norte desapareció del reino hace doscientos años, pero los rumores nacidos en una taberna de la isla de la Pólvora sugieren... ¡que ha vuelto! Nuestra fuente dice que se hallaba disfrutando de su pinta de ron en el Alfanjes y Caballitos de Mar, como todos los días, cuando vio a la hechicera en persona andando por las calles de la isla, rodeada de piratas, oficiales de la Real Armada y demás colegialas.

En *El Chismoso* no nos ruborizamos con facilidad, pero como empezamos a notar que nuestras mejillas se enrojecen, no podemos seguir escribiendo este artículo. Está claro que no son más que habladurías.

Disculpa por haberte hecho perder el tiempo.

NOSOTROS PREGUNTAMOS, USTED RESPONDE:

¿CREE QUE LA HECHICERA DE LAS TIERRAS DEL NORTE HA REGRESADO?

«¡Eso espero! Quizá si volviera a haber una hechicera, esta se aseguraría de que la magia del reino se halla repartida más equitativamente».

L. REDFERN, PEMBERTON

«No pretenderá que deje de buscar tesoros, ¿verdad? Cuando te metes en los asuntos de los piratas... ¡acabas paseando por la tabla! ¡Y la hechicera no va a ser una excepción!».

B. MCCORKLE, MEDIANERO

«Si de veras ha vuelto la hechicera, ojalá tenga previsto devolvernos toda la magia que nos quitó. A mi familia solo le queda un cuchillo de queso mágico... ¡y ni siquiera corta bien!».

T. GARCIA, CABO DEL VERANO

«No deseo una hechicera que se inmiscuya en mi vida privada y me impida hacer cuanto yo quiera. Espero, impaciente, que esa mujer no haya vuelto. Y si lo ha hecho... ¡más le vale que se mantenga alejada de mi antiquísimo calzador mágico!».

G. TILBURY, RIBANORTE

«¿¡Cómo has subido a este barco!? ¡Baja ahora mismo!».

E. PIMM, PEMBERTON

Capítulo dieciséis

Cuando Hilary llegó, su padre la estaba esperando. El hombre se alojaba en un camarote que le había cedido la señorita Pimm, hasta entonces ocupado por la profesora de bordados. El hombre yacía sentado, entre cojines en forma de corazón, sobre un sofá rosa adornado con volantes y no se levantó cuando entró la niña. Los corazones y los volantes no servían apenas para suavizar la expresión de su rostro.

Por unos instantes, Hilary deseó con todas sus fuerzas dar media vuelta y salir corriendo, pero ese comportamiento no sería digno del Terror de las Tierras del Sur provisional en que se había convertido. Iba a tener que ponerlo todo de su parte para actuar como lo haría Jasper —sin tanto maldecir ni beber ron, claro está—. La chica se sentó en un taburete rosado frente al almirante Westfield.

—¿Querías hablar conmigo, padre?

El almirante agarró un cojín con volantes y se inclinó hacia delante.

—Huir —empezó a decir mientras tamborileaba con los dedos sobre el almohadón para darle énfasis a sus palabras—, asociarte con villanos, intentar hacerte con mi tesoro... y, lo que es peor, oponerte abiertamente a mis deseos. Hilary Westfield, estoy muy decepcionado. Un almirante al que no respeta ni su propia hija... si esto trasciende ¡seré el hazmerreír de la alta sociedad para toda la vida! Y piensa en tu pobre madre; seguro que se desmaya en cuanto se entere de tu comportamiento. Te garantizo que no es así como se comportan las damas.

Hilary se puso recta sobre el taburete.

—Ya lo sé, padre, porque así es como se comportan los piratas.

—«Los piratas»... ¡ja! ¿Todavía no te has cansado de esa bobada? —El almirante Westfield tiró el cojín al suelo—. Hija mía, tienes que olvidar esas tonterías. Puede que hayas viajado de polizón con esos rufianes, aunque nunca entenderé de qué manera lo conseguiste, pero te aseguro que no tienes nada de pirata.

—«¿Viajar de polizón?». ¡Ja! ¡Pero si hasta vencí en combate a tu oficial de mayor rango! Aparte de...

—¡No quiero oír ni una palabra más! ¡Vas a volver a la Escuela de Buenos Modales y permanecerás allí hasta que aprendas a comportarte como una dama! Sé que te llevará décadas, pero no puedo permitir que andes de acá para allá con la escoria de Altamar. Por otro lado, supongo que no necesitaré preocuparme de eso una vez haya abolido la piratería.

Hilary se puso en pie como por resorte y el taburete salió disparado hacia atrás.

—¡No te atreverás!

—¡Pues claro que sí! ¡Ten por seguro que lo haré! Aunque, por descontado, todavía debo encontrar el tesoro de esa vieja urraca meticona. —El hombre frunció el ceño—. Ahora bien, en cuanto lo haya hecho, dispondré de magia suficiente como para enviar a la reina y a sus consejeros a algún sitio húmedo y lejano y, desde luego, será el fin de la piratería. —Pisó uno de los cojines con forma de corazón—. Los piratas son el no va más de la indecencia porque siempre ignoran las órdenes que les das e intentan robarte la magia. Yo seré el gobernante que encierre a esos bribones de una vez por todas y, así, Augusta podrá descansar.

¿Estaría pensando su padre en que Augusta por fin descansaba cuando envió al fondo del mar a los padres de Charlie y se quedó con su tesoro? Aquel pensamiento se le atragantó como si fuera un mendrugo de pan demasiado seco y grande.

—No creo que a la reina le haga gracia que la reemplacen.

El almirante se encogió de hombros.

—Supongo que no, pero es mi deber, en calidad de caballero de la alta sociedad, hacer lo mejor para Augusta. No se puede permitir que los rufianes naveguen a sus anchas y hagan caso omiso de mi autoridad, ni que la magia caiga en manos de gente que no es digna de confianza. Si la soberana es incapaz de mantener el reino ordenado, tendré que hacerme yo cargo. Todo sea por el bien de Augusta, claro está. —Se inclinó hacia delante y sonrió como si nada—. Imagino que lo entiendes mejor que nadie, cariño. ¿Acaso no he hecho siempre lo que era más conveniente para ti?

Era una suerte que el almirante Westfield le hubiera quitado la espada a su hija, porque retar al propio padre a duelo habría resultado terriblemente inadecuado, incluso para los estándares de la piratería.

—¿Te das cuenta de que podría contarle ahora mismo a la señorita Pimm lo que tramas?

—Claro que podrías, pero esa vieja urraca meticona no es tan tonta como para creer las historias fantasiosas de una niña.

Hilary sabía que su padre tenía razón. Incluso el Terror de las Tierras del Sur necesitaría algo más que una buena historia para conseguir que encerraran al almirante de la Real Armada por robo.

—En ese caso, le diré que busque en Villa Westfield. Seguro que encuentra los objetos mágicos que has robado.

—Por favor, ¿de verdad piensas que soy tan tonto como para guardar el botín en mi propia casa? Además, si el joven Oliver hace bien su trabajo, muchos de esos objetos decorarán pronto las baldas y mesas de un bungaló que conoces bien. Era en el número 25 de la Caleta del Arenque, ¿verdad?

Sabía muy bien que así era.

—¿Pretendes implicar a Jasper?

—No, querida, no lo pretendo, voy a hacerlo.

—¡Pero eso es terrible!

—Puede ser, pero no cabe duda de que es necesario. ¿Sabes?, debería bajar a la bodega y darle las gracias a Fletcher por ser el primero en caer en la trampa de la vieja urraca meticona. Me dan escalofríos cada vez que pienso en lo desagradable que habría sido que me pillaran a mí.

La niña a punto estuvo de señalar que fue ella la primera en caer en la trampa y que Jasper tan solo la seguía, pero dudó que aquello le importara. De hecho, parecía que lo impresionaran más los volantes del sofá rosa que su propia hija.

—Disculpa, padre, he de irme. No aguanto más esta conversación. Como voy a hacer lo posible por no cruzarme contigo en todo el viaje, espero que tengas una travesía agradable.

Fue hasta la puerta dando zancadas y haciendo sonar cada taconazo de las botas.

—Eso, huye. Pero pórtate bien.

Hilary se detuvo en la puerta. Estaba segura de que el almirante Westfield jamás le diría al verdadero Terror de las Tierras del Sur que se comportara.

—Sí, me voy a portar tal y como se portaría un buen pirata.

—No me quiero ni imaginar qué es lo que quieres decir con eso —respondió su padre entre susurros.

—Un buen pirata encuentra tesoros y contraataca.

Hilary decidió que el primer paso para contraatacar consistía en alertar a la señorita Pimm de la villanía de su padre. Si alguien podía capturar al almirante Westfield y liberar a la tripulación del Paloma, esa era la hechicera de las Tierras del Norte —por mucho que estuviera retirada—. Con Claire y la gárgola de su parte, y Fitzwilliam volando ansioso sobre su cabeza, Hilary llamó a la puerta del camarote de la directora.

Esta se abrió tan de golpe que Hilary, Claire, la gárgola y Fitzwilliam tropezaron y cayeron al interior de la habitación de la manera más incivilizada posible.

—¡Madre mía! —exclamó la mujer—, ¡menudo barullo! Buenas tardes, señorita Westfield, señorita Dupree y gárgola. —Miró a Fitzwilliam—. Buenas tardes, pájaro.

El periquito soltó un chillido a modo de respuesta.

—Esto es muy inusual. —La señorita Pimm cerró la puerta y volvió a sentarse a la mesa en la que estaba bordando—. ¿Puedo ayudarlos en algo?

—Podría liberar a mis amigos —respondió Hilary.

—Y detener al malvado almirante —añadió Claire.

—¡Y salvar el reino! —exclamó la gárgola.

La señorita Pimm frunció el ceño.

—Cuánto trabajo, ¿no? A ver, explíquense mejor.

Y eso es lo que hizo Hilary, apoyándose en las aclaraciones de la gárgola y las muestras de ánimo de Claire. No obstante, daba igual lo que Hilary dijera para intentar convencer a la mujer de que había capturado al grupo de rufianes equivocado; la señorita Pimm solo suspiraba y ponía los ojos en blanco.

—Su padre es un caballero honorable y un miembro valorado de la alta sociedad. Ya hemos detenido a los ladrones de magia; se encuentran en la bodega. Me temo que esos malhechores la han confundido, querida. Me resulta imposible creer que haya el más mínimo ápice de verdad en su historia.

—Hechicera —arguyó la gárgola tras soltar un gran suspiro—, ¿me estás diciendo que no confías en tu propia gárgola?

—Siempre te han gustado las historias imaginativas como la de ahora. Mi tesoro lleva siglos a salvo y les aseguro a ustedes que no tienen por qué preocuparse. Esta travesía a la isla de la Pólvora ha sido muy cansada y me he propuesto encerrar a los villanos en las mazmorras reales y dar carpetazo a este disparate de una vez por todas. —Miró su labor y soltó un punto—. No pienso volver a preocuparme por la magia. Hace mucho tiempo que dejé el cargo de hechicera y no tengo intención alguna de volver a desempeñarlo.

—¡Eso es una solemne tontería! —gritó Claire.

La señorita Pimm enarcó una ceja.

—Lo siento mucho —se apresuró a decir la chica—, pero ¿quién no querría ser la hechicera a toda costa? Viajas por el reino, usas la magia, te aprovechas de la gente… ¡es la leche!

La señorita Pimm guardó silencio unos instantes. Tras un rato, dejó la labor sobre la mesa.

—Ya que les gustan tanto las historias —dijo—, voy a contarles una. Tiene que ver con un pariente suyo, querida —le dijo a Hilary.

La mujer rebuscó en su bolsa de viaje y sacó un objeto cuadrado envuelto en un pañuelo de seda de color morado. En cuanto lo desenvolvió, Hilary se dio cuenta de que se trataba del marco de plata que la mujer tenía sobre el escritorio de su despacho, ese en el que había el dibujo de un caballero de antaño subido en la cesta de un globo.

—Simon Westfield era un gran explorador y un buen hombre. Íbamos a casarnos. Pero eso sucedió muchos años atrás…

—Mira que me gustan las historias de amor —comentó la gárgola entre suspiros.

—No sé si «amor» es la palabra más adecuada para describir-la —apuntó la señorita Pimm—. Era muy joven cuando me convertí en la hechicera y ya por aquel entonces había muchos rufianes como el señor Fletcher. Todos ellos querían lo mismo: el tesoro del reino; y, desde luego, no les hacía ninguna gracia que hubiera una hechicera que les dijera qué podían hacer y qué no con él. Cuando se dieron cuenta de que retarme con magia era inútil, fueron a por Simon. —Miró a la gárgola—. Intenté protegerlo, qué duda cabe, pero a Simon no le gustaba la hechi-cería. Decía que era innecesaria. Lo único que me permitió fue que tallara una gárgola para Villa Westfield, a la que Simon podría pedir protección en caso de encontrarse en peligro.

—¡Se refiere a mí! —exclamó la gárgola con las orejas tiesas.

La directora asintió.

—Pero no sirvió de nada. Los rufianes fueron a por él cuando estaba de viaje en globo, donde no podía protegerse de ninguna manera. Conjuraron un terrible viento y así acabó todo. —La mujer envolvió el marco de nuevo—. Después de aquello, no quise saber nada más de magia. No soportaba la sola idea de seguir siendo la hechicera, aunque por entonces no había nadie adecuado para sustituirme y no podía dejar la magia del reino sin protección para que cualquiera se hiciera con ella, así que reuní tanta como pude y la escondí. —Metió el dibujo de su amado en la bolsa de viaje—. Y la verdad es que no me arrepiento. La hechicería solo me trajo desgracias y todos estamos mejor sin ella.

—No lo entiendo —dijo Hilary—, si ya no quiere saber nada de magia, ¿por qué les entrega agujas de ganchillo encantadas a sus alumnas?

La señorita Pimm frunció los labios, como si pretendiera evitar que las siguientes palabras saliesen de su boca.

—Si tan ansiosa está por saberlo... le diré que sigo buscando a mi sucesora, la próxima hechicera. Alejarme de la magia por completo es lo que más deseo en el mundo, volver a mi casa de las Tierras del Norte y descansar un poco, pero no puedo abandonar mi tesoro hasta que no sepa que lo dejo en buenas manos. Ser la hechicera requiere un talento especial para usar la hechicería, ¿sabes? Estaba segura de que alguna chica de la alta sociedad lo bastante habilidosa pasaría por mi escuela de buenos modales antes o después y que la responsabilidad de cuidar de la magia del reino se la trasladaría a ella. He de decir que, hasta la fecha, me siento terriblemente decepcionada. A todas mis chicas se les da mejor hacer ganchillo que encantamientos. —La señorita Pimm se alisó la falda y se aclaró la garganta—. Pero, bueno, ya les he contado demasiado. Señoritas, no quiero que vayan por ahí extendiendo rumores, ¿me han oído?

Tanto Hilary como Claire asintieron.

—Y espero que deje usted de pensar que mi tesoro se encuentra en peligro. Como vuelva a oír una palabra al respecto, tendré que hablar muy en serio con sus padres. —La mujer volvió a coger la labor—. Me gustaría acabar este patrón antes de que suene la campana de la cena, de modo que, venga, márchense.

—¡Leches! —soltó Hilary cuando llegaron al dormitorio—. ¡Nos ha salido fatal!

Claire se puso el cárdigan verde de lana que, por alguna razón, estaba del revés.

—Al menos, lo intentamos —dijo la niña—. Lo hemos hecho lo mejor que pudimos.

—Pero no ha sido suficiente, así que vamos a tener que comportarnos como piratas.

—«¿Como piratas?» —repitió Claire a modo de pregunta mientras jugueteaba con los ojales del cárdigan.

—Eso es. Mi padre no es la persona más inteligente de Augusta pero, desde luego, se le dan muy bien las fechorías y seguro que nos arrebata el tesoro de la señorita Pimm delante de nuestras propias narices... ¡siempre que no lo robe yo primero!

—¡Ay, pero ¿dónde están los botones?! Oye... no dirás en serio eso de robar el tesoro, ¿verdad?

—Claro que sí. Ya que no podemos evitar que Jasper dé con sus huesos en las mazmorras reales, tendré que hacer las veces de Terror de las Tierras del Sur. Jasper quería impedir que mi padre consiguiera toda esa magia y, para ello, iba a repartirla por el reino... ¡así que haré eso mismo yo también!

—¡Pero te expulsarán! —Claire se dejó caer sobre su cama—. ¿No recuerdas que la directora nos dijo que robar estaba prohibido?, ¡especialmente en caso de tratarse de objetos mágicos! ¿Y si te pillan? Ay, Hilary, ¿y si te mandan a las mazmorras reales por siempre jamás y no me dejan ir a visitarte y coges una enfermedad horrible que ni siquiera te permite

escribirme? —Agarró el cárdigan con fuerza—. Solo se me
ocurre una cosa... ser tu conspiradora. Al menos, así iremos
juntas a las mazmorras.

La gárgola recorrió la cama de Hilary a saltitos y se acurrucó en la almohada.

—Os estáis preocupando por nada —dijo la talla—. Vamos
a encontrar el tesoro y no nos van a pillar.

—¿Por qué estás tan segura? —le preguntó Claire.

—¿Acaso no somos piratas? —respondió la gárgola.

—Sí, claro... —respondió la niña tras pensar unos instantes
en lo que acababa de decir—, supongo que sí.

LA
OVEJA BAILARINA

DIVISIÓN FLOTANTE DE LA
ESCUELA DE BUENOS MODALES DE LA
SEÑORITA PIMM
PARA DAMAS DELICADAS

Querido almirante Westfield:

*Por favor, disculpe que le pase esta nota por
debajo de la puerta, pero me da la impresión de que
no se halla usted en el camarote. Me alegro mucho
de que haya decidido instalarse unos días en
Pemberton cuando lleguemos a tierra. Es normal
que esté deseoso de pasar un tiempo con su hija y
aprecio de veras que quiera saber más acerca de mi*

estupenda institución. En cuanto lleguemos, dentro de unas horas, haré que le preparen una habitación en la escuela.

He de admitir que, a cambio, quiero pedirle un favor delicado. Como bien sabe, tengo la intención de enrolar a Charlie Dove, el pupilo del pirata, en la Academia de Puertolarreina para Chicos Difíciles. Sin embargo, me temo que podrían pasar varios días antes de que le hicieran un hueco y no podemos permitir que estropee su futuro si consigue huir durante ese intervalo de tiempo. ¿Podría encargarse de vigilarlo mientras esté en la escuela para que no escape del edificio o —¡Dios no lo quiera!— vague por los pasillos de mi institución? Creo que el chico podría aprender muchísimo de su noble ejemplo. Si le permitiera compartir sus aposentos, sería un placer para mí proporcionarle un candado y una llave.

Muchísimas gracias,
Eugenia Pimm

De la modesta pluma de
ELOISE GREYSON

Querida Hilary:

Espero que te encuentres bien. Siento muchísimo no haber podido despedirme de ti cuando atracamos, pero es que los guardias insistieron en llevársenos lo antes posible. En cualquier caso, las mazmorras reales están preciosas por esta época del año y hay un guardia que ha sido tan amable de traerme papel para escribir. He tenido que poner mi membrete a mano, como ves, y me gustaría tener mi fantástica pluma, pero los vigilantes me han asegurado por activa y por pasiva que los criminales no usan estilográfica... Como ellos son los expertos en conducta delictiva (y no yo), no me queda otra que creerles.

¿Te lo estás pasando bien en la Escuela de la Señorita Pimm? Debes volcarte en los estudios y esforzarte por convertirte en una dama de provecho, ya que no me gustaría que hicieras alguna locura y dieras con tus huesos aquí, en las mazmorras reales. No es que no sea un lugar agradable pero... Por cierto, ¡me he hecho amiga de un ratoncillo de campo! Compartimos el pedacito de queso que me ofrecen cada día y le he contado lo valiente que eres. Te envía recuerdos.

Jasper está en la celda de al lado. Está tan contento

como cabría esperar... dadas las circunstancias. Me ha pedido que te envíe recuerdos de su parte y añade que confía en que estés comportándote como se espera de quien lleva tu título. A decir verdad, no tengo ni idea de lo que quiere decir con eso.

Nos han comentado que, si el juez está de humor, quizá nos hagan un juicio. Por lo visto, ahora mismo se encuentra de vacaciones en su cabaña de la montaña y no se pueden poner en contacto con él. En cualquier caso, me han dicho que los piratas no le caen nada bien, así que lo más probable es que tengamos que quedarnos aquí. He pedido unas cortinas y alguna alfombra para que la celda adquiera un aspecto más acogedor. Desde luego, no se parece en nada a la librería con la que soñaba, pero viene bien para apreciar los pequeños placeres de la vida. Seguro que todo esto me hará mejor persona.

He de admitir que me encantaría estar de nuevo en Altamar pero, por favor, Hilary, ¡no te des a la piratería para intentar salvarnos! Sé que nunca me haces caso, aunque debes entender que unos cuantos años en una escuela de buenos modales es mucho mejor que pasarse la vida encerrada en las mazmorras reales.

Con cariño,
la señorita Greyson

Capítulo diecisiete

Hacía horas que se habían apagado todos los faroles de la Escuela de Buenos Modales de la Señorita Pimm para Damas Delicadas, pero Hilary no tenía la más mínima intención de dormir. Paseaba por la cubierta —bueno, por el entablado— de la habitación que compartía con Claire. Dobló y desdobló la carta de la señorita Greyson que había recibido aquella tarde. La gárgola descansaba en la balda, con el morro apoyado en *La isla del tesoro* después de hacerle sitio a regañadientes a Fitzwilliam —que dormía acurrucado bajo el ala izquierda de la talla.

—Si fueras la hechicera —se dijo Hilary a sí misma—, ¿dónde habrías escondido el tesoro?

Claire se sentó al borde de la cama y apartó la vela de su mesilla.

—Supongo que podría estar en cualquier parte de Augusta

—dijo la niña—. ¡Ay!, ¿qué haremos si el tesoro se halla enterrado en las Tierras del Norte? Allí nunca lo encontraremos.

Hilary siguió dando vueltas. Así, se sentía más como el Terror de las Tierras del Sur, aunque estaba casi segura de que el anterior titular nunca había ido de un lado a otro vestido con un camisón blanco bordado.

—Es imposible que se encuentre allí —respondió al cabo de un rato—. Mi padre ha decidido quedarse en Pemberton... y dudo mucho que sea para hacer vida social. Seguro que cree que el tesoro está por la zona.

—Y quizá tenga razón. A fin de cuentas, buscamos el tesoro de la hechicera y ella está aquí. —Claire arrugó la nariz—. ¿Y si se halla en los aposentos de la señorita Pimm? ¿¡O en la lavandería!?

—Los piratas debemos barajar todas las posibilidades, por terroríficas que sean.

Claire se estremeció.

—¡Uf, ahora respeto más si cabe a los piratas!

La gárgola se incorporó tan de repente sobre la balda que Fitzwilliam salió volando.

—¡Escuchad! ¡Oigo pasos! —exclamó.

Hilary se detuvo. Al otro lado de la puerta, en el abrumador silencio de la escalera que daba a los dormitorios, las botas de alguien pisaban los escalones. La gárgola descendió de un salto de la balda y se escondió entre las sábanas de la cama de Hilary.

—¡Es el fantasmas de Simon Westfield, que viene a vengarse! —gritó.

—¡O Philomena, que desea convertirme en palitos de pescado! —dijo Claire entre susurros.

—O peor... quizá sea mi padre.

El ruido de las botas cada vez era más fuerte, hasta que se detuvo justo frente a la puerta.

Cuando se abrió, Claire chilló.

—¡Uf, menos mal! —Hilary respiró tranquila—. Solo es Charlie.

—«¿Solo?». —El chico apagó la vela de un soplido y cerró la puerta tras de sí—. A ver, consigo escapar de la atenta vigilancia del almirante, me hago con una vela y encuentro vuestra habitación entre tantos pasillos laberínticos sin entrar en la de ninguna otra alumna, ¿y «solo soy Charlie»? Menudo chasco.

Hilary se rio y le dio un abrazo.

—¿Qué haces aquí? ¿No deberías huir antes de que la señorita Pimm te mande a esa horrible academia?

—Me lo he planteado, pero soy pirata y, por tanto, no puedo abandonar a mis camaradas. Si Jasper desea que encontremos el tesoro, voy a... —Se quedó callado de pronto, borrándosele la sonrisa de la cara. Luego, dijo en voz baja—: Hilary, ¿sabías que aquí hay una alumna?

—¡Pues claro! Se llama Claire. Ven, que te la presento. —La chica se dio la vuelta y dijo—: Claire, este es mi amigo Charlie.

Claire hizo una reverencia. Luego, para asegurarse, le dio la mano y se la estrechó animadamente.

—Hola. Un placer conocerte. ¿De verdad eres pirata? Eres el tercero que conozco, después de Hilary y la gárgola. Hilary me lo ha contado todo acerca de vuestras aventuras en el Paloma. Es un honor que vayas a ayudarnos a encontrar el tesoro. No es que la necesitemos, pero será muy agradable tener compañía. Creo que el almirante Westfield es una persona horrible, ¿no te parece?

—¿Qué hago? —le preguntó Charlie a Hilary entre susurros.

—¡Vaya sorpresa, Charlie Dove! ¡Así que te dan miedo las alumnas de esta escuela!

—Un pirata no le tiene miedo a nada —respondió el muchacho al tiempo que se cruzaba de brazos—. Eh... esto... me alegro de conocerte, Claire.

—¿Cómo has conseguido escapar? ¿No se supone que mi padre había de vigilarte?

—El bueno de Westfield se ha largado de la habitación bastante antes que yo y no ha cerrado la puerta con llave. Llevaba una pala bajo el brazo, así que creo que iba en busca de algún tesoro.

—Eso significa que considera que está cerca. —Hilary empezó a dar vueltas de nuevo—. Ahora bien, podría hallarse en cualquier parte de Pemberton. ¿Sabes si ha abandonado el edificio?

—Ni idea, no lo he seguido. No quería que me descubriera.

—Ejem —dijo la gárgola mientras salía de debajo de las sábanas y daba chasquidos con la cola—. He estado pensando en todo esto de la búsqueda del tesoro y tengo que anunciaros algo: me pican un poco las orejas.

Fitzwilliam puso los ojos en blanco y dio un graznido.

—¡No, no es un asunto privado! —le contestó la gárgola—. Las orejas me pican cada vez que hay magia cerca y, la verdad es que, siempre que estoy en la escuela, ¡lo hacen muchísimo!

Hilary miró fijamente a la talla.

—¡Y, ¿por qué no lo habías dicho antes?!

—Claro que lo dije, hace un montón, pero me respondiste que debía de tener alergia a las escuelas de buenos modales.

—Ay, gárgola, lo siento mucho. ¡Es una pista excelente! —La niña se tocó la punta de un sombrero pirata imaginario para darle las gracias—. Aunque ¿no podría ser que estuvieras sintiendo el hechizo de las agujas de ganchillo mágicas de las demás chicas?

—Lo cierto es que no estoy seguro, pero diría que se trata de algo más importante. Las agujas son pequeñas, comparadas conmigo, claro, y esta sensación es muy fuerte. —La gárgola puso tiesas las orejas—. ¿Creéis que el tesoro podrían formarlo las demás gárgolas?

—No creo que la señorita Pimm sea tan tonta como para esconder una comunidad de gárgolas para toda la eternidad —comentó Claire—. Piensa en lo quisquillosas que se pondrían sin nadie que les rascara las orejas.

Hilary se detuvo en seco.

—«Esconder para toda la eternidad...» —dijo—. ¿No aparecía algo así en el mapa del tesoro?

—«El tesoro conmigo permanecerá para toda la eternidad» —apuntó Charlie mientras asentía—. Parece que a la hechicera le gustan las rimas.

—¡Eso lo demuestra! Si la señorita Pimm decidió guardar cerca de ella el tesoro... ¡seguro que se encuentra en este edificio!

—Sabía que tendríamos que acabar bajando a la lavandería... —protestó Claire.

Hilary se puso un cárdigan por encima del camisón y se calzó las botas de pirata.

—No hay tiempo para preocuparse por la lavandería. Me da igual si tenemos que levantar cada piedra de la escuela, el tesoro está aquí y vamos a encontrarlo.

—¡Chúpate esa, almirante Westfield! ¿¡Quién es ahora la mascota de piedra!? —exclamó la gárgola.

Durante tres noches rebuscaron en cada rincón de la Escuela de la Señorita Pimm. La primera, Charlie trepó hasta las vigas llenas de telarañas del comedor, Claire desenterró las preciadas lilas de la profesora de jardinería y Hilary buceó por las heladas profundidades de la piscina. Para cuando amaneció, estaban cubiertos de polvo y suciedad, y tenían los labios amoratados... pero no habían encontrado el tesoro. Charlie volvió corriendo a su habitación para que el almirante Westfield no se percatase de su ausencia y las chicas se prepararon para un tedioso día bailando el vals, bordando y desmayándose. Hilary hubiera preferido no asistir a clase —una decena de ausencias no le importaban lo más mínimo al Terror de las Tierras del Sur—, pero no quería que la señorita Pimm tuviera la menor sospecha.

La segunda noche, la gárgola saltó sobre todas y cada una

de las losetas del jardín sin que le picaran las orejas; Fitzwilliam voló hasta el tejado del edificio, aunque no encontró nada, excepto una bandada de palomas hostiles; Charlie casi queda sepultado bajo una avalancha de toallas limpias cuando buscaba en el armario del ama de llaves; Claire miró dentro de todos los pucheros y ollas de cocina y Hilary exploró cada uno de los catorce tocadores que había en la escuela. Pero, del tesoro, nada. Mientras Hilary y Claire volvían a su dormitorio al romper el alba, vieron al almirante Westfield cruzar el jardín, balanceando la pala y, aparentemente, de mal humor.

—Bueno, por lo menos me alegra saber que mi padre no ha encontrado el tesoro todavía.

—Empiezo a creer que la señorita Pimm posee una residencia de verano secreta o una cámara blindada en el banco de Puertolarreina y que el tesoro está a kilómetros de aquí... por lo que va a ser imposible que lo descubramos —comentó Claire entre bostezos, frotándose los ojos con un pañuelo.

—Seguro que no —le respondió su amiga a pesar de no tenerlas todas consigo.

La tercera noche, los buscadores de tesoros se armaron de valor y cruzaron ante el dormitorio de la señorita Pimm.

—Gárgola, ¿sientes algo? —le susurró Charlie—. ¿Te pican ya las orejas?

—No más de lo habitual —contestó mientras negaba con la cabeza—. Aquí no hay magia.

Bajaron cansados las escaleras que llevaban al paraninfo, donde pasaron gran parte de la noche buscando tras los cuadros y bajo las alfombras. La gárgola incluso pedía consejo a las piedras de la pared, pero estas no se mostraron interesadas en mantener conversación alguna.

—No sabía que la piratería fuera tan agotadora —comentó Claire al tiempo que se sentaba para recuperar el aliento—. Si alguna vez tengo un tesoro, lo enterraré en algún lugar agradable y lógico. Debajo de la cama, por ejemplo, o... ¡Oh, leches, viene alguien! —Apagó su vela de un soplido y el salón quedó en la más completa oscuridad.

Hilary observaba con atención cómo un puntito de luz descendía por las escaleras de los dormitorios, haciéndose cada vez más grande y brillante a medida que se acercaba al paraninfo. La luz se detuvo en la entrada y Hilary entrecerró los ojos.

—Ya decía yo que me parecía haber oído ruidos —dijo Philomena, que bajó su linterna y espantó todas las sombras hacia las paredes—. Son Claire y Hilary levantadas a una hora nada conveniente para una dama. Lo cierto es que no me sorprende. Pero ¿quién es ese? —y apuntó con su aguja de ganchillo en dirección a Charlie.

—¿Y a ti qué te importa? —le soltó el muchacho mientras retrocedía unos pasos.

—Ah, eres el piratilla, ¿no? El que ha estado robándoles magia a personas de más categoría, ¿verdad? No, ni se te ocurra moverte. —Philomena se dio unos golpecitos en la palma de la mano con la aguja—. ¿Qué opináis: os pego al suelo hasta mañana temprano? Sería toda una sorpresa para las demás chicas cuando bajaran a desayunar.

—No te atreverás —la retó Hilary—. Si llevara mi espada, te atravesaría con ella.

—Y acabarías en las mazmorras reales junto a esos otros piratas de pacotilla. En realidad, a todos os vendría bien dar con vuestros huesos allí, pero voy a ser buena. —Guardó la aguja de ganchillo en el bolsillo—. Esta vez no pienso pegaros al suelo, solo me limitaré a informar a la señorita Pimm de vuestro comportamiento. Espero que os mande llamar por la mañana. —La luz de la linterna se desvaneció mientras la muchacha daba media vuelta—. Por cierto, Claire —dijo mirando a la niña por encima del hombro—, deja de temblar, seguro que no es tan grave que la señorita Pimm te quite la beca.

En efecto, la señorita Pimm mandó llamar a Hilary y a Claire a su despacho antes del desayuno. Mientras caminaban por los pasillos resonantes, Hilary sacó un mendrugo de pan de su bolsa de lona y le ofreció la mitad a Claire, pero esta le confesó que estaba demasiado aterrorizada como para ponerse a comer.

—¿Crees que me quedaré sin beca? Mis padres se pondrían furiosos y yo nunca llegaría a formar parte de la alta sociedad. Además, como tenga que envolver una trucha más... ¡me pongo a gritar!

Hilary abrazó a su amiga.

—Supongo que podría ser peor. La señorita Pimm podría cortarnos la cabeza y clavarla en los pinchos de la verja.

La niña se esforzó por soltar una carcajada, pero Claire no la secundó.

Cuando llegaron al despacho de la directora, encontraron a la mujer sentada al amplio escritorio de madera. Frente a ella, con un traje recién planchado y aspecto inconsolable, estaba Charlie.

La señorita Pimm levantó la mirada y tamborileó los dedos de una mano contra los de la otra.

—Buenos días, señoritas. Por favor, siéntense. La señorita Tilbury me ha contado que ninguno de los tres ha tenido un comportamiento del todo virtuoso. ¿Es eso cierto?

Claire se revolvió en la silla. Hilary se sentó recta y dijo:

—Es culpa mía. Soy pirata, ¿sabe?, para mí es casi imposible ser virtuosa. No culpe a los demás.

—A mí puede culparme si quiere; yo también soy pirata —soltó Charlie.

Claire volvió a removerse en la silla.

—Yo también soy pirata —dijo en un tono de voz apenas audible—. Pero, por favor, ¡no clave mi cabeza en la verja!

La directora se secó la frente con un pañuelo.

—Todo esto de la piratería es ridículo. Señorita Dupree, entiendo que, para usted, esto de la alta sociedad sea nuevo. He de recordarle, sin embargo, que su continuidad en esta escuela depende de su buena conducta. Si sigue sin prestar atención a mis reglas, no habrá razón alguna para que siga cursando sus estudios aquí. ¿Me he explicado bien?

—Sí, señorita Pimm. —El tono de voz de la niña era todavía más bajo que antes.

—En tu caso —dijo mientras se apoyaba en el escritorio y se inclinaba hacia delante para ver mejor a Charlie—, está claro que ni siquiera el almirante Westfield es capaz de controlarte y yo no puedo permitirme que haya piratas campando a sus anchas por mi escuela. ¡Me sulfuro con solo pensarlo! —Volvió a secarse la frente con el pañuelo—. Recientemente me han escrito de la Academia de Puertolarreina para Chicos Difíciles y me han comunicado que hay una plaza libre para ti, así que partirás en el primer tren hacia Puertolarreina que sale mañana por la mañana.

La mujer acalló las protestas del muchacho y empezó a echarle una reprimenda a Hilary sobre el modo en que debería comportarse la hija de un almirante. Hilary gruñó y se dejó resbalar en la silla para que las palabras de la mujer le pasaran por encima mejor. No quería oír cómo la señorita Pimm describía el glorioso futuro de bailes, obras de caridad y buenos modales que le aguardaba en la alta sociedad con solo esforzarse un poquito. Tampoco deseaba pensar en Claire, que tenía un pie en la pescadería; o en Charlie, embutido en aquel traje horrible, y el futuro que le esperaba, tan lejos de Altamar. ¿Qué clase de pirata era, que no podía siquiera encontrar un tesoro? ¿Qué tipo de pirata era, que ponía en peligro a sus amigos? El Terror de las Tierras del Sur provisional la estaba liando buena.

La chica no se atrevía a mirar a los ojos ni a Charlie ni a Claire, y mucho menos a la señorita Pimm. Por tanto, decidió leer las frases bordadas que colgaban de las paredes del despacho, empezando por la que tenía enfrente y en donde se leía: «Cuidado con los peligros del ensimismamiento». Casi se echa a reír. En aquel momento, un padre malvado y una hechicera inconsciente le parecían más peligrosos que su actitud reconcentrada. Otro de los lemas rezaba: «Las damas no chillan», pero la niña estaba segura de que acabaría gritando si el rapapolvo de la señorita Pimm duraba un poco más. La frase más ridícula de todas, sin embargo, colgaba justo encima de la cabeza de la directora, con su rima y todo, bordada con hilo verde en un pedazo de tela vieja: «La caricia de una dama es, de todos, el mayor tesoro».

A Hilary le dieron ganas de darle una patada con todas sus fuerzas a aquel bordado. ¿Quién habría escrito semejante cursilada? Desde luego, obra de un pirata no era. A los piratas les daban igual las caricias de las damas siempre que hubiese algo de magia por buscar. Además, ¿no era la señorita Pimm la hechicera? Por favor, ¡si el mayor tesoro de todos lo tenía ella! La mujer debería de saber que aquella rima era una solemne tontería.

La niña se inclinó hacia delante para ver mejor el bordado. La parte inferior del rectángulo de tela estaba tan manchado que apenas era perceptible el pequeño ocho en él.

—Señorita Westfield, ¿me está prestando atención?

Hilary asintió, pero la charla de la directora se había convertido en un mero zumbido de acompañamiento. Aquella labor debía de ser obra de la propia hechicera. Le gustaban las rimas, el ocho era su firma y en ella se hablaba de tesoros. No podía tratarse de una mera coincidencia.

—«La caricia de una dama...» —murmuró Hilary.

¿De verdad sería una tontería o...? Se inclinó hacia delante de nuevo con tanta ansiedad que casi se cae de la silla. ¿O era, más bien, una pista?

No aguantaba más allí sentada pero, cuando, por fin, acabó la regañina, hizo lo imposible por poner cara seria y de pena mientras salía del despacho detrás de sus dos amigos.

—Nunca volveré a Altamar —comentó Charlie—. Al Azote de las Tierras del Norte no pueden verlo con camisa almidonada.

—Y yo estaré de truchas hasta las rodillas el próximo otoño. —Claire se llevó las manos a la cara.

—Ni mucho menos —soltó Hilary—. Y tú no vas a tener que ir a esa horrible academia. Para la hora del desayuno de mañana, ¡seremos héroes!

Claire miró por entre los dedos.

—¿Qué quieres decir?

—Que ya sé dónde escondió el tesoro la hechicera.

El reloj de la plaza de Pemberton dio las doce de la noche justo cuando Hilary salía de la cama, se ponía la ropa de pirata y despertaba a la gárgola. Esta asomó la cabeza por encima de las sábanas, agitó las alas un par de veces y bostezó —dejando a la vista sus aterradores colmillos.

—¿Me he quedado dormido? ¿Me he perdido lo del tesoro?

—No te has perdido nada —respondió la niña mientras iba a despertar a Claire, a quien susurró—: No tienes por qué venir con nosotros. No quiero que te expulsen por mi culpa.

Claire se frotó los ojos con las mangas del camisón y se sentó en la cama.

—¡Venga ya! Nunca he corrido ninguna aventura, al menos que mereciera la pena, y no voy a permitir que me dejéis aquí. ¡Imagina lo emocionante que va a ser encontrar el tesoro! Seguro que Violeta se pone verde de envidia.

Hilary agarró una vela con una mano y la gárgola con la otra mientras Claire le permitía a Fitzwilliam posarse en su hombro. A continuación, salieron de la habitación sin hacer ruido.

Los pasillos de la escuela eran frescos y sombríos de día, si bien de noche hacía en ellos un frío de mil demonios. El aire que recorría las escaleras hacía titilar la llama de la vela y la gárgola se sobresaltaba con cada ruido que resonaba en el edificio. Al fondo de la escalera había otra vela que temblaba. Charlie los estaba esperando.

—Todo despejado —les susurró el chico mientras cruzaban el paraninfo—. El almirante ha desaparecido hace casi una hora y lo he seguido un rato. Al venir a buscaros me ha parecido ver que se encaminaba hacia la biblioteca.

—¿Adónde vamos nosotras? —La gárgola temblaba en los brazos de Hilary—. Aún no nos has indicado el escondrijo del tesoro.

—Tengo la corazonada de que se encuentra en el despacho de la señorita Pimm pero, para asegurarme, voy a necesitar que me digas si sientes algo una vez estemos allí. ¿Crees que podrás hacerlo?

—Las gárgolas superamos cualquier obstáculo, ya sea grande o pequeño. Ahora bien, se nos dan mejor los de menor tamaño.

El primer obstáculo pequeño con el que se toparon fue la cerradura de la puerta del despacho. De entre un montón de rizos, Claire sacó una horquilla y se la tendió a Charlie, que la usó para intentar abrirla. Después de lo que a Hilary le pareció una eternidad, algo hizo «clic» en el mecanismo y la puerta cedió.

La gárgola miró en derredor. Husmeó. Irguió las orejas.

—No veo ningún tesoro pero, desde luego, las orejas me pican más de lo habitual.

Hilary dejó a su amigo en el suelo y la talla fue dando saltos hasta la pared más alejada.

—Sí —dijo una vez allí—, aquí es más fuerte. Hay magia cerca... ¡y en gran cantidad!

—¡Genial! —exclamó Hilary mientras colocaba a la gárgola sobre el escritorio para que viera mejor.

Luego, se puso de puntillas para alcanzar el bordado que colgaba del centro de la pared y lo tocó con suma delicadeza.

No sucedió nada.

Charlie suspiró y Fitzwilliam graznó en un tono que a Hilary le pareció de fastidio. La chica dio un taconazo en el suelo.

—¡Leches, estaba segura de que esto funcionaría! «La caricia de una dama es, de todos, el mayor tesoro».

—Desde luego, tiene sentido —comentó Claire, que se acercó a la pared y acarició el bordado.

Nada. El tesoro se negaba a aparecer.

Luego fue Charlie quien tocó la muestra. Tampoco. Lo presionaron los tres a la vez con la palma de la mano, pero seguía sin suceder nada.

—Tal vez no seamos lo bastante damas —dijo Claire en conclusión.

—¡Vamos, anda! —Hilary se puso de puntillas de nuevo y descolgó el bordado de la alcayata—. Quizás estemos pasando algo por alto.

—¿Como, por ejemplo, un gran ocho tallado en la pared? —comentó la gárgola.

—Sí, como algo así, pero no creo que...

Hilary se quedó callada en cuanto se dio cuenta de lo que estaba mirando la gárgola.

Justo detrás de donde colgaba el bordado había una piedra grande marcada, sin lugar a dudas, con un ocho.

—Bueno..., parece de lo más prometedor —comentó Charlie.

—¡Empújala! —gritó la gárgola—. A ver, hazlo con delicadeza y todo eso... ¡pero date prisa!

Hilary tomó aire.

—¿Estáis seguros de que eso es lo que debo hacer?

—¡Sí! —gritaron Claire y Charlie al unísono.

—Detrás de esa pared hay un tesoro —añadió la gárgola—, y tú eres una pirata. Me temo que no te queda otra opción.

—De acuerdo —y tocó la piedra.

No fue especialmente delicada; a decir verdad, fue un tanto brusca, pero, por lo visto, funcionó. La piedra se metió en la pared y, acto seguido, acompañándose de un ruido sordo, la pared del despacho se deslizó hacia un lado. Los cuadros enmarcados cayeron al suelo y sus cristales se rompieron en mil pedazos. Sobre el escritorio de la señorita Pimm, el dibujo de Simon Westfield temblequeó.

Hilary levantó la vela y miró. Frente a ella, en una estancia el doble de grande que el propio despacho, resplandecían enormes pilas de monedas mágicas de color dorado. En las paredes aparecieron baldas de piedra llenas de objetos mágicos: cuchillos trinchantes y taburetes, candelabros y floreros, todos ellos estremeciéndose ligeramente debido a la concentración de tanta hechicería. A la entrada de la habitación había una caja repleta de centelleantes agujas de ganchillo doradas.

Charlie sonrió, Claire ahogó un grito y la gárgola empezó a dar saltos de alegría —lo cual estropeó un poco el escritorio de la señorita Pimm.

—¡Lo has conseguido! —le dijo la gárgola a gritos—. ¡Has encontrado el tesoro! Es evidente que eres el Terror de las Tierras del Sur... ¡y yo soy tu gárgola!

—Nunca había visto tantísima magia junta —comentó Charlie tras silbar por lo bajo.

—Nadie, salvo la hechicera, la había visto —convino Hilary—. Todas estas monedas y candelabros debieron de pertenecer a sus propios tatarabuelos y amigos, y a toda la gente que vivía en Augusta cuando murió Simon Westfield... momento en que la hechicera decidió arrebatarles la magia.

Claire se dejó caer en la silla de la señorita Pimm y se quedó contemplando el tesoro extasiada.

—Me parece muy injusto que lleve tantísimos años guardada —dijo la chica—. Anda que no me habría venido bien un poco de magia en la pescadería.

—Bueno, ya no va a seguir guardada —comentó Hilary—. Vamos, tenemos que recoger el botín y largarnos de aquí a toda pastilla, antes de que la señorita Pimm decida bajar a ver a qué venía tanto escándalo.

—Qué pena que el Paloma siga en la bahía de la Pólvora, porque vamos a necesitar un barco pirata para transportarlo —comentó Charlie.

Tenía razón, el tesoro era demasiado grande, pesado y mágico como para que lo trasladasen sin más. Si ya llamaba la atención que alguien llevara una o dos monedas por la calle, pensó Hilary, cómo sería empujar carretillas cargadas de agujas de ganchillo de oro por todo Pemberton.

—Ya se nos ocurrirá algo, pero... —Hilary se detuvo de golpe.

Detrás de ellos, alguien toqueteaba la cerradura del despacho de la señorita Pimm. Se miraron muertos de miedo.

—¿Abierta? —dijo alguien al otro lado de la puerta—. ¿Cómo puede ser? ¡Qué oportuno!

A Hilary solo le daba tiempo a desenvainar la espada, pero cuando se echó la mano al cinto recordó —demasiado tarde— que no la tenía consigo. De pronto, el almirante Westfield se encontraba ante ellos.

El hombre miró a la niña primero. Luego, a Charlie, Claire, la gárgola y a Fitzwilliam. Después, se quedó contemplando los resplandecientes montones de tesoro mágico. Cruzó los brazos sobre la barriga y sonrió.

—Hilary, hija mía —dijo al cabo de un rato—, he de admitir que estoy orgulloso de ti.

Fuera lo que fuese que Hilary esperaba que dijera su padre, desde luego, no era aquello.

—¿En serio?

—Por supuesto. Me has ayudado a encontrar mi tesoro. Ahora, sé buena chica y entrégamelo.

☞ *Búsqueda de tesoros para principiantes:*
GUÍA OFICIAL DE LA LCHP

Sobre «si has de traicionar a un camarada»:

La traición es un tema muy serio y no se debe tomar a la ligera. En la LCHP no alentamos la felonía oficialmente, pero reconocemos que, en ciertas ocasiones, es necesario recurrir a ella para salvar la vida, conseguir el tesoro que buscabas o alcanzar algún otro objetivo que merezca la pena.

Cuando te encuentres ante la necesidad de traicionar a alguien, recuerda: «detente, piensa y actúa».

Primero, «detente». Déjate de frases estúpidas del tipo: «¡Ja, te he traicionado!», hasta que no estés seguro de que hayas tomado la decisión adecuada.

Segundo, «piensa». Ser desleal a tu camarada, ¿te dará más problemas de los que resuelve? ¿Va a reaccionar el otro pirata con violencia? ¿Has tomado todas las precauciones necesarias?

Y, tercero, «actúa». Envía a la LCHP una petición escrita para que te mande los formularios necesarios para traicionar como es debido y rellénalos por triplicado. En estos documentos se te pedirá que des el nombre del pirata en cuestión al que estás faltando, la razón que te ha llevado a hacerlo y una descripción sucinta del horrible destino que le aguarda. En cuanto el director de Traiciones reciba y apruebe los formularios, te enviaremos una nota en donde se te concede permiso para llevar a cabo la felonía.

Nota: todas aquellas traiciones que no lleven adjuntos los formularios precisos no se considerarán «actos oficiales de la LCHP», de forma que el pirata responsable de la misma podría perder su condición de miembro.

Capítulo dieciocho

—No. No pienso hacerlo —respondió Hilary.

El almirante Westfield fingió limpiarse los oídos para dar a entender que no había escuchado bien lo que su hija acababa de expresar.

—¿Qué has dicho, cariño?

Charlie dio un paso al frente antes de que Hilary pudiera impedírselo.

—Ha dicho que no va a entregarte el tesoro. Y yo tampoco.

El muchacho agarró un abrecartas con el mango de porcelana que había sobre el escritorio de la señorita Pimm y lo esgrimió como una espada, mientras se interponía entre el almirante y su amiga.

Charlie era rápido, pero el almirante aún más. El hombre se lanzó adelante, cogió al primer oficial por el brazo y se lo retorció hacia atrás hasta que empezó a gritar de dolor y dejó caer el abrecartas, que tintineó al chocar contra el suelo.

—¡Padre, suéltale ahora mismo!

El almirante suspiró y soltó al muchacho, que se encogió dolorido y se derrumbó junto al abrecartas.

—Admiro tus agallas, chico, pero no tengo tiempo para duelos. —El hombre buscó en el bolsillo del pantalón y sacó una pequeña moneda que brillaba a la luz de los candelabros—. ¿La reconoces? Se la quité a tu amigo Jasper, con quien desearás estar en las mazmorras reales si no me obedeces. ¿Me has entendido?

Charlie asintió mientras se frotaba el hombro.

—Es usted una bestia horrible —le espetó Claire—. ¡Mire que amenazar a la gente con magia!

El almirante Westfield abrió los ojos de par en par.

—Pero ¿qué es esto? ¿Una niña en camisón? ¿Tú también vas a atacarme?

—¿Qué estás haciendo? —le preguntó Hilary a su amiga.

—¡Defenderte, claro está! —La chica se atusó los volantes del camisón—. Es lo correcto.

—Pero si no necesito que me protejas...

Claire le pasó el brazo a Hilary por los hombros.

—Lo siento, Hilary; voy a defenderte lo quieras o no. En cuanto a usted, almirante Westfield, no voy a atacarlo. Ni soy fuerte ni me considero una descerebrada, por si lo quiere saber; en cualquier caso, si no se va de la escuela ahora mismo, voy a gritar tan alto que la señorita Pimm vendrá corriendo y seguro que entonces cuando vea que intenta robarle su tesoro, se da cuenta de que el malo es usted. —Se aclaró la garganta—. Empezaré a gritar enseguida, señor, y le advierto que se me da muy bien.

—Bueno, bueno, no hace falta ponerse así —dijo el almirante Westfield al tiempo que recogía una labor del suelo, retiraba los fragmentos de cristal y se secaba la frente con ella—. Ahora bien, aquí pone: «Las damas no chillan».

—Pues vaya, imagino que va a ser una más de las normas que pienso saltarme.

Sonrió con dulzura y tomó una gran bocanada de aire.

El almirante cerró la mano con la moneda de Jasper en su interior.

—¡Deseo que esta niña guarde silencio! Y, ya puestos, deseo que este piratilla no se mueva.

Claire abrió la boca, aunque no emitió ningún sonido. La niña se quedó sorprendida unos instantes, apretó los puños y soltó una retahíla de palabras de lo más silenciosas que, en opinión de Hilary, seguro que no elogiaban a su padre en absoluto. Charlie, en el suelo, junto al escritorio de la señorita Pimm, estaba haciendo lo mismo.

—Lo siento mucho por tus amigos —le dijo el almirante a Hilary al tiempo que se sacudía las manos—, pero así nos resultará mucho más sencillo hablar.

—¿No vas a emplear la magia contra mí? —le soltó la niña mientras lo miraba fijamente.

—¿¡Contra mi propia hija!? —El almirante parecía escandalizado—. No sería adecuado. Además, eres una niña razonable. Tú entiendes que este tesoro me pertenece y que hace tiempo que lo estoy buscando.

—¡Y yo!

—Ya, pero hay una gran diferencia entre nosotros. Para mí, esto no es un juego. Es imposible que entiendas lo importante que es.

La gárgola gruñía al lado de Hilary.

—Quiero saltarle encima. ¿Puedo saltarle encima?

—Será mejor que no. —Después de cómo había tratado el almirante a Charlie y a Claire, Hilary no deseaba pensar siquiera en lo que le haría a la gárgola—. Padre, no pienso permitir que tiranices el reino.

El almirante Westfield dobló la labor de ganchillo en un cuadrado.

—«Tiranizar» es un término un poco fuerte. Lo único que voy a hacer es guiar a los ciudadanos de Augusta hacia el orden y la corrección.

—Y meterlos en las mazmorras reales si prefieren que no los guíe nadie.

—Desde luego. Aunque espero que la gran cantidad de magia que atesoro sea suficiente para persuadir hasta al más grande de los bribones de que haga cuanto le digo. —Sonrió a Charlie—. ¿Te parece bien, muchacho?

Charlie cogió el abrecartas, pero el almirante Westfield golpeó la moneda con un dedo y el chico acuchilló el suelo.

Luego, el hombre fue hasta donde se hallaba su hija y le puso las manos en los hombros.

—Dime, ¿qué es lo que más te gustaría?

Hilary se quedó mirando a su padre. Tenía ese aspecto con el que lo imaginaba cuando era niña y él estaba en el mar mientras su madre y ella lo esperaban en tierra: alto, seguro de sí mismo, un marinero desde la punta de sus relucientes botas hasta las gotitas de sudor de su frente. El hombre se secó el rostro con la labor que había recogido del suelo y le dijo a su hija:

—Te daré lo que desees si te apartas y me entregas el tesoro. Al fin y al cabo, pronto gobernaré el reino y solo quiero lo mejor para mi hija. Bonitos vestidos, todo un armario lleno, con esas enaguas de encaje que tanto os gustan a las chicas. ¿Te parece bien? ¿O prefieres un poni traído directamente de las Tierras del Norte? —El almirante hizo una pausa—. Claro, qué tonto soy: ¡dos ponis y, además, el armario!

La gárgola resopló.

—¡No me vengas con esas! No quiero ni ponis ni armarios.

Se deshizo de las manos de su padre. ¿Pensaría de veras que las enaguas con encaje eran adecuadas en Altamar?

—¡Bueno, pues dime qué deseas! Te daré lo que me pidas, ¡lo que sea! ¡Pero entrégame mi tesoro!

Su padre la miró esperanzado y, por una vez, no le dio las malditas palmaditas en la cabeza.

Estaban el uno frente al otro, el oficial de la Real Armada y su hija pirata, y, quizá por una vez, el almirante Westfield respetase las peticiones de la niña. Hilary dudó.

—¿Lo que sea?

Claire se llevó las manos a la boca y Charlie sacudió la cabeza con aire furibundo.

—¡No irás a creer lo que dice! —le soltó la gárgola.

—¿Dejarás que Claire y Charlie hablen de nuevo? —La

chica retrocedió unos pasos—. ¿Liberarás a mis amigos? A Jasper y a la señorita Greyson. ¿Los sacarás de las mazmorras reales de inmediato?

El almirante Westfield arrugó el ceño.

—Bueno, supongo que...

—No he terminado todavía. —Hilary se alejó un paso más de su padre—. ¿Prometes no ilegalizar la piratería? ¿Que la Real Armada nunca atacará otro barco pirata sin razón?

—Cariño, no puedo...

Hilary siguió retrocediendo. Por el rabillo del ojo veía, a su lado, la caja llena de agujas de ganchillo.

—Si de verdad solo quieres lo mejor para mí, padre —dijo por fin—, me regalarás tu mejor barco para que lo capitanee a mi antojo.

El almirante se quedó mirando a la chica un largo rato. Luego, estalló en una gran risotada.

—¡Mi mejor barco! ¡Y tú vas a ser su capitán! Ay, cariño, casi me habías convencido, pero te has pasado. Venga, deja de decir tonterías.

—Estoy hablando en serio. Muy en serio. —Elevó el tono más de lo que pretendía y su voz sonó preocupantemente similar a los chillidos de Fitzwilliam. Sin embargo, ahora le daba igual despertar a la señorita Pimm. Despertaría a toda la escuela aunque le costase pasar la vida en las mazmorras reales si con eso conseguía que su padre también diese con sus huesos en ellas. Antes de que el hombre tuviera tiempo a reaccionar, Hilary se agachó y cogió un puñado de agujas de ganchillo—. Apártate del tesoro y de mis amigos.

El almirante Westfield agarró con fuerza la moneda de Jasper, pero su hija negó con la cabeza.

—Esa moneda no es rival para un puñado de magia, y lo sabes. Suelta la moneda y apártate ahora mismo.

El almirante dejó la moneda en el suelo y dio un paso atrás en dirección a la puerta.

—Y otro más —le indicó su hija—. ¡Vamos!

Retrocedió un paso más mientras negaba con la cabeza.

—Ay, cariño, veo que, en efecto, eres una pirata. —De pronto, pegó un salto hacia el escritorio y agarró la gárgola—. Hola, amiguito. Quizás estuviera equivocado contigo y, en realidad, seas de lo más útil. Con tu ayuda me haré con el tesoro y me lo llevaré aunque sea moneda a moneda.

—¡Pero si yo no quiero protegerte!

La gárgola temblaba como una hoja.

—Qué pena, porque tengo la impresión de que no puedes elegir. Ahora, trabajas para mí. Y, os lo advierto, no intentéis quitármela. —Miró a Charlie y a Claire—. Si os movéis, convertiré a la gárgola en escombros.

A Hilary le faltaba el aire, como si se hubiera mantenido a flote demasiado tiempo y fuera a hundirse en Altamar en cualquier momento.

—Por favor, padre, suéltala. No soporta que la utilicen. Le hace daño...

—¿Y a mí, qué me importa? —Miró a la gárgola—. Tienes que hacer cuanto te ordene, ¿verdad? —Le dio unos golpecitos con los nudillos en el pecho—. Seguro que tu maravilloso corazón te obliga a obedecer.

La gárgola dejó caer las orejas y asintió.

—Lo que pensaba. —El almirante sujetó la talla fuertemente con ambas manos—. En ese caso, gárgola, deseo...

—¡Me ayudarán! —gritó la gárgola antes de morderle el brazo al almirante Westfield con todas sus fuerzas—. ¡Hilary, corre, haz justicia!

Las agujas de ganchillo tintinearon contra el suelo porque la chica las dejó caer y se lanzó contra las piernas de su padre. El almirante gritaba y maldecía mientras los tres se derrumbaban. Charlie sujetó al almirante por los pies con el brazo que no tenía dolorido y Claire le agarró las manos. Incluso Fitzwilliam se lanzó contra el hombre y empezó a picotearle las espinillas.

—¡Pienso conseguir el tesoro! —gritaba el almirante Westfield mientras se revolvía para liberarse—. ¡Ningún pirata de medio pelo me lo impedirá!

La señorita Pimm, que se hallaba en la puerta, miraba la escena con desaprobación.

—Ay, James, me temo que debo discrepar —dijo la mujer por fin.

La señorita Pimm, que llevaba un vestido de cachemira y su largo pelo blanco suelto, se parecía a la hechicera más que nunca. Dejó la linterna en el suelo y esta proyectó su sombra por toda la habitación e hizo que Hilary se sintiera muy pequeña. La niña observó cómo la señorita Pimm examinaba la escena: los cristales rotos, las pilas de papeles de su escritorio tirados por el suelo, las agujas de ganchillo desparramadas a sus pies y los montones de tesoro mágico brillando al fondo.

—¡Eugenia, menos mal que ha llegado! —gritó el almirante Westfield desde el suelo—. Estos niños intentaban robar su tesoro, pero los he pillado con las manos en la masa.

La señorita Pimm recogió una aguja de ganchillo del suelo y se sentó en su silla.

—Almirante Westfield, debe de pensar que soy idiota, pero le aseguro que no lo soy. Aunque he de admitir que le he concedido demasiado crédito. —Hizo rodar la aguja entre las palmas de sus manos—. Deseo que no se mueva usted ni un ápice hasta nueva orden. Señorita Westfield, ya puede soltar a su padre... no va a ir a ninguna parte, excepto a las mazmorras reales.

La señorita Pimm llamó al jefe de policía de Pemberton, que llegó en cuestión de minutos y todos escoltaron al almirante Westfield hasta un carruaje negro mientras este no paraba de soltar improperios contra «esa vieja urraca meticona» y «la traidora de su hija». Hilary sujetó la gárgola en brazos durante el tiempo en que observaron cómo el carruaje del jefe de policía se alejaba, llenando la noche de chirridos.

Claire apoyó la mejilla en el hombro de su amiga. La señorita Pimm les había devuelto la voz tanto a ella como a Charlie, pero ambos se sentían un poco roncos todavía.

—¿Estás bien? —le preguntó Claire a Hilary, pero la niña no respondió.

—¡Claro que sí! —dijo Charlie mientras le daba un golpe en la espalda—. Los piratas somos muy duros.

La señorita Pimm cerró la sólida puerta de entrada a la escuela y echó la llave.

—Señorita Westfield, le debo una disculpa. Parece que tenía razón y que capturé a los villanos equivocados. En cuanto a ustedes, señorita Dupree y señor Dove, por favor, perdónenme por la charla que les he soltado esta mañana. Gracias a los tres por defender mi tesoro.

—En realidad, intentábamos robarlo —murmuró Charlie.

Hilary le dio un codazo.

—Entonces, ¿no va a quitarle la beca a Claire? —preguntó la niña—. ¿Ni tampoco a enviar a Charlie a esa horrible academia?

—No. Por la mañana le remitiré una carta a la reina para explicar todo este embrollo y seguro que pone en libertad a sus compañeros de inmediato.

—Muchas gracias —dijo Hilary—. Le aseguro que no son villanos. —Entonces, pensó en la reputación de Jasper y en que quizás el hombre jamás le perdonara haberla mancillado—. Excepto Jasper Fletcher, por descontado, ¡que es de lo más aterrador!

El reloj de la plaza de Pemberton tocó la una y la señorita Pimm dio una palmada.

—¡Venga, a la cama todos o amanecerá antes de que nos demos cuenta! Yo voy a quedarme un rato más, pues he de poner en orden el tesoro antes de que otro villano intente saquearlo.

—¡Espere!

La señorita Pimm se dio la vuelta y miró a Hilary.

—Dígame, señorita Westfield.

—¿Va a dejar el tesoro en el mismo sitio, ahí, tras la pared... las monedas, las agujas de ganchillo y todo lo demás?

—Por supuesto. —La señorita Pimm entrecerró los ojos—. ¿Qué pretende que haga si no?

—Pues devolverlo, claro está. Repartirlo entre la gente del reino que no tenga medios para defenderse de los rufianes.

—Ni se me ocurriría. Ya le dije en su momento que Augusta se encuentra mejor sin magia y sigo convencida de ello.

—Pero nosotras sí que podemos usarla, ¿no? —dijo Claire—. Las familias de la alta sociedad conservan algo de magia y la mayoría se siente incómoda con ella. —Dudó—. Sé que usted se quedó con toda la que pudo reunir para evitar que la gente actuase mal... pero hay quienes siguen portándose mal a pesar de no tenerla.

—Y yo no puedo morderlos a todos —comentó la gárgola—, por muchos dientes que posea.

La señorita Pimm tamborileó los dedos de una mano contra los de la otra.

—No entiendo cómo mejoraría la situación repartir toda esta magia por el reino —dijo al final.

Hilary pensó que enfrentarse a la señorita Pimm era mucho más cansado que batirse con la espada.

—¡Piense en Simon Westfield! —le dijo la niña.

El silencio que se impuso en el despacho pinchaba como la punta de un sable en el cuello.

—Le aseguro que pienso en él a diario —respondió la mujer poco después.

—Si hubiera llevado un poco de magia en el globo, quizás hubiera evitado la muerte.

La señorita Pimm frunció los labios. No dijo nada.

Algo después, una linterna que les resultaba familiar apareció en la escalera de los dormitorios. Philomena, con un camisón rosa cuyos lazos se agitaban frenéticamente, bajaba los escalones de tres en tres y cruzó el pasillo en un santiamén. Sostenía la linterna en una mano y una aguja de ganchillo en la otra.

—¡Lo que imaginaba! —gritó—. ¡De nuevo levantadas! ¡Ya os advertí anoche que os dejaría pegadas al suelo... y pienso cumplirlo!

La señorita Pimm se aclaró la garganta detrás de Philomena, pero esta no se dio cuenta.

—O quizás —siguió la colegiala—, haga que tengáis urticaria. Me lo iba a pasar muy bien viendo cómo os rascabais. ¿Qué prefieres, Claire? ¿La urticaria?

—No creo que me gustase mucho —respondió la chica—, pero gracias por preguntar.

—¡No seas impertinente o me obligarás a pensar en algo peor! —Levantó la aguja por encima de la cabeza.

—¡Philomena Tilbury! —El grito de la directora resonó por todo el pasillo, incluso por entre las vigas—. ¡Baje la aguja ahora mismo!

La muchacha se quedó petrificada. Poco a poco dio la vuelta, bajó la aguja, dejó la linterna en el suelo e hizo una reverencia.

—Ay, señorita Pimm..., no sabía que...

—No, ya me he dado cuenta... y yo tampoco lo sabía. —Se adelantó hasta donde estaba la muchacha y le arrebató la aguja dorada—. Su comportamiento ha sido muy revelador. Espero mucho más de mis damas... pero quizá me equivoque al hacerlo. Le devolveré la magia, señorita Tilbury, cuando aprenda a usarla como es debido.

Philomena miraba a la señorita Pimm atónita. De pronto, dio una coz en el suelo.

—¡Se lo voy a contar a mi madre! ¡La alta sociedad al completo se escandalizará!

—Es muy probable.

—¡Además, no necesito tu estúpida aguja de ganchillo!

Lloriqueando, Philomena recogió la linterna del suelo y se marchó envuelta en el mismo frenesí rosa en el que había llegado.

—Vaya... —La señorita Pimm daba vueltas entre las palmas a la aguja de Philomena—. Puede que no pensara con claridad tras la muerte de Simon —dijo al cabo de un rato—. Solo pretendía que no le hicieran daño a nadie.

—En ese caso, proporcionarle magia a esa chica ha sido un error —comentó Charlie.

—Parece que he cometido unos cuantos en los últimos tiempos. —La luz de los candelabros titiló en su rostro y, por un instante, no se pareció en nada a la hechicera, sino sencillamente a una mujer cansada—. Imagino que tengo que hacer todo lo posible por arreglar las cosas.

—¿¡Va a devolver el tesoro!? —le preguntó Hilary.

La directora cerró los ojos.

—Sí —dijo al rato—, poco a poco, pero lo devolveré. Si envió magia por todo el reino, quizá consiga encontrar a la próxima hechicera y, así, descansar de una vez por todas.

La gárgola se acercó a la señorita Pimm dando saltos, pegó las orejas a la cabeza, hizo una reverencia y dijo:

—Gracias, hechicera.

—Sí —dijo Hilary, que también se inclinó —, el Terror de las Tierras del Sur se lo agradece.

De

☞ *La Gaceta Ilustrada de Puertolarreina*
¡TU PASAPORTE AL MUNDO CIVILIZADO!

ARRESTADO EL ALMIRANTE DE LA REAL ARMADA POR LOS ROBOS DE MAGIA

PEMBERTON, AUGUSTA—. ¡La alta sociedad es un hervidero! En un sorprendente giro de los acontecimientos, ayer por la noche James Westfield, hasta entonces almirante de la Real Armada de Augusta, fue detenido tras descubrirse que estaba implicado en la cadena de robos mágicos que ha tenido en vilo a Augusta durante meses. Tal y como esta maravillosa publicación había informado con anterioridad, dos piratas fueron arrestados la semana pasada por su participación en este caso.

Sin embargo, ahora parece que dichos individuos —y a pesar de ser golfos de la más baja estofa— no guardaban relación con estos robos, por lo que han sido liberados de las mazmorras reales.

«Hay que agradecer a la gran pirata Hilary Westfield y a su estupenda tripulación haber conseguido darle la vuelta a la situación», dijo Jasper Fletcher, una de las víctimas inocentes de la acusación injusta, tras lo cual añadió: «La pirata Westfield es el Terror de las Tierras del Sur, ¿saben?, porque lleva ante la justicia a los villanos y todo eso. Además, tiene muy buena puntería con las latas de remolacha. Todo barco que se cruce con ella en Altamar debería echarse a temblar. Si la LCHP supiera realmente lo que se hace, aceptaría de inmediato su solicitud de ingreso... ¡antes de que vaya a por ellos y se los dé de comer a los monstruos marinos!». La LCHP no ha querido hacer comentarios al respecto.

En otro incidente relacionado, un guardiamarina de la Real Armada llamado Oliver Sanderson fue detenido anoche en un bungaló de El Azote el Pantano. El señor Sanderson intentaba entrar en el edificio con un gran saco de objetos mágicos robados cargado al hombro, pero un grupo de piratas airados lo vio y capturó. «Sí, capturamos a esa rata de cloaca», dijo uno de los caballeros, que se identificó como Balacañón Jack. «Respeto un buen robo como el que más, pero ¿dejar tu tesoro en casa de otro pirata? ¡Eso es inconcebible!», añadió.

Por lo visto, los objetos que contenía el petate del señor Sanderson coinciden con algunos de los que han sido desvalijados recientemente en las mansiones de Puertolarreina, por lo que en breve serán devueltos a sus legítimos propietarios. El señor Westfield y el señor Sanderson se niegan a confesar dónde se halla el resto de objetos robados y los inspectores reales siguen buscando el alijo de magia. También esperan llegar a determinar si ambos ladrones contaban con algún cómplice.

El señor Sanderson será enviado sin dilación a la Academia de Puertolarreina para Chicos Difíciles y el señor Westfield ya se encuentra en las mazmorras reales donde, por lo visto, está bien, aunque tenga el frío metido en los huesos.

LA HECHICERA DE LAS TIERRAS DEL NORTE

REAL OFICINA DE REGULACIÓN MÁGICA
PEMBERTON, AUGUSTA

Querido ciudadano de Augusta:

Es mi deber informarte de que la gran colección de magia del reino que se había perdido ha sido encontrada hace poco por una persona muy astuta. Por desgracia, esta persona tan astuta también me ha descubierto a mí y convencido para que escriba esta carta. No pienses, habitante de Augusta, que recibir esta misiva se va a convertir en algo habitual. Te aseguro que no vamos a ser amigos por correspondencia.

En los próximos meses, recibirás una pequeña porción de la magia recuperada, junto con las instrucciones precisas sobre cómo utilizarla. Todos los ciudadanos, al margen de su condición, recibirán la misma cantidad, el equivalente a diez (10) monedas mágicas o dos (2) agujas de ganchillo. El notable pirata autónomo Jasper Fletcher ha sido muy amable al ofrecerse para llevar a cabo este servicio en representación de la Real Oficina y será quien viaje por todo el reino en su barco, el Paloma, para distribuir la magia en persona. A partir de ahora, supervisaré el empleo de hechicería en Augusta y no tendré paciencia con aquellos que la usen de forma imprudente. Así que, ciudadano de Augusta, espero que te comportes como es debido.

Cuando todo el mundo haya recibido su parte, empezaré la búsqueda de la próxima hechicera por todo el reino. Si observas que a alguno de tus familiares o amigos se les da bien usar la magia —o a ti mismo, claro está—, por favor, ponte en contacto conmigo lo antes posible para que pueda acabar con esta tontería. Puedes remitirme tu misiva bajo mi cargo actual de directora de la Escuela de Buenos Modales de la Señorita Pimm para Damas Delicadas, en Pemberton.

Te saluda atentamente,

Eugenia Pimm,

HECHICERA DE LAS TIERRAS DEL NORTE

Capítulo diecinueve

En una esquina de la pequeña habitación que había sobre la librería, un ojo de buey daba al embarcadero de Puertolarreina. La parte inferior casi tocaba el suelo, por lo que Hilary podía tumbarse delante de él y observar cómo los barcos llegaban con las velas hinchadas, llenaban su cubierta de carga y marineros, y zarpaban de nuevo a cabalgar las grises olas. A lo lejos cruzaba un barco de la Real Armada, pero no era ni tan grande ni tan rápido como el Belleza de Augusta; ni tan interesante como el enorme galeón que acababa de llegar a puerto, con sus henchidas velas negras y sus pulidos cañones de latón.

La niña observó cómo tres hombres descendían del barco, remaban hasta alcanzar la orilla y desaparecían entre las callejuelas que quedaban bajo la librería. Poco después, la señorita Greyson subía deprisa las escaleras.

—Hilary, hay unos visitantes, digamos... «excéntricos», que han venido a verte.

—«¿Excéntricos?». No será mi madre, ¿verdad?

—Me temo que no.

La señora Westfield se había negado a abandonar la cama desde que arrestaron a su marido. Además, cuando descubrió que su hija era la pirata responsable de su captura, se había desmayado con más gusto y gracia que cualquiera de las estudiantes de la señorita Pimm. Hilary y la gárgola consideraron entonces que era mejor quedarse con la señorita Greyson, al menos hasta que la madre de la niña dejase de pasar la mayor parte del día encerrada en el armario.

—He puesto té a calentar —dijo la institutriz—, pero yo diría que estos visitantes no son de los que toman té. Quizá tenga una botella de ron en alguna de estas cajas...

Hilary bajó las escaleras corriendo y, cuando abrió la puerta, se encontró con tres piratas elegantes e imponentes alineados en las escaleras de entrada. El que estaba a la izquierda tenía una pata de palo y el de la derecha, un parche en el ojo. El del centro, que se las arreglaba a la perfección para parecer un bucanero a pesar de no lucir ninguno de los accesorios tradicionales, le hizo una reverencia a Hilary.

—Hilary Westfield, supongo —dijo mientras hacía un giro con la mano.

—Sí. ¿Quiénes sois?

—Soy el capitán Rupert Dientenegro y estos son mis colegas: Hugo San Augustine y Jones Pata de Palo.

—De La LCHP, claro. Usted y yo nos carteamos en el pasado, señor Jones.

Jones Pata de Palo bajó la mirada y murmuró que podía haber sido así.

—¿No quieren pasar, caballeros? —Hilary no estaba muy segura de qué le parecería a la señorita Greyson recibir piratas extraños en casa, pero consideró poco adecuado dejar que se congelaran fuera con la brisa marina—. Me temo que aún no tenemos muebles, pero el suelo resulta bastante confortable, si es que desean sentarse.

Los piratas declinaron el ofrecimiento.

—Solo será un momento —comentó el capitán Dientenegro—. Vamos de camino a una exhibición de duelos que hay al otro lado del muelle. Hugo, el cofre.

El pirata llamado Hugo buscó algo que había detrás de él y arrastró hasta la librería un cofre enorme. A continuación, le entregó a Hilary la llave que abría su cerrojo plateado.

—Esto es de parte de la LCHP... con nuestras más sinceras disculpas.

—Sí —añadió el capitán Dientenegro—, hemos oído que la piratería sigue existiendo gracias a ti y nos arrepentimos de cualquier... esto... malentendido que haya podido existir entre nosotros. ¿Verdad, Jones?

Jones Pata de palo apoyó todo su peso sobre la pierna buena antes de responder:

—Sí, por supuesto.

—Como muestra de gratitud —siguió el capitán Dientenegro—, vamos a permitir que se unan a nuestra organización todos los bucaneros dignos de ello. No nos gustaría que desenvainaras el sable contra nosotros, pirata Westfield... Hemos oído historias terribles acerca del dolor que causas a tus enemigos.

Hilary le dio las gracias al capitán a pesar de sospechar que la mayor parte del dolor sufrido por sus enemigos era producto de los mordiscos de la gárgola. Cuando los piratas escamparon, abrió el cerrojo del cofre y levantó la pesada tapa.

La gárgola miraba desde lo alto de una balda.

—Oye —dijo—, eso de ahí es una espada.

Sobre un montón de casacas de pirata tejidas, camisas de algodón con manga globo y fuertes bombachos de marinero, relucía un sable. En un compartimento del cofre había un par de botas de cuero blandas y un elegante sombrero negro de tres picos con seis plumas de diferentes colores para ponerlas en el ala. En el fondo del cofre vio una tarjeta impresa:

ESTE DOCUMENTO CERTIFICA QUE
LA PIRATA HILARY WESTFIELD

ES SOCIO NUMERARIO DE
LA LIGA CASI HONORABLE DE PIRATAS

La señorita Greyson, que había bajado las escaleras, se encontraba a su lado y exclamaba cada vez que Hilary sacaba algo del cofre. Cuando todo el contenido del mismo estuvo dispuesto sobre el suelo de la librería, la mujer descorchó una botella de ron y sirvió un vaso para ella y unos sorbitos para la niña.

—No es justo —dijo la gárgola mientras masticaba una araña para celebrar el acontecimiento—. Yo mordí al almirante Westfield en dos ocasiones y ¿acaso me han dado a mí algún sombrero? ¡No señor, a la gárgola nada!

—Es un poco injusto, sí —comentó la institutriz—. Creo que debería coserte un sombrero... ¡si es que encuentro un patrón por el que pasen tus orejas!

Le dio un sorbo al ron y miró las baldas vacías que los rodeaban.

—Es una librería encantadora —dijo Hilary—. ¿Es tal y como te la imaginabas?

—Sí, lo es... pero ahora que estoy aquí, no puedo evitar sentir que me falta algo.

—¡Cómo no lo vas a sentir! —exclamó la gárgola—. ¡Pero si no tienes ningún libro! Si quieres, te presto *La isla del tesoro*.

—No me refería a eso —respondió la señorita Greyson después de soltar una carcajada. Miró a Hilary—. ¿Cómo crees que recibiría la gente una «librería flotante»?

La niña imaginó a la institutriz en traje de baño, balanceándose a causa de las olas y vendiéndoles a los peces novelas caladas hasta el forro. Aunque, no, la señorita Greyson era demasiado práctica para algo así.

—¿Te refieres a montarla en un barco?

—¡En efecto! Podría navegar de puerto en puerto y hacer publicidad entre los piratas y oficiales de la Real Armada que se aburren en Altamar.

—¡Me parece una idea genial! —exclamó la chica—, pero imagino que necesitarás un barco y a alguien que lo pilote.

La señorita Greyson se ruborizó. Puede que su estancia en las mazmorras reales la hubiera vuelto más sensible porque, últimamente, se sonrojaba a menudo.

—Había pensado... —dijo al cabo de un rato—, que podría montarla en el Paloma.

—Sí, claro, pero, en ese caso, tendrías que quedarte todo el rato con Jasper... —Hilary se quedó mirando a la institutriz que, en aquel momento, estaba roja como un tomate—. ¡Te vas a casar con Jasper! ¡Señorita Greyson, pero eso es todo un escándalo! —La niña se puso en pie de un salto y abrazó a la mujer—. ¿Cómo te ha convencido? Sucedió en las mazmorras reales, ¿verdad?

—Fue una temporada horrible y no sabes cuánto me alegro de que Jasper estuviera en la celda de al lado. Parece que... nos hemos hecho buenos amigos.

—Seguro que se daban la mano a través de los barrotes —dijo la gárgola.

La señorita Greyson ni lo confirmó ni lo desmintió.

—Creo que me va a venir bien un pirata —comentó la mujer.

—Haréis un equipo estupendo —dijo Hilary—. Por ejemplo, ¡podrías torturar a sus enemigos con horas de clase! Ahora bien, hay una cosa que me preocupa...

La señorita Greyson cogió a la niña de la mano.

—¿De qué se trata?

—No sé si podré llamarte «señora Fletcher». No es un buen nombre para la esposa de un pirata.

—Ah, bueno. En ese caso, me haré llamar «Eloise». Aunque... —le susurró—, no me importará que tú sigas llamándome «señorita Greyson».

La boda de la antigua institutriz con el pirata autónomo resultó un acontecimiento mucho más importante de lo que nadie había imaginado. Jasper y la señorita Greyson planearon casarse en el huerto que el primero tenía en El Azote del Pantano, pero enseguida corrió el rumor de que la pirata Hilary Westfield y sus amigos estaban invitados, de modo que los bribones y azotes de los mares de todo el reino empezaron a pedir a gritos poder acudir, a fin de conocer a los héroes que habían encontrado el tesoro de la hechicera y derrotado al almirante que tanto los odiaba. Sin embargo, estaba claro que tantísimos piratas no iban a caber en el huerto de Jasper sin que las alubias y los tomates quedasen pisoteados.

Cuando la señora Westfield decidió salir, por fin, de su encierro en el armario, Hilary corrió a Villa Westfield para verla.

—Por favor, mamá —le dijo con tal entusiasmo que a punto estuvo de romper una tetera de porcelana—, deja que la señorita Greyson se case aquí. No hay ningún otro jardín en el reino lo suficientemente grande como para albergar a tantos piratas.

La señora Westfield mordisqueaba un emparedado de pepino. Cerró los ojos.

—Piratas en el jardín de Villa Westfield —murmuró para sus adentros—. No, no podría soportarlo. Son demasiado violentos. Además, pisotearían las peonías.

—Les pediré que miren por dónde andan —le suplicó la niña—. Podrían dejar los sables en casa. Tú piensa, mamá: esta boda va a ser la comidilla de Augusta. ¿¡No sería maravilloso ser su anfitriona!? ¡Seguro que las bodas entre bucaneros se ponen muy de moda la temporada que viene!

La señora Westfield dejó de mirar el emparedado. Seguía muy pálida por todo el tiempo transcurrido en el armario, y Hilary no la había visto sonreír desde el encierro del almirante Westfield en las mazmorras reales. En aquel momento, sin embargo, se dibujó una tímida sonrisa en la comisura de sus labios.

—Gracias a la villanía de tu padre, el honor de la familia se ha visto muy perjudicado... y tu escandaloso comportamiento no ha mejorado precisamente las cosas. Pero perder mi reputación como mejor anfitriona de Augusta... ¡sería insoportable! Alguien debe mantener a flote el apellido Westfield. —Sacudió la cabeza—. De acuerdo, tienen mi consentimiento. Ahora bien, como vea que alguien intenta retarse en mi césped... ¡volveré al armario de inmediato!

El día de la boda Hilary estaba en su antiguo dormitorio abrochándose la casaca de pirata frente al espejo. Había elegido una de color rojo, a juego con el ramo de rosas de la isla de la Pólvora de la señorita Greyson, quien lucía un precioso dobladillo que flotaba al viento cada vez que se movía.

—¿Qué te parece? —le preguntó a la gárgola, que yacía de nuevo provisionalmente sobre la puerta del dormitorio.

—No está mal, pero te verás mejor cuando te pongas el sombrero.

—¡Oh, casi se me olvida!, la señorita Greyson te envió un regalo. —Hilary rebuscó en su cofre hasta encontrar una cajita con un lazo azul—. Dice que tienes que aparecer elegante si vas a ser «gárgola de honor».

La gárgola se retorcía de emoción mientras Hilary le quitaba el lazo.

—¿Crees que...? ¿Podría ser...? ¡Lo es! —gritó la talla mientras la niña extraía del envoltorio un sombrero pirata hecho a medida para su amigo, de color negro, con sus picos y una elegante pluma en lo alto—. ¡Claro que lo es! ¡Bájame de aquí, quiero probármelo!

Hilary y la gárgola admiraban sus respectivos sombreros ante el espejo cuando Charlie llamó a la puerta. El capitán Dientenegro también debía de haber ido a verlo, porque el chico iba vestido con elegantes ropas nuevas de pirata.

—Tienes una pinta bastante aterradora. Vas vestido tal y como debería hacerlo el Azote de las Tierras del Norte.

—¿De veras? —el muchacho sonreía. Se tiró de los bombachos, que llevaba remangados hasta las rodillas—. Jasper dice que todavía necesito crecer para que me queden bien. Vengo porque nos reclaman afuera.

Hilary siguió a Charlie y a la gárgola por el pasillo de las vidrieras que representaban a los héroes de la historia. Se tocó el sombrero al pasar por delante de Simon Westfield, que parecía impresionado por verla de esa guisa. Cuando cruzó frente a la hechicera, se rio en alto. Unas horas antes la propia señorita Pimm vio aquella vidriera de colores y dijo que había salido poco favorecida, pese a reconocer que la sonrisa sí se la habían clavado.

Nada más traspasar la vidriera de la hechicera, una pequeña puerta daba al jardín. Justo enfrente, se encontraba la señorita Greyson con cara de mareada.

—Prefiero enfrentarme a un barco lleno de alféreces de la Real Armada —le susurró a Hilary—. ¡Nunca había visto tantos piratas!

Pero estos estaban contentos y vitoreaban mientras los padrinos avanzaban por la hierba. La gárgola, que iba a la cabeza de la procesión, daba saltitos cortos, por lo que Hilary tuvo tiempo de sobra para observar las caras de la multitud. Un pirata que había visto en la isla de la Pólvora charlaba con una de las amigas que la institutriz conservaba de la Escuela de Buenos Modales y, al parecer, la señorita Pimm se llevaba la mar de bien con Balacañón Jack. En primera fila reconoció a Claire, que no dejó de sonreír y saludar al paso de Hilary, quien a su vez le devolvió el saludo a su amiga. Luego, se sentó junto a Jasper, que parecía tan mareado como la señorita Greyson. El hombre llevaba al hombro a Fitzwilliam, elegantísimo con su pajarita para periquitos.

Los músicos empezaron a tocar una entretenida canción marinera mientras la señorita Greyson avanzaba por la hierba hacia Jasper. Para cuando la mujer alcanzó la altura del pirata, ambos habían recuperado algo de color.

—Me has tenido esperando diez minutos, cariño —murmuró Jasper—. Empezaba a temer que te hubiera devorado un monstruo marino. ¿Es la primera vez en la vida que no llegas puntual?

—Señor Fletcher —dijo la señorita Greyson con una sonrisa en la boca—, en la comunidad pirata, lo que está de moda es llegar tarde.

Jasper soltó una carcajada y le cogió la mano. Después, se juraron amor eterno tanto en el motín como en la búsqueda de tesoros, y mostrarse siempre prácticos. Claire empezó a llorar a gritos cuando los declararon «pirata y librera». Incluso la gárgola se secó las lágrimas con un pañuelo que llevaba atado a la cola.

A continuación, se descorchó una botella de ron y hubo una gran celebración. Hilary bailó con Claire, con Charlie, con Balacañón Jack y con la gárgola y, al final, entre tanta gente como se acercaba a ella para felicitarla por su buena piratería y toda la que quería felicitar a los recién casados, la niña no consiguió reunirse con Jasper y la señorita Greyson. Antes de que se diera cuenta, el sol se estaba poniendo y los invitados acompañaban al pirata autónomo y a la institutriz por las calles hasta el embarcadero de Puertolarreina, donde les aguardaba el *Paloma*.

Jasper y la señorita Greyson subieron al barco y saludaron a sus amigos, que permanecieron en tierra. Por norma general, a Hilary se le daba muy bien saludar desde el muelle —al fin y al cabo, tenía mucha práctica despidiéndose de su padre— pero, aquella vez, se tropezó con el adoquinado y casi se cae. Luego, tuvo que pedirle el pañuelo a la gárgola, porque le picaban los ojos y era evidente que se debía a que se le había metido alguna salpicadura de agua marina... porque la niña estaba segura de que los piratas no lloran. Jasper izaba las velas cuando los piratas del muelle soltaron amarras.

—¡Un momento, botarates! ¿¡Dónde está mi tripulación!? —gritó Jasper.

Hilary se retiró el pañuelo de los ojos.

El capitán del Paloma la saludó con la mano.

—¡Hilary, sube de una vez! ¡Y que vengan también Charlie y la gárgola!

—¿Quieres que os acompañe? —La chica se mostró sorprendida.

—Tengo toneladas de magia que repartir entre las buenas gentes de Augusta y, si Eloise se va a pasar todo el día vendiendo libros, necesito que me ayuden los mejores piratas del reino. Puede que antes fuera el Terror de las Tierras del Sur, pero esto no puedo hacerlo solo. —Le tendió una mano a la niña y tiró de ella hacia cubierta—. Porque te gustaría venir con nosotros, ¿no?

Hilary sonrió y le dio un abrazo. Por unos instantes, le resultó indiferente eso de que los piratas no acostumbren a abrazar a sus capitanes. Jasper no debía de conocer esa regla, porque le devolvió el abrazo.

—¿Entiendo que esto significa un sí?

—¡Pues claro!, pero, si me disculpas un momento, he de ayudar a la gárgola.

La chica apostó a la talla en su cofa, en la proa del barco, y se aseguró de que llevara bien sujeto el gorro.

—¡Levad el ancla! —gritó la gárgola—. ¡Nos vamos de aventuras! Ay, me encantan las aventuras... —suspiró.

—Y a mí —le dijo Hilary—. Es normal, somos piratas.

La niña se despidió de la muchedumbre con la mano y, en especial, de Claire, que no paraba de dar saltos y de prometerle que la escribiría. Entonces, una buena brisa hinchó la vela mayor del Paloma, Hilary izó la bandera pirata y las olas se apartaron para permitirles el paso mientras zarpaban rumbo a Altamar.

Agradecimientos

Martine Leavitt fue la primera seguidora de Hilary y su mejor valedora. Gracias por todo, Martine.

En HarperCollins, mi maravilloso editor, Toni Markiet, me formulaba las preguntas idóneas y convirtió esta historia en el libro con el que siempre soñé. Rachel Abrams fue muy sabia señalándome las incongruencias del argumento y muy amable al ayudarme a arreglarlas. Gracias también a Phoebe Yeh y al resto del brillante equipo de HarperCollins Children's. Dentro de la división británica de Simon & Schuster, quiero darles las gracias, en especial, a Venetia Gosling y a Jane Griffiths, y a Julia Churchill por poner esta historia en sus manos.

Gracias a mi agente, Sarah Davies, que sabe hacer magia.

Gracias a la facultad, al personal, a los estudiantes y alumnos de la Universidad de Bellas Artes de Vermont —en especial, a

Julie Larios, Franny Billingsley, Sharon Darrow y a la Liga de los Extraordinarios Emparedados de Queso— y a todos los escritores que leyeron las primeras páginas de este libro y quisieron saber cómo continuaba.

Melanie Crowder, Anna Drury, Hannah Moderow y Meg Wiviott leyeron los primeros bocetos y me proporcionaron ideas y apoyo de valor incalculable. Amy Rose Capetta, Jonathan Carlson, Alison Cherry, Debbie Cohen, Kelsey Hersh, Eric Pinder, Emma Schroeder y Kathleen Wilson conocieron, por su parte, varias aventuras de Hilary. Gracias a los del Afortunado 13 por su amistad y consejo, y también a Sarah Prineas por indicarme cómo se hace.

Mis padres, Jane y Chris Carlson, me enseñaron a amar los libros y me apoyaron en lo posible cuando decidí que quería escribir.

Y gracias a mi marido, Zach Pezzementi, que está a mi lado tanto en el motín como en la búsqueda de tesoros y siempre ha creído en mí.

Caroline Carlson

Es licenciada en Escritura para Niños por la Universidad de Bellas Artes de Vermont. Creció en Massachusetts y en la actualidad vive en Pittsburgh, Pensilvania, con su marido y montones de libros, entregada a la lectura y la escritura. También le encanta viajar a lugares que aún no haya visitado, pasear por el bosque y hornear montones de galletas. Por las mañanas, se dedica a leer la prensa online mientras bebe té de una enorme taza azul. Le apasionan los juegos de palabras tontos y está aprendiendo a tocar la guitarra por su cuenta. No soporta las carreras de velocidad de cincuenta metros. Y aún se siente la mujer más feliz del mundo cuando logra perderse entre las páginas de un buen libro.

Si quieres saber más de ella, visita:
www.carolinecarlsonbooks.com

Sigue las aventuras de
HILARY WESTFIELD

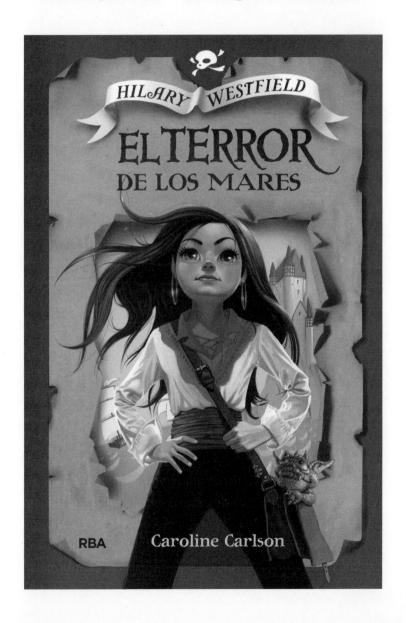

HILARY WESTFIELD

EL TERROR
DE LOS MARES

RBA   Caroline Carlson